MOEWIG
SCIENCE FICTION

Poul Anderson

SIR ROGERS HIMMLISCHER KREUZZUG

Herausgegeben und mit einem Nachwort
von Hans Joachim Alpers

MOEWIG

Titel der Originalausgabe: THE HIGH CRUSADE
Aus dem Amerikanischen von Heinz Nagel

Umschlagfoto: Agentur Schlück
Umschlagentwurf und -gestaltung: Franz Wöllzenmüller, München
Redaktion: Hans Joachim Alpers
Verkaufspreis inkl. gesetzl. Mehrwertsteuer
Auslieferung in Österreich:
Pressegroßvertrieb Salzburg, Niederalm 300, A-5081 Anif
Printed in Germany 1982
Druck und Bindung: Mohndruck Graphische Betriebe GmbH, Gütersloh
ISBN 3-8118-3566-1

Für Jens Christian und Nancy Hostrup –
aber auch für Per und Janne –
voller Dankbarkeit und Hoffnung

Prolog

Der Kapitän blickte auf. Im Licht der Schreibtischlampe wirkte sein Gesicht, als bestünde es aus dunklen Tälern und aus gezackten Gipfeln. Ein Bullauge stand der Sommernacht einer fremden Welt offen.

„Nun?“ sagte er.

„Ich habe es übersetzen lassen, Sir“, antwortete der Soziotechniker. „Ich mußte von den modernen Sprachen zurück extrapolieren, deshalb hat es so lange gedauert. Aber im Laufe meiner Arbeit habe ich genügend gelernt, um mit diesen ... Geschöpfen sprechen zu können.“

„Gut“, brummte der Kapitän. „Jetzt kriegen wir vielleicht doch noch heraus, was das Ganze soll. Donner und Blitz! Ich hab’ hier draußen mit allem möglichen gerechnet, aber nicht damit ...!“

„Ich weiß, wie Ihnen zumute ist, Sir. Selbst mit den ganzen greifbaren Beweisen vor Augen fiel es mir immer noch schwer, dem Bericht zu glauben.“

„Schon gut, ich will ihn sofort lesen. Man bekommt ja hier doch keine Ruhe.“ Der Kapitän entließ den Soziotechniker mit einem Kopfnicken.

Einen Augenblick lang saß der Kapitän unbewegt da, sah das Dokument an, ohne es dabei wirklich zu sehen. Das Buch selbst war eindrucksvoll antik gewesen, Unzialen auf Pergament, zwischen massiven Deckeln. Diese Übersetzung hingegen war ganz prosaisch mit der Maschine geschrieben. Und doch hatte er beinahe Angst, die Seiten umzublättern, Angst vor dem, was er vielleicht erfahren würde. Vor mehr als tausend Jahren hatte es eine schreckliche Katastrophe gegeben; das Echo ihrer Nachwirkungen war noch zu vernehmen. Der Kapitän kam sich sehr klein und einsam vor. Die Heimat war fern.

Und doch …

Er begann zu lesen.

1

Erzbischof William, ein höchst gelehrter und heiliger Prälat, hat mir befohlen, jene großen Ereignisse, deren demütiger Zeuge ich war, in englischer Sprache niederzuschreiben. Und so ergreife ich im Namen des Herrn und meines Namenspatrons den Federkiel, vertraue darauf, daß sie meinen schwachen Kräften der Erzählung zu Hilfe kommen mögen, um künftiger Generationen willen, die vielleicht mit Nutzen den Bericht des Feldzugs von Sir Roger de Tourneville studieren und daraus lernen mögen, den großen Gott zu verehren, durch den alle Dinge geschehen.

Ich werde von diesen Ereignissen genauso schreiben, wie ich sie in Erinnerung habe, ohne Furcht und zu niemandes Vorteil, um so mehr, als die meisten, die es betrifft, jetzt tot sind. Ich selbst war ganz bedeutungslos, aber da es sich geziemt, den Chronisten bekanntzumachen, auf daß die Menschen sich darüber ein Urteil bilden mögen, wie vertrauenswürdig er ist, sei es mir gestattet, zuerst ein paar Worte über ihn zu sagen.

Ich wurde gut vierzig Jahre vor dem Beginn meiner Geschichte als jüngerer Sohn von Wat Brown geboren. Er war ein Schmied in der kleinen Ortschaft Ansby im Nordosten der Grafschaft Lincolnshire. Die Ländereien waren dem Baron de Tourneville zu Lehen gegeben, dessen alte Burg auf einem Hügel über der Stadt stand. Auch gab es dort eine kleine Abtei des Franziskanerordens, dem ich als Knabe beitrat. Da ich mir einiges Geschick (wie ich fürchte, das einzige Geschick, das ich besitze) im Lesen und Schreiben erworben hatte, machte man mich oft zum Lehrer dieser Künste für die Novizen und die Kinder der Laien. Den Namen, den man mir als Knaben gab, übersetzte ich ins Lateinische und machte ihn zu meinem Ordensnamen, gleichsam eine Lektion in Bescheidenheit, und so bin ich Bruder Parvus. Denn ich bin von kleinem Wuchs und nicht von der Natur begünstigt, dafür jedoch glücklich, das Vertrauen der Kinder zu genießen.

Im Jahre der Gnade 1345 sammelte Sir Roger eine Armee, um unserem mächtigen König Edward III. und seinem Sohn im französischen Krieg zur Seite zu stehen. Ansby war der Versammlungsort. Am ersten Tag des Mai war die ganze Armee versammelt. Sie bezog zwar auf der Gemeindewiese ihr Lager, verwandelte aber dennoch unsere stille Ortschaft in einen einzigen Aufruhr. Bogenschützen, Armbrustschützen, Pikenträger und Kavallerie schwärmten durch die schlammigen Straßen, trinkend, spielend, hurend, scherzend und streitend, zum Schaden ihrer Seele und unserer schindelgedeckten Hütten. In der Tat verloren wir zwei Häuser an das Feuer. Und doch trugen sie ungewohnte Glut in unsere Mitte, ein Gefühl des Ruhms, von der Art, daß selbst die Sklaven wehmütig daran dachten, wie schön es wäre, sich ihnen anzuschließen, wäre es nur möglich. Selbst ich gab mich solchen Gedanken hin. Für mich hätte es sich sogar verwirklichen können, denn ich hatte Sir Rogers Sohn unterrichtet und auch seine Bücher in Ordnung gebracht. Der Baron sprach davon, mich zu seinem Amanuensis zu machen; doch mein Abt hegte noch Zweifel.

So standen die Dinge, als das Wersgor-Schiff eintraf.

Ich erinnere mich noch gut an den Tag. Ich war draußen und hatte einen Gang zu tun. Das Wetter war wieder sonnig geworden, vorher hatte es geregnet, und die Straße war knöcheltief mit Schlamm bedeckt. Ich bahnte mir durch die Soldatengruppen meinen Weg und nickte denen zu, die ich kannte. Plötzlich erhob sich großes Geschrei. Ich hob den Kopf wie die anderen.

Fürwahr! Es war wie ein Wunder! Durch den Himmel senkte sich ein Schiff, das ganz aus Metall war, und es schien ungeheuerlich anzuschwellen, je näher es kam. Die Sonne spiegelte sich so grell in seinen polierten Wänden, daß ich seine Form gar nicht deutlich zu erkennen vermochte. Ein riesiger Zylinder, dachte ich, gut zweitausend Fuß lang. Und sah man vom Pfeifen des Windes ab, so bewegte es sich ohne Geräusch.

Jemand schrie. Eine Frau kniete in einer Pfütze nieder und begann, Gebete herunterzuleiern. Ein Mann schrie, seine Sünden hätten ihn ereilt, und kniete neben ihr nieder. So sehr auch dieses Tun Gott wohlgefällig war, so war mir doch klar, daß in einer solchen Masse Menschen Leute zu Tode getrampelt würden, wenn es zu einer Panik kam. Und das war ohne Zweifel nicht der Wunsch Gottes, selbst wenn Er diese Heimsuchung geschickt hatte.

Kaum wissend, was ich tat, sprang ich auf eine mächtige eiserne Bombarde, deren Lafette bis zur Achse in unserer Straße versunken war. „Bleibt stehen!“ rief ich. „Habt keine Angst! Bewahrt den Glauben und bleibt stehen!“

Meine schwache Stimme verhallte ungehört. Dann sprang Red John Hameward, der Hauptmann der Langbogenschützen, neben mir auf die Kanone. Ein munterer Riese mit Haaren wie gesponnenes Kupfer und wilden blauen Augen, war er seit seiner Ankunft in Ansby mein Freund gewesen.

„Ich weiß nicht, was jenes Ding ist“, brüllte er. Seine Stimme rollte über das allgemeine Murmeln, das langsam erstarb. „Vielleicht ein Trick der Franzosen. Aber es mag auch sein, daß es freundlich gestimmt ist, und dann würde unsere Furcht um so dümmer wirken. Folgt mir, jeder Soldat, wir wollen ihm entgegentreten, wenn es landet.“

„Zauberei!“ schrie ein alter Mann. „Das ist Hexerei, das ist unser Untergang!“

„Nein“, sagte ich. „Hexerei kann guten Christen nichts anhaben.“

„Aber ich bin ein armseliger Sünder“, jammerte er.

„Sankt Georg und König Edward!“ Red John sprang vom Kanonenrohr, rannte die Straße hinunter. Ich raffte meine Kutte und keuchte hinter ihm her, versuchte, mich an die Formeln für die Teufelsaustreibung zu erinnern.

Als ich mich umsah, stellte ich zu meiner Überraschung fest, daß der größte Teil der Kompanie uns folgte. Wohl weniger, weil sie sich am Beispiel des Bogenschützen ein Herz gefaßt hatten, als vielmehr, weil sie Angst hatten, ohne Führer allein gelassen zu werden. Aber sie folgten uns – in ihr eigenes Lager, um sich die Waffen zu holen, und dann auf die Gemeindewiese hinaus. Ich sah, daß die Reiter sich aufs Pferd geworfen hatten und jetzt vor der Burg hügelabwärts donnerten.

Sir Roger de Tourneville, ohne Rüstung, aber mit einem Schwert an der Hüfte, führte die Reiter an. Er schrie und schlug mit seiner Lanze um sich. Er und Red John schafften es irgendwie, das Pack in eine Art Schlachtordnung zu zwingen. Sie waren kaum damit fertig, als das große Schiff landete.

Es sank tief in die weiche Erde ein; sein Gewicht war ungeheuer, und ich wußte nicht, was es so leicht durch die Lüfte getragen hatte. Ich sah, daß es völlig umschlossen war. Eine glatte Schale ohne Hinterdeck oder Vorderkastell. Nicht, daß ich mit Rudern gerechnet hätte, aber etwas in mir fragte sich (ohne auf das wilde Pochen meines Herzens zu achten), weshalb es keine Segel hatte. Aber Türme entdeckte ich, aus denen Rohre ragten wie die von Bombarden.

Plötzlich herrschte Schweigen. Sir Roger schob sein Pferd neben mich, wie ich so mit klappernden Zähnen dastand. „Du bist ein gelehrter Kleriker, Bruder Parvus“, sagte er ruhig, obwohl seine Nase ganz weiß und sein Haar vom Schweiß feucht war. „Was hältst du davon?“

„Wahrhaft, ich weiß es nicht, Sire“, stammelte ich. „Die alten Geschichten berichten von Zauberern – wie Merlin – die durch die Luft fliegen.“

„Könnte es ... göttlich sein?“ Er bekreuzigte sich.

„Es kommt mir nicht zu, solches zu entscheiden.“ Ich blickte furchtsam himmelwärts. „Doch ich sehe keinen Engelschor.“

Ein halblautes Klirren kam aus dem Schiff, übertönt von einem Stöhnen der Furcht, als sich eine kreisförmige Tür zu öffnen begann. Aber alle blieben stehen – weil sie Engländer waren oder einfach deshalb, weil sie zuviel Angst hatten, um fortzulaufen.

Ich entdeckte, daß die Tür von doppelter Art war, mit einer Kammer dazwischen. Eine Rampe aus Metall schob sich vor, wie eine Zunge, drei Ellen abwärts, bis sie die Erde berührte. Ich hob mein Kruzifix, und von meinen Lippen flossen Aves wie Hagel.

Einer aus der Mannschaft trat vor. Großer Gott, wie soll ich den Schrecken jenes ersten Anblicks beschreiben? Wahrhaftig, schrillte meine Furcht, dies war ein Dämon aus den tiefsten Tiefen der Hölle.

Er war vielleicht fünf Fuß groß, sehr breit und kräftig und in eine Tunika von silbernem Glanz gekleidet. Seine Haut war haarlos und von tiefem Blau. Er hatte einen kurzen, dicken Schwanz. Seine Ohren zu beiden Seiten seines runden Kopfes waren lang und spitz, und aus einem stumpfschnauzigen Gesicht funkelten schmale, bernsteinfarbene Augen, aber er hatte eine hohe Stirn.

Jemand fing zu schreien an.

Red John hob seinen Bogen.

„Stille dort!“ brüllte er. „Zum Teufel, den ersten Mann, der sich bewegt, töte ich!“

Ich fand, daß dies nicht die Zeit für lästerliche Reden war. Indem ich mein Kreuz noch höher hob, zwang ich meine schlaffen Beine, mich ein paar Schritte weiter nach vorne zu tragen, wobei ich eine Exorzismusformel murmelte. Ich war sicher, sie würde nichts verhelfen; das Ende der Welt war über uns.

Wenn der Dämon nur stehengeblieben wäre, dann hätten sich bald unsere Ränge gelöst, und wir wären geflohen. Aber er hob ein Rohr, das er in der Hand hielt. Eine Flamme schoß aus ihm, blendend weiß. Ich hörte es in der Luft knistern und sah, wie ein Mann ganz in meiner Nähe getroffen wurde. Er fiel tot zu Boden, die Brust aufgebrannt.

Drei weitere Dämonen traten hervor.

Soldaten sind dazu ausgebildet zu reagieren und nicht nachzudenken, wenn solche Dinge geschehen. Der Bogen von Red John sang. Der vorderste Dämon taumelte von der Rampe, durchbohrt von einem Pfeil. Ich sah ihn Blut husten und sterben. Und als hätte der eine Schuß hundert andere ausgelöst, war der Himmel plötzlich grau von pfeifenden Pfeilen. Die drei anderen Dämonen brachen zusammen, so dick mit Pfeilen gespickt, als wären sie Zielscheiben.

„Man kann sie töten!" brüllte Sir Roger. „Lob dem Herrn! Sankt Georg, für England!" Und er gab seinem Pferd die Sporen und preschte die Rampe hinauf.

Es heißt, die Furcht könne unnatürlichen Mut erzeugen. Mit einem wilden Schrei rannte die ganze Armee hinter ihm her. Ich muß gestehen, auch ich heulte und rannte ins Schiff.

Ich habe nur eine schwache Erinnerung an jenen Kampf, der durch alle Räume und Korridore wütete und tobte. Irgendwo, von irgend jemandem, bekam ich eine Streitaxt. Ich bewahre in mir den verwirrten Eindruck, auf böse, blaue Gesichter einzuschlagen, die sich mir entgegenhoben, die Zähne fletschten, erinnere mich daran, wie ich im Blut ausglitt und mich erhob, um erneut zuzuschlagen. Sir Roger konnte die Schlacht nicht lenken. Seine Männer rannten ungezügelt. Im Wissen, daß man die Dämonen töten konnte, war ihr einziger Gedanke der, zu töten und es hinter sich zu bringen.

Die Mannschaft des Schiffes zählte etwa hundert, aber nur wenige trugen Waffen. Später fanden wir alle möglichen Gerätschaften in den Laderäumen, aber die Invasoren hatten sich darauf verlassen, Panik zu erzeugen. Da sie die Engländer nicht kannten, hatten sie nicht mit Schwierigkeiten gerechnet. Die Artillerie des Schiffs war zum Einsatz bereit, aber sobald wir im Schiffsinneren waren, wertlos.

In weniger als einer Stunde hatten wir sie alle erjagt.

Als ich durch die Überreste des Gemetzels ins Freie watete, weinte ich vor Freude, weil ich wieder das gesegnete Licht der Sonne auf der Haut verspürte.

Sir Roger beriet sich mit seinen Hauptleuten, um unsere Verluste festzustellen, die insgesamt nicht mehr als fünfzehn Mann betrugen. Während ich vor Erschöpfung zitternd dastand, kam Red John Hameward heraus. Er hatte sich einen Dämon über die Schulter geworfen.

Jetzt warf er das Geschöpf Sir Roger vor die Füße. „Den da habe ich mit der bloßen Faust gefällt, Sire", keuchte er. „Ich dachte, Ihr würdet einen eine Weile am Leben lassen wollen, um ihn zu befragen. Oder sollte ich kein Risiko eingehen und ihm schon jetzt den häßlichen Kopf abschneiden?"

Sir Roger überlegte. Er war jetzt wieder ganz ruhig; keiner von uns hatte die Ungeheuerlichkeit dessen, was wir erlebt hatten, schon ganz erfaßt. Ein grimmiges Lächeln spielte um seine Lippen. Er antwortete in Englisch, das er ebenso fließend beherrschte wie das Französisch der Adeligen, dem er gewöhnlich den Vorzug gab.

„Wenn dies Dämonen sind", meinte er, „dann sind es armselige Dämonen, denn sie ließen sich ebenso leicht erschlagen wie Menschen. Leichter sogar, fürwahr. Sie verstanden weniger vom Nahkampf als meine kleine Tochter. Viel weniger, denn sie hat mich schon häufig in die Nase gezwickt. Ich glaube, man wird diesen kleinen Burschen mit Ketten fesseln können, wie, Bruder Parvus?"

„Ja, Mylord", meinte ich. „Wenn es auch besser wäre, ein paar Heiligenreliquien und die Hostie in der Nähe zu halten."

„Nun, dann bring ihn in die Abtei, und sieh zu, was ihr aus ihm herausquetschen könnt. Ich werde eine Wache mitschikken. Komm heute abend zum Essen."

„Sire“, meinte ich mit schwachem Tadel, „wir sollten eine große Dankmesse abhalten, ehe wir etwas anderes tun.“

„Ja, ja“, sagte er ungeduldig. „Sprich mit deinem Abt darüber. Tut, was euch am besten erscheint. Aber kommt zum Essen und sagt mir, was ihr erfahren habt.“

Er sah das Schiff an, und seine Augen wurden nachdenklich.

2

Ich kam wie befohlen, mit Billigung meines Abtes, der erkannte, daß die geistlichen und weltlichen Kräfte gemeinsam handeln mußten. Das Dorf war seltsam still, als ich mir meinen Weg durch die Straßen der Abenddämmerung bahnte. Die Leute waren in der Kirche oder hinter ihren Türen. Aus dem Lager der Soldaten konnte ich eine weitere Messe hören. Das Schiff brütete wie ein Berg über unseren winzigen Werken.

Aber ich glaube, daß wir uns beherzt fühlten, vielleicht sogar ein wenig trunken ob unseres Erfolgs über Mächte, die nicht von dieser Erde waren. Der selbstgefällige Schluß schien unausweichlich, daß Gott unser Tun billigte.

Dreifache Wachen ließen mich das Tor passieren, und ich begab mich direkt in die große Halle. Ansby Castle war ein altes Normannenbauwerk: finster anzusehen, kalt zu bewohnen. Die Halle war bereits dunkel, erhellt von Kerzen und einem hochlodernden Feuer, das Waffen und Wandteppiche mit unruhigen Schatten überzog. Am Tisch saßen Edelleute und die wichtigeren Gemeinen aus Ort und Heer. Ein Stimmengewirr herrschte, Bedienstete huschten herum, und unter den Tischen lagen die Hunde. Es war eine beruhigend vertraute Szene, und mochte auch noch soviel Spannung darunterliegen. Sir Roger winkte mich zu sich und forderte mich auf, ich solle mich zu ihm und seiner Lady setzen, eine besondere Ehre.

Es sei mir gestattet, Roger de Tourneville, Ritter und Baron, zu beschreiben. Er war ein großer, mit Muskeln bepackter Mann von dreißig Jahren, mit grauen Augen und einem hageren Gesicht mit einer ausgeprägten Nase. Er trug sein gelbes Haar so, wie Krieger es zu tragen pflegten, dick am Scheitel und darunter rasiert – was einem sonst erfreulich anzusehenden Antlitz Abbruch tat, hatte er doch Ohren wie die Griffe eines Kruges. Dieser sein Heimatdistrikt war arm und rückständig, und er hatte den größten Teil seiner Zeit anderswo im Kriege verbracht. Höfischer Schliff fehlte ihm daher, doch war er klug und von freundlicher Art. Seine Frau, Lady Catherine, war eine Tochter des Vicomte de Mornay; die meisten Leute hatten das Gefühl, sie hätte nicht nur unter ihrem Rang, sondern auch unter ihrer Lebensart geheiratet, war sie doch in Winchester inmitten jeglicher Eleganz und modernen Raffinements erzogen worden. Sie war sehr schön, hatte große blaue Augen und kastanienfarbenes Haar, hatte aber etwas von einem Mannweib an sich. Sie hatten nur zwei Kinder: Robert, ein wackerer Knabe von sechs Jahren, der mein Schüler war, und ein dreijähriges Mädchen namens Matilda.

„Nun, Bruder Parvus“, dröhnte die Stimme meines Herrn. „Setz dich. Nimm einen Becher Wein – beim Blut des Herrn, dieser Anlaß verlangt mehr als bloß Bier!“ Lady Catherines zarte Nase rümpfte sich ein wenig; dort wo sie herstammte, tranken nur die Gemeinen Bier. Als ich mich gesetzt hatte, lehnte sich Sir Roger vor und sagte eindringlich: „Was habt ihr herausgefunden? Ist es ein Dämon, den wir gefangen haben?“

Stille senkte sich über den Tisch. Selbst die Hunde waren verstummt. Ich konnte das Herdfeuer knistern und die alten Banner staubig rascheln hören, wo sie von den Deckenbalken hingen. „Ich glaube schon, Mylord“, antwortete ich vorsichtig, „denn er wurde sehr ärgerlich, als wir ihn mit Heiligem Wasser bespritzen."

„Aber er ist nicht in einer Rauchwolke verschwunden? Ha! Wenn es Dämonen sind, so ähneln sie keinen, von denen ich je gehört habe! Sie sind sterblich wie Menschen."

„Mehr als das, Sire", erklärte einer seiner Hauptleute, „denn sie können keine Seelen haben."

„Ihre vermaledeiten Seelen interessieren mich nicht", fauchte Sir Roger. „Ich will mehr über ihr Schiff wissen. Ich bin seit dem Kampf durch das Schiff gegangen. Heilige Mutter Gottes, was für ein Wal von einem Schiff! Wir können ganz Ansby an Bord schaffen und hätten immer noch Platz übrig. Hast du den Dämon gefragt, wie es kommt, daß bloße hundert von ihnen soviel Platz brauchten?"

„Er spricht keine der bekannten Sprachen, Mylord", sagte ich.

„Unsinn! Alle Dämonen können zumindest Latein. Er ist nur hartnäckig."

„Vielleicht eine kleine Sitzung mit Eurem Henker?" fragte der Ritter Sir Owain Montbelle lässig.

„Nein", sagte ich. „Wenn Ihr erlaubt, besser nicht. Er scheint sehr schnell zu lernen. Er kann schon viele Worte wiederholen, die ich ihm vorgesprochen habe, also glaube ich nicht, daß er nur Unwissenheit vorschützt. Gebt mir ein paar Tage, und es mag durchaus sein, daß ich mit ihm sprechen kann."

„Ein paar Tage könnten zuviel sein", grollte Sir Roger. Er warf den Rinderknochen, an dem er genagt hatte, den Hunden zu und leckte sich schmatzend die Finger. Lady Catherine furchte die Stirn und deutete auf die Wasserschale und das Tuch vor ihr. „Tut mir leid, meine Süße", murmelte er. „Ich denke nie an dieses neumodische Zeug."

Sir Owain enthob ihn der Peinlichkeit, indem er fragte: „Warum sagt Ihr, ein paar Tage könnten zu lang sein? Ihr erwartet doch sicherlich nicht ein weiteres Schiff?"

„Nein. Aber die Männer werden unruhiger denn je sein. Wir waren fast bereit zur Abreise, und jetzt passiert *dies!*"

„So? Können wir nicht in jedem Fall zu der geplanten Stunde abziehen?"

„Nein, Schwachkopf!" Sir Rogers Faust landete auf dem Tisch. Ein Becher hüpfte. „Seht Ihr denn nicht, was für eine Chance das ist? Die Heiligen selbst müssen sie uns geschenkt haben!"

Während wir noch wie vom Donner gerührt dasaßen, fuhr er eilig fort: „Wir können die ganze Kompanie an Bord dieses Dinges schaffen. Pferde, Kühe, Schweine, Hühner – unsere Versorgungsprobleme sind gelöst. Frauen auch, all die Bequemlichkeiten von zu Hause! Ja wahrhaftig, warum nicht auch die Kinder? Das Getreide hier kann eine Weile allein bleiben, und es ist sicherer, alle zusammenzuhalten, für den Fall, daß es noch einmal eine Heimsuchung gibt.

Ich weiß nicht, über welche Kräfte das Schiff außer der des Fliegens verfügt, aber sein bloßer Anblick wird soviel Schrekken verbreiten, daß wir kaum zu kämpfen brauchen. Also werden wir damit den Kanal überqueren und den Krieg in Frankreich binnen eines Monats beenden. Versteht ihr? Und dann ziehen wir weiter und befreien das Heilige Land und sind bis zur Heuernte wieder zurück!"

Das lange Schweigen endete plötzlich in einem solchen Sturm der Begeisterung, daß mein eigener schwacher Protest übertönt wurde.

Ich hielt den Plan für völlig verrückt. Und wie ich sehen konnte, taten Lady Catherine und ein paar andere das auch. Aber der Rest lachte und schrie, bis die ganze Halle dröhnte.

Sir Roger sah mich mit gerötetem Gesicht an. „Es hängt von dir ab, Bruder Parvus", sagte er. „Was die Sprache angeht, bist du der Beste von uns allen. Du mußt den Dämonen zum Reden bringen oder es ihn lehren oder was auch immer. Er muß uns zeigen, wie man jenes Schiff segelt!"

„Mein edler Lord ..." begann ich zögernd.

„Gut!“ Sir Roger schlug mir auf den Rücken, daß ich beinahe erstickt und vom Stuhl gefallen wäre. „Ich wußte doch, daß du es schaffen würdest. Und zur Belohnung wirst du das Privileg erhalten, mit uns zu kommen.“

Es war wahrhaftig, als wären Dorf und Armee in gleicher Weise besessen. Weise wäre es ohne Zweifel gewesen, in aller Hast Botschaften zum Bischof – vielleicht nach Rom selbst – zu senden und Rat zu erbitten. Aber nein, sie alle mußten gehen, sofort. Die Frauen wollten ihre Männer nicht verlassen, Eltern ihre Kinder nicht, noch die Mädchen ihre Geliebten. Der ärmlichste Sklave blickte von seinem Acker auf und träumte davon, das Heilige Land zu befreien und unterwegs eine Kiste Goldes mitzunehmen.

Was sonst soll man auch von einem Volk erwarten, in dem sich das Blut von Sachsen, Dänen und Normannen mischt?

Ich kehrte in die Abtei zurück und verbrachte die Nacht auf den Knien und betete um ein Zeichen. Aber die Heiligen blieben stumm. Nach dem Morgengebet ging ich schweren Herzens zu meinem Abt und berichtete ihm, was der Baron befohlen hatte.

Er war ergrimmt darüber, daß man ihm nicht erlaubte, sofort mit den Kirchenbehörden in Verbindung zu treten, entschied aber, daß es am besten wäre, zunächst zu gehorchen. Ich wurde von meinen anderen Pflichten befreit, auf daß ich den Dämon studieren könne.

Ich gürtete mich und ging in die Zelle hinunter, in der er eingeschlossen war. Es war ein enger Raum, halb unter der Erde, der gewöhnlich von Büßern benutzt wurde. Bruder Thomas, unser Schmied, hatte Ringe an die Wände geschmiedet und das Geschöpf daran angekettet. Er lag auf einer Strohschütte, ein furchterregender Anblick im düsteren Licht. Seine Kettenglieder klirrten, als er sich bei meinem Eintritt erhob. Unsere Reliquien in ihren Kästen standen in der Nähe, gerade so weit entfernt, daß er sie nicht erreichen konnte, auf daß der Hüftknochen des heiligen Osbert und der Milchzahn des Sankt Willibald ihn daran hindern mochten, seine Bande zu sprengen und zurück in die Hölle zu entfliehen.

Wenngleich ich ganz und gar nicht traurig gewesen wäre, hätte er dies getan.

Ich bekreuzigte mich und setzte mich. Seine gelben Augen funkelten mich an. Ich hatte Papier, Tinte und Federkiele mitgebracht, um mein bescheidenes Zeichentalent einzusetzen. Ich skizzierte einen Menschen und sagte: „*Homo*", denn es schien mir weiser, ihn Latein zu lehren, als eine Sprache zu benutzen, die sich auf eine einzige Nation beschränkte. Dann zeichnete ich einen weiteren Menschen und zeigte ihm, daß die zwei *homines* genannt wurden. So ging es weiter, und er erwies sich als gelehrig.

Nach einer Weile bedeutete er mir, daß er Papier zu haben wünsche, und ich gab es ihm. Er selbst zeichnete recht geschickt und erklärte mir, sein Name sei *Branithar* und seine Rasse werde *Wersgorix* genannt.

Ich konnte diese Begriffe in keiner Dämonologie entdekken. Aber von nun an überließ ich es ihm, unsere Studien zu lenken, denn seine Rasse hatte aus dem Erlernen neuer Sprachen eine Wissenschaft gemacht, und so kamen wir schnell vorwärts.

Ich arbeitete viele lange Stunden mit ihm und sah in den nächsten paar Tagen nur wenig von der Welt draußen. Sir Roger hielt seinen Besitz von der Außenwelt abgeschlossen. Ich glaube, seine größte Angst war es, irgendein Herzog oder Fürst könnte das Schiff für sich mit Beschlag belegen. Der Baron verbrachte mit den Kühneren unter seinen Männern viel Zeit an Bord des Schiffes und versuchte, all die Wunder zu ergründen, die er entdeckte.

Binnen kurzem war Branithar imstande, sich über die Diät aus Wasser und Brot zu beklagen, die wir ihm boten, und er drohte Rache.

Ich hatte immer noch Angst vor ihm, ließ mir aber nichts anmerken. Natürlich war unser Gespräch viel langsamer als ich es hier wiedergebe, und enthielt viele Pausen, in denen wir nach Worten suchten.

„Du hast dir das selbst zuzuschreiben", erklärte ich ihm. „Ihr hättet klüger sein müssen, als Christen ohne Grund anzugreifen."

„Was sind Christen?" fragte er.

Verblüfft dachte ich, er spielte diese Ignoranz nur. Um das zu ergründen, führte ich ihn durch das Paternoster. Aber er löste sich nicht in Rauch auf, was mich verblüffte.

„Ich glaube, ich verstehe", sagte er. „Du meinst damit irgendein primitives Stammespantheon."

„Es ist nichts so Heidnisches!" sagte ich indigniert. Ich begann, ihm die Dreifaltigkeit zu erklären, aber ich war kaum zur Transsubstantiation gelangt, als er eine ungeduldige Bewegung mit seiner blauen Hand machte. Sie glich einer menschlichen Hand, sah man einmal von den dicken, scharfen Nägeln ab.

„Unwichtig", sagte er. „Sind alle Christen so wild wie deine Leute?"

„Bei den Franzosen hättet ihr mehr Glück gehabt", räumte ich ein. „Euer Unglück war es, unter Engländern zu landen."

„Ein starrköpfiges Volk", nickte er. „Das wird euch teuer zu stehen kommen. Aber wenn du mich sofort freiläßt, werde ich versuchen, das Strafgericht zu mildern, das über euch hereinbrechen wird."

Die Zunge drohte mir im Mund zu erstarren, aber ich löste sie und forderte ihn ganz kühl auf, dies näher zu erläutern. Woher er kam und was seine Absichten seien?

Das brauchte ziemlich lange, bis er es erklären konnte, weil die Begriffe selbst fremd waren. Ich war überzeugt, daß er log, aber zumindest lernte er dabei mehr Latein.

Zwei Wochen nach der Landung erschien Sir Owain Montbelle in der Abtei und verlangte eine Audienz bei mir. Ich empfing ihn im Klostergarten, wo wir eine Bank fanden und uns setzten.

Dieser Owain war der jüngere Sohn eines Duodezbaron in den Marchen, aus dessen zweiter Ehe mit einer Frau aus

Wales. Ich möchte sagen, daß der uralte Konflikt zweier Nationen seltsam in seiner Brust loderte, aber da war auch der gälische Charme. Am Königshof zuerst zum Pagen und später zum Junker eines großen Ritters gemacht, hatte der junge Owain das Herz seines Herrn gewonnen und war mit allen Privilegien eines viel höheren Ranges erzogen worden. Er war weitgereist, war zu einem Troubadour von einigem Ansehen geworden, hatte den Ritterschlag erhalten – und da war er plötzlich, ohne einen Heller.

In der Hoffnung, sein Glück zu machen, war er nach Ansby gewandert, um sich den freien Kriegern anzuschließen. Obwohl ein tapferer Mann, sah er für den Geschmack der meisten zu gut aus, und es hieß, daß kein Ehemann sich wohl fühlte, wenn er um die Wege war. Das stimmte nicht ganz, denn Sir Roger hatte an dem jungen Mann Gefallen gefunden, bewunderte seine Urteilskraft wie seine Erziehung und war glücklich, daß Lady Catherine endlich jemanden hatte, mit dem sie über die Dinge sprechen konnte, die sie am meisten interessierten.

„Ich komme von meinem Herrn, Bruder Parvus", begann Sir Owain. „Er begehrt zu wissen, wie lange du noch brauchen wirst, um dieses Tier zu zähmen."

„Oh ... er spricht jetzt ganz flüssig", antwortete ich. „Aber er hält mit solcher Hartnäckigkeit an eindeutigen Irrtümern fest, daß ich es bis jetzt noch nicht für der Mühe wert gehalten habe zu berichten."

„Sir Roger wird höchst ungeduldig, und die Männer sind kaum mehr zu halten. Sie essen ihn um Haus und Hof, und es vergeht kaum eine Nacht ohne eine Prügelei oder einen Mord. Wir müssen bald aufbrechen – oder überhaupt nicht mehr."

„Dann bitte ich Euch, nicht zu gehen", sagte ich. „Nicht in jenem Schiff, das aus der Hölle stammt." Ich konnte hinter den Mauern der Abtei den atemberaubend hohen Turm sehen, um dessen Nase tiefhängende Wolken kreisen. Er erschreckte mich.

„Nun“, herrschte Sir Owain mich an. „Was hat das Monstrum dir gesagt?“

„Er besitzt die Unverschämtheit zu behaupten, er käme nicht von unten, sondern von oben, vom Himmel selbst!“

„Er ... ein Engel?“

„Nein. Er behauptet, er sei weder Engel noch Dämon, sondern ein Angehöriger einer anderen sterblichen Rasse.“

Sir Owain strich sich mit der Hand über das glattrasierte Kinn.

„Das könnte sein“, sinnierte er. „Schließlich, wenn es Einhörner und Zentauren und andere monströse Geschöpfe gibt, weshalb dann nicht diese untersetzten Blauhäuter?“

„Ich weiß. Es wäre vernünftig genug, behauptete er nicht, im Himmel zu wohnen.“

„Sag mir ganz genau, was er gesagt hat.“

„Wie Ihr wünscht, Sir Owain, aber erinnert Euch, daß diese Ketzereien nicht die meinen sind. Dieser Branithar besteht darauf, daß die Erde nicht flach sei, sondern eine Sphäre, die im Weltraum hängt. Wahrhaftig, er geht sogar noch weiter und behauptet, die Erde bewege sich um die Sonne! Einige der gelehrten Alten hatten eine ähnliche Meinung, aber ich kann einfach nicht verstehen, was die Ozeane dann davon abhalten würde, sich in den Weltraum zu ergießen oder ...“

„Bitte, erzähle weiter, Bruder Parvus.“

„Nun, Branithar sagt, die Sterne seien Sonnen wie die unsrige, nur sehr weit entfernt, und sie hätten Welten, die um sie kreisten so wie unsere eigene. Nicht einmal die Griechen hätten soviel Absurdes geschluckt. Für was für dumme Bauernlümmel hält uns dieses Geschöpf eigentlich? Aber wie dem auch sein mag, Branithar behauptet, sein Volk, die Wersgorix, kämen von einer jener anderen Welten, von denen eine unserer Erde sehr ähnlich ist. Er brüstet sich ihrer Hexenkunst –“

„Soviel ist nicht gelogen“, sagte Sir Owain. „Wir haben einige jener Handwaffen ausprobiert. Wir haben drei Häuser niedergebrannt, ein Schwein und einen Sklaven, ehe wir lernten, wie man sie unter Kontrolle hält."

Ich schluckte, fuhr aber fort: „Diese Wersgorix haben Schiffe, die zwischen den Sternen fliegen können. Sie haben viele Welten besiegt. Ihre Methode besteht darin, alle rückständigen Eingeborenen, die sie etwa auffinden, zu unterdrücken oder zu vernichten. Und dann besiedeln sie die ganze Welt, und jeder Wersgor nimmt sich Hunderttausende von Morgen. Ihre Zahl wächst so schnell, und es ist ihnen so zuwider, eng beieinander zu leben, daß sie stets neue Welten suchen müssen.

Dieses Schiff, das wir erobert haben, war ein Späher auf der Suche nach einem neuen Ort zur Eroberung. Nachdem sie unsere Erde von oben beobachtet hatten, beschlossen sie, daß sie für ihre Zwecke geeignet sei, und stiegen herab. Ihr Plan war der übliche, ein Plan, der sie bisher noch nie im Stich gelassen hatte. Sie wollten uns terrorisieren, unser Dorf als Stützpunkt benutzen, herumziehen und Musterexemplare von Pflanzen, Tieren und Mineralien sammeln. Dies ist der Grund, weshalb ihr Schiff so groß ist und soviel leeren Platz hat. Es sollte eine wahrhaftige Arche Noah werden. Nach ihrer Rückkehr nach Hause und einem Bericht über ihre Entdeckungen sollte eine Flotte ausgeschickt werden und die ganze Menschheit angreifen."

„Mhm", sagte Sir Owain. „Das haben wir zumindest verhindert."

Vor der schrecklichen Vision, wie unser Volk von Unmenschen gepeinigt, vernichtet oder versklavt wurde, waren wir geschützt, weil keiner von uns das wirklich glaubte. Ich hatte für mich entschieden, daß Branithar aus einem fernen Teil der Welt kam, vielleicht noch ferner als Cathay, und uns diese Lügen nur auftischte in der Hoffnung, uns so einzuschüchtern, daß wir ihn ziehen ließen. Sir Owain stimmte meiner Theorie bei.

„Nichtsdestoweniger", fügte der Ritter hinzu, „müssen wir ganz sicher lernen, mit diesem Schiff umzugehen, auf daß nicht mehr von ihnen eintreffen. Und wie könnten wir es besser lernen, als indem wir es nach Frankreich und Jerusalem führten? Wie mein Herr es gesagt hat – in jenem Fall wäre es ebenso klug wie bequem, Frauen, Kinder, Bauern und Städter mitzunehmen. Hast du das Tier gefragt, welche Zaubersprüche man sprechen muß, um das Schiff zu bewegen?"

„Ja", antwortete ich etwas zögernd. „Er sagt, das Ruder sei sehr einfach."

„Und hast du ihm gesagt, was geschehen wird, wenn er uns nicht getreulich lenkt?"

„Ich habe es angedeutet. Er sagt, er würde gehorchen."

„Gut! Dann können wir in ein oder zwei Tagen aufbrechen!" Sir Owain lehnte sich zurück, die Augen verträumt halb geschlossen. „Am Ende müssen wir uns überlegen, wie wir Verbindung mit seinem Volk aufnehmen. Man könnte mit seinem Lösegeld viel Wein kaufen und viele schöne Frauen erfreuen."

3

Und so brachen wir auf.

Noch fremdartiger als selbst das Schiff und seine Ankunft war, wie wir uns einschifften. Dort ragte das Ding auf wie eine stählerne Klippe, von einem Zauberer zu einem scheußlichen Zweck geschmiedet. Auf der anderen Seite der Dorfwiese lag Ansby, schindelgedeckte Hütten und ausgefahrene Straßen, grüne Felder unter dem fahlen englischen Himmel. Das Schloß selbst, einst die ganze Szene beherrschend, wirkte eingeschrumpft und grau.

Und über die Rampen, die wir von weit oben heruntergelassen hatten, hinein in die schimmernde Säule, drängte sich unser rotgesichtiges, schwitzendes Volk. Hier grölte John

Hameward, den Bogen über der einen Schulter und eine Kneipendirne kichernd an der anderen. Dort schritt ein Freibauer, bewaffnet mit einer rostigen Axt, die vielleicht schon bei Hastings geschwungen worden war, in geflicktes Bauwolltuch gekleidet, vor einer keifenden Frau her, die ihr Bettzeug und den Kochtopf trug und an deren Röcken sich ein halbes Dutzend Kinder festklammerten. Hier versuchte ein Armbrustschütze ein starrsinniges Maultier dazu zu bringen, die Gangway hinaufzuklettern, und die Flüche, die er ausstieß, trugen seinem Konto so manches Jahr im Fegefeuer ein. Dort trieb ein junger Bursche ein Schwein, das sich irgendwie befreit hatte. Hier scherzte ein prunkvoll gekleideter Ritter mit einer schönen Lady, die einen Falken mit Kappe auf dem Handgelenk trug. Dort zählte ein Priester die Perlen an seinem Rosenkranz, während er zweifelnd in den eisernen Schlund trat. Hier muhte eine Kuh, dort blökte ein Schaf, hier schüttelte eine Ziege die Hörner, und dort gackerte eine Henne. Alles zusammengezählt gingen etwa zweitausend Seelen an Bord.

Das Schiff nahm alle spielend auf. Jeder wichtige Mann konnte eine Kabine für sich und seine Lady bekommen – denn einige hatten Frauen oder Buhlerinnen nach Ansby Castle mitgebracht, um aus ihrer Abreise nach Frankreich einen eher gesellschaftlichen Anlaß zu machen. Das gemeine Volk breitete sich in den leeren Laderäumen Strohsäcke aus. Das arme Ansby blieb fast völlig verlassen zurück, und ich frage mich oft, ob es noch existiert.

Sir Roger hatte Branithar das Schiff bei einigen Probeflügen bedienen lassen. Es hatte sich glatt und lautlos in den Himmel erhoben, als er an den Rädern, Hebeln und Knöpfen im Kontrollturm hantierte. Die Steuerung war kindisch einfach, obwohl wir gewissen Scheiben mit heidnischen Inschriften, über die Nadeln zuckten, keinen Sinn entnehmen konnten. Durch mich erklärte Branithar Sir Roger, daß das Schiff seine Antriebskraft von der Zerstörung von Materie bezog, eine wahrhaft abscheuliche Vorstellung, und daß seine Motoren es hoben und antrieben, indem sie die Anziehung der Erde in ausgewählten Richtungen auflösten. Das war sinnlos – Aristoteles hat sehr klar dargelegt, wie die Dinge zu Boden fallen, weil es ihre Natur ist zu fallen, und ich halte nichts von unlogischen Ideen, denen sich Wirrköpfe so leicht hingeben.

Trotz seiner Vorbehalte schloß sich der Abt, Pater Simon, an und segnete das Schiff. Wir nannten es *Kreuzfahrer*. Obwohl wir nur zwei Kaplane mitnahmen, hatten wir uns auch eine Locke vom Haar des heiligen Benedikt ausgeborgt, und alle, die wir uns einschifften, hatten die Beichte abgelegt und Absolution erhalten. So nahm man allgemein an, daß wir vor geistlicher Gefahr sicher waren, wenn ich auch daran meine Zweifel hatte.

Man wies mir eine kleine Kabine neben der Flucht zu, in der Sir Roger mit seiner Lady und ihren Kindern wohnte. Branithar wurde in einem nahe liegenden Raum bewacht. Meine Pflicht bestand darin, zu übersetzen und die Unterweisung des Gefangenen im Lateinischen ebenso wie die Erziehung des jungen Robert fortzuführen und daneben als Amanuensis meines Herrn tätig zu sein.

Doch bei der Abreise befanden sich Sir Roger, Sir Owain, Branithar und ich im Kontrollturm. Er war fensterlos wie das ganze Schiff, aber er enthielt Glasscheiben, auf denen Bilder der Erde unter uns und des Himmels, der uns umgab, erschienen. Ich schauderte und betete meinen Rosenkranz, denn Christenmenschen ist es verboten, in die Kristallkugeln indischer Zauberer zu sehen.

„Nun denn“, sagte Sir Roger, und sein hakennasiges Gesicht lachte mich an, „hinweg denn! Wir werden binnen einer Stunde in Frankreich sein!“

Er setzte sich vor das Brett mit den Hebeln und Rädern. Branithar sagte schnell zu mir: „Die Probeflüge reichten nur ein paar Meilen weit. Sag deinem Meister, daß für eine Reise dieser Länge gewisse Sondervorbereitungen getroffen werden müssen.“

Sir Roger nickte, als ich das weitergab. „Wohlan denn, dann soll er sie treffen." Sein Schwert glitt aus der Scheide. „Aber ich werde unseren Kurs auf den Scheiben beobachten. Beim ersten Anzeichen von Verrat ..."

Sir Owain runzelte die Stirn. „Ist das weise, Mylord?" fragte er. „Das Tier ..."

„Ist unser Gefangener. Ihr seid zu voll mit keltischem Aberglauben, Owain. Laßt ihn beginnen."

Branithar setzte sich. Das Mobiliar des Schiffs, Stühle und Tische, Betten und Schränke waren für uns Menschen etwas klein – und schlecht entworfen, ohne auch nur einen einzigen geschnitzten Drachen als Ornament. Aber wir kamen mit ihnen zurecht. Ich beobachtete den Gefangenen aufmerksam, als seine blauen Hände über das Brett huschten.

Ein tiefes Brummen durchlief das Schiff. Ich spürte nichts, aber der Boden auf den unteren Scheiben schrumpfte plötzlich zusammen. Das war Hexerei; viel lieber wäre mir der übliche Stoß nach hinten gewesen, wie man ihn in Fahrzeugen spürt, wenn sie sich in Bewegung setzen. Ich kämpfte gegen meinen Magen an und starrte in das Abbild des Himmels, das sich in den Scheiben widerspiegelte. Es dauerte nicht lange, und wir flogen zwischen den Wolken, die sich als hochfliegender Nebel erwiesen. Dies zeigt ganz klar die wundersame Kraft Gottes, denn es ist bekannt, daß die Engel häufig auf den Wolken sitzen und dabei nicht naß werden.

„Jetzt südwärts", befahl Sir Roger.

Branithar brummte, drehte an einer Scheibe und legte eine Stange um. Ich hörte das Klicken eines Schlosses. Die Stange blieb unten.

Höllischer Triumph funkelte in den gelben Augen. Branithar sprang von seinem Sitz und knurrte mich an: „*Consumati estis!*" Sein Latein war sehr schlecht. „Ihr seid erledigt! Ich habe euch gerade in den Tod geschickt!"

„Was?" rief ich.

Sir Roger fluchte, er hatte halb verstanden und warf sich auf den Wersgor. Aber der Anblick, der sich ihm auf den Scheiben bot, ließ ihn innehalten. Das Schwert entfiel klirrend seiner Hand, und Schweißtropfen traten ihm auf die Stirn.

Es war wahrhaft schrecklich. Die Erde schrumpfte unter uns zusammen, als stürze sie in einen großen Brunnen. Über uns wurde der blaue Himmel dunkel, und Sterne funkelten. Und doch war die Nacht noch nicht angebrochen, denn in einer Scheibe leuchtete die Sonne, heller denn je! Sir Owain schrie etwas auf walisisch. Ich fiel auf die Knie.

Branithar schoß auf die Türe zu. Sir Roger wirbelte herum und packte ihn an seinem Umhang. Sie fielen beide zu Boden.

Sir Owain war vom Schrecken wie gelähmt, und ich konnte den Blick nicht von der schrecklichen Schönheit des Schauspiels reißen, das uns umgab. Die Erde schrumpfte so winzig zusammen, daß sie nur eine Scheibe füllte. Sie war blau, von Bändern umgeben, mit dunklen Flecken und rund. *Rund!*

Eine neue und tiefere Note mischte sich in das dumpfe Dröhnen. Neue Nadeln an dem Kontrollbrett erwachten zukkend zum Leben. Plötzlich bewegten wir uns, unsere Geschwindigkeit nahm ungeheuer schnell zu. Eine völlig andere Gruppe von Maschinen, die nach völlig unbekannten Prinzipien funktionierten, war angelaufen.

Ich sah den Mond vor uns anschwellen. Und während ich noch hinstarrte, passierten wir ihn so nahe, daß ich Berge und Pockennarben auf ihm sehen konnte, gesäumt von ihren eigenen Schatten. Aber das war unvorstellbar! Alle wußten, daß der Mond ein perfekter Kreis war. Schluchzend versuchte ich, diesen Lügner von einer Sichtscheibe zu zerbrechen, konnte es aber nicht.

Sir Roger überwältigte Branithar und streckte ihn halb bewußtlos auf dem Deck aus. Der Ritter erhob sich schwer atmend. „Wo sind wir?“ keuchte er. „Was ist geschehen?“

„Wir steigen hinauf“, stöhnte ich. „Immer höher und höher.“ Ich hielt mir die Ohren zu, um nicht das Gehör zu verlieren, wenn wir gegen die erste der Kristallsphären prallten.

Nach einer Weile, als nichts passiert war, schlug ich die Augen wieder auf und sah erneut hin. Erde und Mond wichen jetzt beide nach hinten zurück, nicht viel mehr als ein Doppelstern, blau und golden. Die echten Sterne flammten hart und starr vor einem Hintergrund aus unendlicher Schwärze. Mir schien es, als nähme unsere Geschwindigkeit immer noch zu.

Sir Roger unterbrach meine Gebete mit einem Fluch. „Zuerst müssen wir uns um diesen Verräter kümmern!“ Er trat Branithar in die Rippen. Der Wersgor richtete sich auf und funkelte ihn herausfordernd an.

Ich nahm meinen ganzen Witz zusammen und sagte auf lateinisch zu ihm: „Was hast du getan? Wenn du uns nicht sofort zurückbringst, wirst du unter der Folter sterben.“

Er richtete sich auf, verschränkte die Arme und musterte uns mit bitterem Stolz.

„Hast du denn gedacht, ihr Barbaren wäret einem zivilisierten Geist gewachsen?“ antwortete er. „Macht mit mir, was ihr wollt. Die Rache wird über euch kommen, wenn ihr das Ende der Reise erreicht.“

„Aber was *hast* du getan?“

Sein etwas verschrammter Mund grinste. „Ich habe das Schiff der Kontrolle seines Automatenpiloten unterworfen. Es steuert sich jetzt selbst. Alles ist automatisch – das Verlassen der Atmosphäre, das Umschalten in Translicht-Quasigeschwindigkeit, der Ausgleich der optischen Effekte, die Aufrechterhaltung künstlicher Schwerkraft und andere Umweltfaktoren.“

„Nun, dann schalte die Maschinen ab!“

„Das kann niemand. Ich könnte es jetzt selbst nicht tun, jetzt, da die Stange verriegelt ist. Sie wird unten bleiben, bis wir Tharixan erreichen. Und das ist die nächste von meinem Volk besiedelte Welt!“

Ich versuchte vorsichtig, die Kontrollen zu bewegen. Das war nicht möglich. Als ich es den Rittern sagte, stöhnte Sir Owain laut. Aber Sir Roger sagte grimmig: „Wir werden herausfinden, ob das die Wahrheit ist oder nicht. Zumindest wird das Verhör Strafe für seinen Verrat sein!“

Durch mich antwortete Branithar voll Verachtung: „Laßt euren Groll an mir aus, wenn ihr müßt. Ich habe keine Angst vor euch. Aber ich sage, selbst wenn ihr meinen Willen brecht, wäre es nutzlos. Die Rudereinstellung kann jetzt weder verändert noch das Schiff angehalten werden. Die Verriegelung ist für Situationen bestimmt, in denen man ein Schiff ohne jemanden an Bord irgendwohin schicken muß.“ Nach einem Augenblick fügte er ernsthaft hinzu: „Ihr müßt aber begreifen, daß ich keinen Groll gegen euch hege. Ihr seid unvernünftig, aber ich könnte fast die Tatsache bedauern, daß wir eure Welt für uns brauchen. Wenn ihr mich verschont, werde ich Fürsprache für euch einlegen, wenn wir nach Tharixan kommen. Vielleicht schenkt man euch zumindest euer Leben.“

Sir Roger strich sich nachdenklich über das Kinn. Ich hörte das Knistern seiner Stoppeln, obwohl er sich erst am letzten Donnerstag rasiert hatte. „Ich nehme an, das Schiff wird sich wieder steuern lassen, wenn wir diesen Zielort erreichen“, sagte er. Ich war erstaunt, wie kühl er das nach dem ersten Schock hinnahm. „Könnten wir dann nicht umkehren und nach Hause zurückkehren?“

„Ich werde euch niemals führen!“ antwortete Branithar darauf. „Und alleine, unfähig, unsere Navigationsbücher zu lesen, würdet ihr den Weg nie finden. Wir werden weiter von eurer Welt entfernt sein, als das Licht in tausend eurer Jahre durchmessen kann.“

„Du könntest wenigstens so höflich sein, unsere Intelligenz nicht zu bleidigen“, ereiferte ich mich. „Ich weiß genausogut wie du, daß das Licht unendliche Geschwindigkeit besitzt.“

Er zuckte die Achseln.

In Sir Rogers Auge blitzte es auf. „Wann werden wir eintreffen?“ frage er.

„In zehn Tagen“, informierte uns Branithar. „Es liegt nicht an den Entfernungen zwischen den Sternen, so groß sie auch sind, daß wir eure Welt erst so spät erreicht haben, denn wir haben uns seit drei Jahrhunderten ausgedehnt. Es liegt an der schieren Zahl der Sonnen."

„Mhm. Wenn wir eintreffen, steht uns dieses schöne Schiff zur Verfügung, mit seinen Bombarden und den Handwaffen. Die Wersgorix könnten unseren Besuch bedauern!"

Ich übersetzte das für Branithar, worauf dieser antwortete: „Ich rate euch aufrichtig, euch sofort zu ergeben. Zugegeben, diese Feuerstrahler, die wir haben, können einen Mann töten oder eine Stadt in Schutt und Asche legen. Aber ihr werdet sie nicht benutzen können, weil wir Schirme aus schierer Energie haben, die jeden Strahl dieser Art aufhalten. Das Schiff ist nicht so geschützt, da die Generatoren eines Kraftfeldes dafür zu schwer sind. So können die Kanonen der Festung nach oben schießen und euch zerstören."

Als Sir Roger das hörte, meinte er nur: „Nun, wir haben zehn Tage Zeit, um darüber nachzudenken. Wir wollen das geheimhalten. Niemand kann aus dem Schiff heraussehen, außer von diesem Ort aus. Ich werde mir irgendeine Geschichte einfallen lassen, die die Leute nicht zu sehr beunruhigt."

Er ging hinaus, und sein Umhang flatterte hinter ihm wie mächtige Schwingen.

4

Ich war der letzte unserer Truppe, und vieles war geschehen, woran ich keinen Anteil gehabt hatte. Und doch will ich es so ausführlich wie möglich niederschreiben, und an den Stellen, wo mein Wissen lückenhaft ist, Vermutungen einsetzen. Die Kaplane hörten viel bei der Beichte und gaben sich alle Mühe, falsche Eindrücke richtigzustellen, ohne das Beichtgeheimnis zu verletzen.

Ich glaube deshalb, daß Sir Roger Catherine, seine Lady,

beiseite nahm und ihr sagte, wie die Dinge standen. Er hatte sich von ihr Ruhe und Mut erhofft, aber sie zürnte.

„Fluch über den Tag, an dem ich Euch heiratete!“ schrie sie. Ihr liebliches Gesicht wurde zuerst rot, dann weiß, und sie stampfte mit dem kleinen Fuß auf das stählerne Deck. „Schlimm genug, daß Eure Tollpatschigkeit mich vor dem König und dem ganzen Hofe demütigt und mich dazu verdammt, mein Leben in dieser Bärenhöhle zu fristen, das Ihr ein Schloß nennt. Jetzt setzt Ihr das Leben und die Seele meiner Kinder Gefahren aus!“

„Aber Liebste“, stammelte er. „Ich konnte nicht wissen ...“

„Nein, Ihr wart zu dumm! Nicht genug damit, auf Raub und Hurerei nach Frankreich zu ziehen, Ihr mußtet es ja in diesem Sarg der Lüfte tun. Eure Arroganz sagte Euch, daß der Dämon solche Angst vor Euch hätte, daß er ein gehorsamer Sklave sein würde. Heilige Maria, hab Mitleid mit uns Frauen!“

Sie wirbelte herum, schluchzte und rannte davon.

Sir Roger starrte ihr nach, bis sie hinter der nächsten Biegung des langen Korridors verschwunden war.

Dann machte er sich schweren Herzens auf, seine Soldaten zu besuchen.

Er fand sie in dem achtern liegenden Laderaum, wo sie ihre Abendmahlzeit kochten. Die Luft blieb trotz aller Feuer, die wir entzündeten, süß. Branithar erklärte mir, das Schiff enthielte ein System zur Erneuerung der lebenswichtigen Geister der Atmosphäre. Es ging mir etwas auf die Nerven, daß die Wände stets leuchteten, so daß man den Tag nicht von der Nacht unterscheiden konnte. Aber die gemeinen Soldaten saßen herum, stemmten Bierkrüge, schnitten auf, würfelten und knackten Flöhe, eine wilde, gottlose Mannschaft, die nichtsdestoweniger ihren Herrn mit echter Zuneigung bejubelte.

Sir Roger gab Red John Hameward ein Zeichen, dessen

mächtige Gestalt jetzt in einer kleinen Kammer zu ihm trat. „Nun, Sire“, bemerkte er, „der Weg nach Frankreich scheint doch ziemlich lang zu sein.“

„Die Pläne sind, äh, geändert worden“, erklärte Sir Roger vorsichtig.

„Anscheinend gibt es in der Heimat dieses Schiffes seltene Beute zu machen. Damit könnten wir eine Armee ausrüsten, die groß genug wäre, unsere Eroberungen nicht nur einzunehmen, sondern auch zu behalten und zu besiedeln.“

Red John rülpste und kratzte sich unter der Weste. „Wenn wir nur nicht auf mehr stoßen, als wir bewältigen können, Sire.“

„Ich glaube nicht. Aber Ihr müßt Eure Männer auf diesen neuen Plan vorbereiten und ihre Angst besänftigen, falls sie welche haben.“

„Das wird nicht leicht sein, Sire.“

„Warum nicht? Ich sagte doch, es wird viel zu plündern geben.“

„Nun, Mylord, wenn Ihr die ehrliche Wahrheit hören wollt, es verhält sich so: Seht Ihr, obwohl wir die meisten Frauen von Ansby mitgenommen haben und viele von ihnen unverheiratet sind und äh, freundlich gestimmt ... dennoch, Mylord, bleibt die Tatsache, seht Ihr, wir sind doppelt so viele Männer wie Frauen. Die Mädchen in Frankreich sind nun hübsch und würden in der Not ebenso genügen wie die Sarazenenweiber – es heißt sogar, sie hätten viel für sich –, aber wenn man nach den Blauhäuten schließt, die wir überwältigt haben ... nun, ihre Frauen sind nicht so hübsch.“

„Woher wißt Ihr denn, daß sie nicht schöne Prinzessinnen gefangenhalten, die sich nach einem ehrlichen Engländergesicht sehnen?“

„Das wäre gut, Mylord. Das wäre durchaus möglich.“

„Dann seht zu, daß die Bogenschützen kampfbereit sind, wenn wir eintreffen.“ Sir Roger schlug dem Riesen auf die

Schulter und ging hinaus, um seinen anderen Hauptleuten Ähnliches mitzuteilen.

Mir gegenüber erwähnte er diese Frage der Frauen etwas später, und ich war erschüttert. „Gott sei gelobt, daß Er die Wersgorix so unattraktiv gemacht hat, wenn sie einer anderen Spezies angehören!“ rief ich aus. „Groß ist seine Weisheit!“

„Bist du sicher, daß es keine Menschen sind?“ fragte der Baron.

„Wolle Gott, daß ich das weiß, Sire“, antwortete ich, nachdem ich darüber nachgedacht hatte. „Sie ähneln nichts auf der Erde. Und doch gehen sie auf zwei Beinen, haben Hände, können reden und besitzen die Gabe der Vernunft.“

„Das hat wenig zu bedeuten“, entschied er.

„Oh, es hat viel zu bedeuten, Sire!“ erklärte ich ihm. „Denn seht, wenn sie eine Seele haben, dann ist es unsere Pflicht, sie für den wahren Glauben zu gewinnen. Wenn nicht, wäre es Blasphemie, ihnen die Sakramente zu geben.“

„Das kannst du ja herausfinden“, sagte er gleichgültig.

Ich eilte stracks in Branithars Kabine, die von zwei Speerträgern bewacht wurde. „Was willst du?“ fragte er, als ich mich setzte. „Hast du eine Seele?“ erkundigte ich mich.

„Eine was?“

Ich erklärte ihm, was *spiritus* bedeutete. Er konnte damit immer noch nichts anfangen. „Glaubt ihr denn wirklich, daß eine Miniaturausgabe von euch selbst in eurem Kopf wohnt?“ fragte er.

„Oh nein. Die Seele ist nicht materiell. Sie ist es, die das Leben gibt ... nun, das nicht gerade, da es schließlich ja Tiere gibt, die leben ... der Wille, daß ich ...“

„Ich verstehe. Das Gehirn.“

„Nein, nein, nein! Die Seele ist, nun, sie ist das, was weiterlebt, sobald der Körper tot ist, und sich dem Urteil über seine Taten während des Lebens stellt.“

„Ah. Ihr glaubt also, daß die Persönlichkeit nach dem Tode überlebt. Ein interessantes Problem. Wenn Persönlichkeit ein

Muster anstatt eines materiellen Gegenstandes ist, wie es vernünftig scheint, dann ist es theoretisch möglich, daß dieses Muster auf etwas anderes transferiert wird, auf dasselbe System von Beziehungen aber in einer anderen physischen Matrix."

„Hör auf damit!" herrschte ich ihn ungeduldig an. „Ihr seid ja schlimmer als ein Albigenser. Sag mir einmal mit ganz normalen Worten: Hast du nun eine Seele oder hast du keine?"

„Unsere Wissenschaftler haben die Probleme untersucht, die in dem Konzept von Persönlichkeitsmustern liegen, aber soweit es mir bekannt ist, fehlen noch Daten, auf denen man einen Schluß aufbauen könnte."

„Da haben wir es wieder", seufzte ich. „Kannst du mir keine einfache Antwort geben? Sag mir einfach, ob du eine Seele hast oder nicht."

„Ich weiß nicht."

„Du bist wirklich eine große Hilfe", schalt ich ihn und ging weg.

Meine Brüder und ich debattierten lange über das Problem, aber abgesehen von der offensichtlichen Tatsache, daß jedem Nichtmenschen, der sich dafür interessierte, die Taufe gespendet werden durfte, war keine Lösung zu finden. Es war eine Angelegenheit, die Rom klären mußte, vielleicht sogar ein ökumenisches Konzil.

Während sich all das begab, hatte Lady Catherine ihre Tränen getrocknet und schwebte jetzt hochmütig einen Korridor herunter, bemüht, ihren inneren Aufruhr durch Bewegung zu dämpfen. In dem langen Raum, wo die Hauptleute speisten, fand sie Sir Owain, der seine Harfe schlug. Er sprang auf und verbeugte sich. „Mylady! Wie angenehm ... ich könnte auch sagen atemberaubend ... ich bin wirklich überrascht."

Sie setzte sich auf eine Bank. „Wo sind wir jetzt?" fragte sie und gab damit ihrer Müdigkeit nach.

Er begriff, daß sie die Wahrheit kannte, und erwiderte: „Ich weiß nicht. Die Sonne ist bereits so zusammengeschrumpft, daß wir sie zwischen den Sternen verloren haben." Ein kleines Lächeln ließ sein finsteres Gesicht aufleuchten. „Und doch ist in dieser Kammer genügend Sonne."

Catherine spürte, wie ihr das Blut in die Wangen schoß. Sie sah auf ihre Fußspitzen. Ihre eigenen Lippen schoben sich, ohne daß sie das wollte, nach oben.

„Wir sind auf der einsamsten Reise, die je ein Mensch unternommen hat", sagte Sir Owain. „Wenn Mylady gestatten, werde ich versuchen, eine Stunde davon mit einem Liederkranz zu vertreiben, der Eurem Zauber gewidmet ist."

Sie lehnte nur einmal ab. Seine Stimme hob sich, bis sie den ganzen Raum erfüllte.

5

Von der Reise nach draußen gibt es wenig zu berichten. Bald lastete der Überdruß, den sie uns bereitete, schwerer auf uns als irgendwelche Gefahren. Ritter tauschten zornige Worte, und John Hameward mußte mehr als einmal ein paar Köpfe gegeneinanderschlagen, um Ruhe und Ordnung unter seinen Bogenschützen zu bewahren. Die Sklaven trugen es noch am besten; wenn sie nicht für das Vieh sorgten oder aßen, schliefen sie einfach.

Ich stellte fest, daß Lady Catherine häufig mit Sir Owain sprach und daß ihr Ehemann darüber schon lange nicht mehr erfreut war. Aber er war immer mit irgendwelchen Plänen oder Vorbereitungen beschäftigt, und der jüngere Ritter verschaffte ihr Stunden der Ablenkung, ja manchmal der Freude.

Sir Roger und ich verbrachten viel Zeit mit Branithar, der uns bereitwillig von seiner Rasse und ihrem Reich erzählte. Mit der Zeit begann ich, wenn auch widerstrebend, seinen Behauptungen Glauben zu schenken. Seltsam, daß eine so häßliche Brut eine Sphäre bewohnte, die ich für den dritten Himmel hielt, aber die Tatsache ließ sich nicht leugnen. Fürwahr, so dachte ich, wenn die Schrift die vier Ecken der Welt erwähnte, meinte sie gar nicht unseren Planeten Terra, sondern bezog sich auf ein würfelförmiges Universum. Und jenseits davon mußte das Reich der Gesegneten liegen, wenn auch Branithars Hinweis auf das glutflüssige Innere der Erde ohne Zweifel mit den prophetischen Visionen der Hölle in Einklang stand.

Branithar erklärte uns, daß es im Wersgor-Imperium etwa hundert Welten wie die unsere gab. Sie umkreisten ebenso viele einzelne Sterne, denn keine Sonne nannte mehr als einen bewohnbaren Planeten ihr eigen. Jede dieser Welten war das Zuhause von ein paar Millionen Wersgorix, die gerne viel Raum hatten. Abgesehen vom Hauptplaneten Wersgorixan trugen sie keine Städte. Aber jene Planeten an den Grenzen des Imperiums, wie zum Beispiel Tharixan, unser Ziel, besaßen Festungen, die zugleich Stützpunkte der Raummarine waren. Branithar hob die Feuerkraft und die Undurchdringbarkeit jener Burgen hervor.

Wenn ein brauchbarer Planet intelligente Eingeborene besaß, wurden diese entweder ausgetilgt oder versklavt. Die Wersgorix verrichteten keine untergeordneten Arbeiten und überließen diese Heloten oder Automaten. Sie selbst waren Soldaten, Verwalter ihrer riesigen Ländereien, Händler, Besitzer von Manufakturen, Politiker, Höflinge. Da die versklavten Nationen unbewaffnet waren, hatten sie nicht die leiseste Hoffnung, sich gegen die relativ geringe Zahl fremder Herren aufzulehnen. Sir Roger murmelte etwas, daß man ja an diese unterdrückten Geschöpfe Waffen verteilen könne, wenn wir anlangten, aber Branithar ahnte seine Absicht, lachte und sagte, Tharixan sei nie bewohnt gewesen, und so gäbe es auf dem ganzen Planeten nur ein paar hundert Sklaven.

Dieses Reich der Wersgorix erfüllte etwa eine Kugel im Weltraum, die an die zweitausend Lichtjahre durchmaß. (Ein

Lichtjahr ist die unglaubliche Distanz, die das Licht in einem Wersgorjahr durchmißt, von dem Branithar behauptete, daß es etwa zehn Prozent länger als die entsprechende terrestrische Periode wäre.) Es umschloß Millionen von Sonnen mit ihren Welten. Aber die meisten davon waren wegen giftiger Luft oder giftiger Lebensformen oder anderer Dinge für die Wersgorix nutzlos und wurden daher ignoriert.

Sir Roger fragte, ob sie die einzige Nation seien, die es gelernt hatte, zwischen den Sternen zu fliegen. Branithar zuckte verächtlich die Achseln. „Wir sind drei weiteren Rassen begegnet, die unabhängig voneinander diese Kunst entwickelt haben“, sagte er. „Sie leben innerhalb unseres Imperiums, aber bis jetzt haben wir sie noch nicht unterworfen. Es war nicht der Mühe wert – primitive Planeten sind soviel leichtere Beute. Wir erlauben es diesen drei Rassen, zwischen den Sternen zu verkehren und die kleine Zahl von Kolonien zu behalten, die sie bereits in anderen Planetensystemen eingerichtet haben. Aber wir haben es ihnen nicht erlaubt, ihre Ausdehnung fortzusetzen. Das ist in ein paar kleineren Kreisen entschieden worden. Sie empfinden keine Liebe für uns und wissen, daß wir sie eines Tages vernichten werden, wenn es uns paßt, aber angesichts unserer überwältigenden Macht sind sie hilflos.“

„Ich verstehe“, nickte der Baron.

Er wies mich an, damit anzufangen, die Wersgorsprache zu lernen. Branithar fand Spaß daran, mich zu lehren, und ich konnte meine eigenen Ängste durch harte Arbeit zurückdrängen, und so ging es recht schnell. Ihre Sprache war barbarisch, ganz ohne das Edle, das dem Lateinischen anhaftet, aber deshalb nicht schwer zu meistern.

Im Kontrollturm fand ich Schubladen voll Karten und Nummerntafeln. Alles Geschriebene war auf sehr schöne Art exakt; ich fand, sie mußten Schreiber haben, daß es geradezu eine Schande war, die Blätter nicht zu illuminieren. Während ich über den gefundenen Schriften brütete und das wenige bedachte, das ich von der Sprache und dem Alphabeth von Wersgor bereits gelernt hatte, schloß ich, daß dies Navigationshinweise sein mußten.

Ich fand auch eine regelrechte Karte des Planeten Tharixan, da dies der Heimatstützpunkt der Expedition gewesen war. Ich übersetzte die Symbole für Land, See, Fluß, Festung und so weiter. Sir Roger brütete viele Stunden darüber. Selbst die sarazenische Karte, die sein Großvater aus dem Heiligen Land zurückgebracht hatte, war damit verglichen grob und primitiv, obwohl andererseits die Wersgorix einen Mangel an Kultur zeigten, indem sie Bilder von Meerjungfrauen, die vier Winde, Greifen und ähnlichen Schmuck einfach wegließen.

Ich entzifferte auch die Legenden auf einigen der Instrumente des Kontrollbretts. Skalen wie jene, die der Messung der Höhe und der Geschwindigkeit dienten, waren leicht zu meistern. Aber was bedeutete „Treibstoff-Fluß"? Worin bestand der Unterschied zwischen „Unterlicht-Antrieb" und „Überlicht-Antrieb"? Dies waren wahrhaft machtvolle, wenn auch heidnische Zaubersprüche.

Und so verstrichen die Tage ewig gleich, und nach einer Weile, die mir wie ein Jahrhundert vorkam, beobachteten wir, daß ein Stern auf den Scheiben anwuchs. Er schwoll an, bis er groß und hell wie unsere eigene Sonne flammte. Und dann sahen wir einen Planeten, ähnlich dem unseren, nur daß er zwei kleine Monde besaß. Wir stürzten in die Tiefe, bis die Szene nicht mehr einen Ball am Himmel zeigte, sondern eine schroffe Landschaft unter unseren Fußsohlen. Als ich einen Himmel sah, der wieder blau war, warf ich mich dankerfüllt aufs Deck.

Die Stange klappte in die Höhe. Das Schiff kam zum Stillstand und hing da, wo es war, eine Meile hoch in den Lüften. Wir hatten Tharixan erreicht.

6

Sir Roger hatte mich mit Sir Owain und Red John, der Branithar an der Leine führte, in den Kontrollturm befohlen. Der Anführer der Bogenschützen riß den Mund auf, als er die vielen Scheiben sah, und murmelte halblaut schauerliche Beschwörungen.

Im ganzen Schiff war bekanntgegeben worden, daß alle kampffähigen Männer sich bewaffnen sollten. Die zwei Ritter trugen Rüstung, und ihre Knappen warteten draußen mit Helm und Schild. Pferde stampften in den Lagerräumen und den Korridoren. Frauen und Kinder verkrochen sich mit vor Angst leuchtenden Augen.

„Hier sind wir!" grinste Sir Roger. Es wirkte geradezu dämonenhaft, ihn so knabenhaft vergnügt zu sehen, wo doch alle anderen schluckten und schwitzten, bis die Luft stank. Aber eine Schlacht selbst gegen die Mächte der Hölle war etwas, das er verstehen konnte. „Bruder Parvus, frag den Gefangenen, wo auf dem Planeten wir sind."

Ich stellte Branithar die Frage, worauf dieser einen Knopf am Schaltbrett drückte. Eine bislang leere Scheibe erglühte zum Leben und zeigte eine Landkarte. „Wir sind dort, wo das Fadenkreuz steht", erklärte er. „Die Karte bewegt sich mit, wenn wir herumfliegen."

Ich verglich die Scheibe mit der Karte, die ich in der Hand hielt. „Die Festung mit dem Namen Ganturath scheint etwa hundert Meilen Nord bei Nordost zu liegen, Mylord", sagte ich.

Branithar, der ein wenig Englisch gelernt hatte, sagte: „Ganturath ist nur ein unbedeutender Stützpunkt." Wenn er prahlte, bediente er sich immer noch der lateinischen Sprache. „Und doch sind dort zahlreiche Raumschiffe stationiert und Schwärme von Luftfahrzeugen. Die Feuerwaffen der Bodenbatterien können dieses Schiff einfach wegblasen, und Kraftschirme werden jeden Strahl von euren Kanonen aufhalten. Am besten, ihr ergebt euch."

Als ich übersetzt hatte, sagte Sir Owain langsam. „Vielleicht wäre dies das klügste, Mylord."

„Was?" schrie Sir Roger. „Ein Engländer und ohne Kampf aufgeben?"

„Aber die Frauen, Sire, und die armen kleinen Kinder!"

„Ich bin kein reicher Mann", sagte Sir Roger. „Ich kann es mir nicht leisten, Lösegeld zu bezahlen." Er stampfte in seinem Panzer zum Pilotensessel, setzte sich und tippte an die Handkontrollen.

Durch die nach unten gerichteten Sichtscheiben sah ich, wie das Land schnell unter uns hinwegzog. Seine Flüsse und Berge waren wie die zu Hause geformt, aber über den grünen Tönen der Vegetation lag ein gespenstisch wirkender bläulicher Schimmer. Das Land schien wild. Hier und dort sahen wir ein paar gerundete Gebäude inmitten riesiger Kornfelder, die von Maschinen kultiviert wurden, aber sonst war es ebenso menschenleer wie der New Forest. Ich fragte mich, ob dies vielleicht auch der Jagdpark irgendeines Königs war, und erinnerte mich dann an Branithars Bericht von der schwachen Besiedlung des Wersgor-Imperiums.

Eine Stimme brach unsere Stille, schnatterte in der kantigen Sprache der Blaugesichter dahin. Wir zuckten zusammen, bekreuzigten uns und blickten in die Runde. Die Laute kamen aus einem kleinen schwarzen Instrument, das am Hauptbrett befestigt war.

„So!" Red John zog seinen Dolch. „Die ganze Zeit hatten wir also einen blinden Passagier an Bord! Gebt mir eine Brechstange, Sire, dann hole ich ihn heraus."

Branithar ahnte, was er meinte. Aus seiner dicken blauen Kehle kam bellendes Gelächter. „Die Stimme wird von weit her getragen, durch Wellen wie jene des Lichts, aber länger", sagte er.

„Sprich vernünftig!" forderte ich.

„Nun, wir werden von einem Beobachter in der Festung Ganturath angerufen."

Sir Roger nickte nur, als ich übersetzte. „Stimmen, die aus der Luft kommen, sind im Vergleich zu allem, was wir bereits gesehen haben, wenig", sagte er. „Was will der Bursche?"

Ich konnte nur ein paar Worte erfassen, bekam aber das Wesentliche mit. Wer wir waren? Dies sei nicht der übliche Landeplatz für Aufklärungsfahrzeuge. Weshalb wir eine verbotene Zone beträten? „Beruhige sie", wies ich Branithar an, „und denke daran, daß ich es verstehen werde, wenn du uns verrätst."

Er zuckte die Achseln, als amüsierte ihn das, obwohl auch auf seiner Stirn Schweiß stand. „Aufklärungsschiff 587-*Zin* kehrt zurück", sagte er. „Dringende Botschaft. Wir halten über dem Stützpunkt an."

Die Stimme erteilte Genehmigung, warnte aber, wenn wir tiefer als eine *Stanthax* (etwa eine halbe Meile) gingen, würde man uns vernichten. Wir sollten in der Luft stehen bleiben, bis die Mannschaften von Streifenflugbooten an Bord kämen.

Ganturath war inzwischen bereits zu sehen: eine kompakte Ansammlung von Kuppeln und Halbzylindern, Ziegelwerk über stählernen Gerüsten, wie wir später herausfinden sollten. Die ganze Anlage stellte einen Kreis von etwa tausend Fuß Durchmesser dar. Etwa eine halbe Meile nordwärts lag eine kleinere Gebäudegruppe. Durch eine vergrößernde Schichtscheibe sahen wir, daß aus letzteren die Rohre riesiger Feuerbombarden hervorstachen.

Als wir zum Stillstand kamen, erhob sich über beiden Teilen der Festung ein blasses Schimmern. Branithar deutete darauf. „Die Schutzschirme. Eure eigenen Schüsse würden harmlos davon abprallen. Es wäre reines Glück, eine dieser Kanonenmündungen dort zu treffen, wo sie durch das Schild stechen. Aber ihr bietet ein bequemes Ziel."

Ein paar eiförmige, metallische Fahrzeuge, die, verglichen mit dem mächtigen Rumpf unseres *Kreuzfahrer,* wie Mücken wirkten, näherten sich. Wir sahen, wie sich andere vom Boden erhoben. Sir Rogers blondgelockter Kopf senkte sich nickend. „Wie ich es mir gedacht habe“, sagte er. „Jene Schirme mögen vielleicht einen Feuerstrahl aufhalten, aber nicht materielle Gegenstände, schließlich können ihn die Boote ja passieren.“

„Das ist wahr“, sagte Branithar durch meine Vermittlung. „Ihr könntet ein oder zwei Explosivgeschosse abwerfen, aber dann würde euch der außenliegende Festungsteil, wo die Kanonen sind, vernichten.“

„Aha.“ Sir Roger musterte den Wersgor, und seine Augen waren jetzt völlig farblos geworden. „Ihr besitzt also Explosivgranaten, wie? Ohne Zweifel auch an Bord dieses Fahrzeuges. Und das hast du mir nie gesagt. Darauf komme ich zurück.“ Er deutete mit dem Daumen auf Red John und Sir Owain. „Nun, Ihr beide habt gesehen, wie das Land liegt. Geht jetzt zu den Männern zurück und haltet Euch bereit, kämpfend herauszukommen, wenn wir landen.“

Sie entfernten sich und blickten nervös auf die Scheiben, wo die Luftfahrzeuge uns jetzt sehr nahe waren. Sir Roger griff selbst nach den Rädern, die die Bombarden lenkten. Wir hatten vermittels einiger Experimente gelernt, daß jene großen Waffen sich fast selbst zielten und feuerten. Als die Streifenboote nahe genug waren, legte Sir Roger los.

Blendende Höllenstrahlen stachen hinaus. Sie hüllten die Luftfahrzeuge in Flammen. Ich sah, wie das uns nächste von jenem feurigen Schwert entzweigeschnitten wurde. Ein anderes stürzte rotglühend ab, während ein drittes explodierte. Donner dröhnte. Dann sah ich rings um uns nur noch stürzende Metallteile.

Sir Roger prüfte, was Branithar behauptet hatte, aber er hatte nicht gelogen: Seine Strahlen prallten von jenem blaßschimmernden, durchschneidenden Schirm ab. Er grunzte. „Das habe ich erwartet. Am besten gehen wir jetzt hinunter, ehe die uns ein richtiges Kriegsschiff entgegenschicken oder das Feuer von der Außenbatterie aus eröffnen." Während er das sagte, jagte er uns bodenwärts. Eine Flamme berührte unseren Rumpf, aber da waren wir bereits zu tief. Ich sah, wie Ganturaths Bauten uns entgegenrasten, und bereitete mich auf den Tod vor.

Ein Scharren und Knirschen ging durch unser Schiff. Der Turm, in dem wir standen, platzte auf, als er einen niedrigen Ausguckturm streifte. Aber dafür wurden auch die Zinnen des Turms abgerissen. Zweitausend Fuß lang, mit einem nicht zu berechnenden Gewicht, zermalmte der *Kreuzfahrer* halb Ganturath unter sich.

Sir Roger war aufgesprungen, als die Maschinen noch nicht einmal ganz verstummt waren. „Hurra!" brüllte er. „Gott mit uns!" Und damit rannte er über das schräge, verbeulte Deck. Er riß dem erschrockenen Knappen den Helm weg und stülpte ihn sich auf den Kopf, während er weiterrannte. Der Junge folgte ihm mit klappernden Zähnen, ohne aber den Schild von de Tourneville loszulassen.

Branithar saß sprachlos da. Ich raffte meine Kutte und eilte davon, um jemanden zu finden, der unseren wertvollen Gefangenen hinter Schloß und Riegel verwahren konnte. Als dies geschehen war, konnte ich der Schlacht zusehen.

Wir waren der Länge nach heruntergekommen statt auf dem Schwanz, von den Maschinen, die das künstliche Gewicht erzeugten, davor bewahrt, innen herumzutaumeln. Unheil umgab uns, zerschmetterte Häuser und zertrümmerte Mauern. Ein Chaos blauer Wersgorix brodelte aus den Überresten der Festung.

Bis ich den Ausgang erreicht hatte, war Sir Roger bereits mit seiner ganzen Kavallerie draußen. Er machte nicht halt, um sie zu sammeln, sondern preschte mitten in die Feinde hinein. Sein Pferd wieherte, seine Mähne flog, sein Panzer blitzte, und seine lange Lanze spießte drei hintereinander auf. Als der Speer schließlich zerbrach, zog mein Herr sein Schwert und hieb munter um sich. Die meisten seines Gefolges hatten keinerlei Skrupel hinsichtlich des Einsatzes unritterlicher Waffen, sie kämpften mit Schwert, Axt und Morgenstern, scheuten sich aber auch nicht, Handkanonen aus dem Schiff zu benutzen.

Jetzt strömten Bogenschützen hervor, brüllend warfen sie sich in die Schlacht. Wahrscheinlich war es ihre eigene Angst, die sie so wild machte. Sie warfen sich ins Handgemenge mit den Wersgorix, bevor unser Gegner viele Blitzstrahlen schleudern konnte.

Die Schlacht vollzog sich Mann gegen Mann, ein führerloses Getümmel, wo Axt, Dolch oder Keule nutzbringender eingesetzt wurden als Feuerstrahler oder Kugelbüchse.

Als Sir Roger sich Platz verschafft hatte, ließ er seinen schwarzen Hengst auf der Hinterhand tanzen. Er klappte sein Visier zurück und setzte das Horn an die Lippen. Es schallte durch den Lärm und rief die Berittenen herbei. Diese, besser diszipliniert als die Fußsoldaten, lösten sich aus dem Kampf und eilten zu ihrem Baron. Eine Masse großer Pferde, Männer wie Stahltürme, mit bemalten Schilden, Federbüsche auf den Helmen, die Lanzen aufgerichtet, formierte sich hinter meinem Herrn.

Seine behandschuhte Hand wies auf das außenliegende Fort, wo die himmelwärts gerichteten Bombarden ihr zweckloses Feuer eingestellt hatten. „Das müssen wir erobern, ehe sie sich sammeln!“ rief er. „Mir nach, Engländer, für Gott und den heiligen Georg!“

Er ließ sich von seinem Knappen eine frische Lanze reichen, gab seinem Streitroß die Sporen und preschte los. Hinter ihm stampften die Hufe wie ein Erdbeben.

Jene Wersgorix, die in der kleineren Festung stationiert waren, strömten heraus, um sich dem Angriff zu widersetzen. Sie hatten verschiedene Arten von Kanonen und kleine Explosivgeschosse, die von Hand geschleudert wurden. Ein paar Reiter konnten sie damit zu Fall bringen. Aber auf so kurze Distanz war keine Zeit für gezielte Schüsse. Und außerdem waren sie völlig entmutigt. Es gibt keinen schrecklicheren Anblick als eine Kavallerieattacke.

Die Wersgorix hatten das Problem, daß sie zu weit gegangen waren. Sie hatten den Kampf auf dem Boden lange aufgegeben und waren schlecht ausgebildet und schlecht gerüstet, als es zu so einem Kampfe kam. Zwar besaßen sie Feuerstrahlen und auch Kraftschilde, um eben jene Feuerstrahlen aufzuhalten. Aber sie hatten nie daran gedacht, Fußangeln zu legen oder spanische Reiter aufzustellen.

So kam es, daß der schreckliche Schlag ihre Reihen traf, darüber hinwegrollte, sie in den Schlamm stampfte und fortfuhr, ohne daß sie ihn auch nur verlangsamen konnten.

Eines der Bauwerke dahinter lag aufgerissen da. Ein kleines Raumschiff – wenn auch von der gleichen Größe wie ein Schiff auf den Meeren der Erde – war herausgerollt worden. Es stand jetzt auf seinem Schwanz, und seine Maschine brummte, es war bereit, zu starten und uns von oben mit Flammen zu beschießen. Dorthin wies Sir Roger seine Kavallerie. Die Lanzenreiter griffen in einer Reihe an. Lanzen splitterten, Männer wurden aus dem Sattel geschleudert. Aber bedenkt: Ein Kavallerist trägt beim Angriff seinen eigenen Panzer und hat an die fünfzehnhundert Pfund Pferd unter sich. Das Ganze bewegt sich mit einigen Meilen pro Stunde. Der Aufprall ist erschütternd.

Das Schiff wurde umgestürzt. Es fiel zur Seite und lag verkrüppelt da.

Und Sir Rogers Reiter trampelten durch die kleinere Festung mit Schwert, Axt, gespornten Stiefeln und gepanzerten Hufen. Die Wersgorix starben wie Fliegen unter der Klatsche. Oder vielleicht besser gesagt: Die Fliegen waren die kleinen Streifenboote, die über uns herumsummten und nicht in das Getümmel zu schießen vermochten, ohne ihre eigenen Leute zu töten. Nicht daß Sir Roger ihre eigenen Leute nicht ohnehin getötet hätte, aber bis die Wersgorix das begriffen, war es schon zu spät.

Im Hauptteil der Festung, wo die *Kreuzfahrer* lag, war die Schlacht bereits verebbt, und es blieb nur noch die Frage, ob man die Blaugesichter erschlagen, sie gefangennehmen oder sie in den naheliegenden Wald treiben sollte. Dennoch herrschte noch großes Durcheinander, und Red John Hameward hatte das Gefühl, das Geschick seiner Langbogenschützen zu vergeuden. Er bildete aus ihnen einen Stoßtrupp und eilte über das freie Feld zu Sir Roger, um ihm zu helfen.

Die Streifenboote stürzten sich herunter wie hungrige Geier. Hier war eine Beute, die sie vielleicht würden fangen können. Ihre dünnen Strahlen waren für kurze Distanzen bestimmt. Beim ersten Anflug starben zwei Bogenschützen, dann brüllte Red John ein Kommando.

Plötzlich war der Himmel schwarz von Pfeilen. Ein Pfeil mit einem sechsfüßigen Eibenbogen dahinter ist imstande, einen gepanzerten Mann und das Pferd unter ihm zu durchbohren. Diese kleinen Boote machten es noch schlimmer, indem sie direkt in die graue Gänseherde flogen. Keines von ihnen entkam. An einem Dutzend Stellen durchbohrt, ihre Piloten wie die Igel mit Stacheln gespickt, stürzten sie ab. Die Bogenschützen brüllten und rannten in die Schlacht.

Das Raumschiff, das die Lanzenreiter umgestürzt hatten, war immer noch bemannt. Seine Mannschaft mußte inzwischen wieder zu sich gekommen sein. Plötzlich schossen Flammen aus den Kanonentürmen – das waren nicht nur die Strahlen von Handwaffen, sondern Donner und Blitze, die Mauern zerbrechen konnten. Ein Reiter und sein Roß, die von dem Feuer erfaßt wurden, waren plötzlich verschwunden. Ringsumher zuckten die Blitze.

Red John griff sich ein Ende eines mächtigen Stahlbalkens eines Teils der Kuppel, die von den Bombarden zerstört worden war. Fünfzig Männer halfen ihm. Sie rannten auf die Eingangspforte des Schiffes zu. Einmal, zweimal – und schon brach die Tür, und die Engländer stürmten hinein.

Die Schlacht von Ganturath dauerte ein paar Stunden, aber

der größte Teil jener Zeit ging dabei drauf, verborgene Reste der Garnison aufzuspüren. Als die fremde Sonne westwärts verloderte, waren etwa zwanzig Engländer tot. Schwer verletzt waren keine, denn die Flammenkanonen pflegten zu töten, wenn sie ihr Ziel überhaupt trafen. An die dreihundert Wersgorix waren erschlagen und etwa die gleiche Zahl gefangengenommen; vielen der letzteren fehlte ein Glied oder ein Ohr. Ich würde schätzen, daß vielleicht weitere hundert zu Fuß entkamen. Sie würden die Nachricht von uns zu den nächsten Besitzungen tragen – die jedoch nicht sehr nahe lagen. Offenbar hatte die Geschwindigkeit und die zerstörerische Wut unseres ersten Angriffs Ganturaths Weitsprecher außer Aktion gesetzt, ehe er den Alarm verbreiten konnten.

Die wahre Katastrophe, die uns befallen hatte, sollte sich erst später weisen. Daß wir das Schiff zum Wrack gemacht hatten, mit dem wir gekommen waren, störte uns nicht, denn wir hatten jetzt einige andere Fahrzeuge, die uns zusammen leicht alle aufnehmen konnten. Ihre Mannschaften hatten nie Gelegenheit bekommen, sie zu bemannen. Aber bei der unsanften Landung war der Kontrollturm des *Kreuzfahrer* aufgeplatzt. Und die Navigationsnotizen darin waren jetzt verloren.

Im Augenblick herrschte bloß Triumph. Rot besudelt, keuchend, mit einem zerbeulten Panzer bekleidet ritt Sir Roger de Tourneville auf einem müden Pferd zur Hauptfestung zurück. Hinter ihm kamen die Lanzenreiter, die Bogenschützen, die Fußsoldaten – zerfetzt, zerschlagen, müde und erschöpft. Aber sie hatten das Tedeum auf den Lippen, und es stieg unter den fremden Konstellationen, die am nächtlichen Himmel blitzten, empor, und ihre Banner flatterten tapfer im Wind.

Es war herrlich, ein Engländer zu sein.

7

Wir schlugen in der Nähe des fast intakt gebliebenen kleinen Forts Lager. Unsere Leute hackten im Wald Holz, und als dann die beiden Monde aufgingen, sprangen die Flammen zum Himmel. Die Männer saßen dicht beieinander, und das heimelige und doch unruhige Licht hob ihre Gesichter aus der Finsternis hervor. Alle warteten darauf, daß das Essen in den großen Töpfen fertig wurde. Die Pferde fraßen das fremdartige Gras, ohne an seinem Geschmack Gefallen zu finden. Die gefangenen Wersgorix drängten sich, von Pikenträgern bewacht, dicht aneinander. Sie waren benommen; alles dies schien einfach nicht möglich. Fast taten sie mir leid, so gottlos und grausam auch ihre Herrschaft sein mochte.

Sir Roger rief mich zu sich und seinen Hauptleuten, die in der Nähe eines der Kanonentürme kampierten.

Wir besetzten die Verteidigungsanlage, um uns wehren zu können, sollte es zu der Gegenattacke kommen, die wir erwarteten, und versuchten, uns nicht auszumalen, was für neue Schrecklichkeiten der Feind vielleicht in seinen Arsenalen bereithalten mochte.

Für die hochwohlgeborenen Ladys waren Zelte aufgestellt worden. Die meisten waren zu Bett gegangen, aber Lady Catherine saß auf einem Hocker am Rand des Flammenscheins unseres Lagerfeuers. Sie lauschte auf unsere Reden und hatte den Mund finster verzogen.

Die Hauptleute lagen müde auf dem Boden. Ich sah Sir Owain Montbelle, der gelangweilt seine Harfe schlug, den wackeren alten Sir Brian Fitz-William, den dritten der drei zum Ritter geschlagenen Männer auf dieser Reise, den hünenhaften Alfred Edgarson, den reinsten der sächsischen Freisassen, den finsteren Thomas Bullard, der gedankenverloren über das blanke Schwert strich, das er im Schoß liegen hatte. Red John Hameward, scheu, weil er von ihnen allen der am niedrigsten Geborene war. Ein paar Pagen schenkten Wein aus.

Mein Herr, Sir Roger der Unbeugsame, stand da, die Hände hinter dem Rücken verschränkt. Er hatte wie die anderen die Rüstung abgelegt und seine Prunkkleider im Kasten gelassen. Ebensogut hätte er, wie er so dastand, der bescheidenste seiner Feldweibel sein können. Aber dann sah man sein hageres Gesicht mit der vorspringenden Nase und hörte ihn reden. Und an seinen Stiefeln klirrten Sporen.

Als er mich sah, nickte er. „Ah, Bruder Parvus. Setz dich und nimm dir einen Becher. Du trägst deinen Kopf auf den Schultern, und wir brauchen jeden guten Rat, den wir bekommen können."

Eine Weile schritt er noch brütend auf und ab. Ich wagte es nicht, ihn mit meiner schlimmen Nachricht zu unterbrechen. Die fremden Laute in der Dunkelheit ließen noch deutlicher erkennen, wie fremdartig doch dieser doppelmondige Himmel war. Das waren keine Frösche oder Zikaden wie in England: Hier war ein Summen, ein sägezähniges Brummen, ein unmenschlich süßes Singen, wie von einer stählernen Laute. Und auch die Gerüche waren fremd, was mich noch mehr störte.

„Nun", sagte mein Herr. „Mit Gottes Gnade haben wir dieses erste Scharmützel gewonnen. Jetzt müssen wir uns entscheiden, was wir als nächstes tun."

„Mich dünkt ..." Sir Owain räusperte sich und meinte dann eilig: „Nein, Ihr Edlen, ich bin sicher, Gott hat uns gegen unvorhersehbare Verräterei geholfen. Er wird nicht mehr mit uns sein, wenn wir unziemlichen Stolz zeigen. Wir haben eine seltene Beute an Waffen gewonnen, mit denen wir zu Hause Großes vollbringen können. Laßt uns daher nach Hause aufbrechen."

Sir Roger strich sich über das Kinn. „Ich würde lieber hierbleiben", antwortete er, „und doch ist viel an dem, was Ihr sagt, mein Freund. Wir können immer noch zurückkehren, nachdem das Heilige Land befreit ist, und hier Gutes tun."

„Ja, wahrhaftig“, nickte Sir Brian. „Wir sind jetzt zu alleine und von Frauen und Kindern und Alten und dem Vieh behindert. So wenige Kämpfer gegen ein ganzes Reich, das wäre Wahnsinn.“

„Und doch würde ich gerne eine Lanze gegen diese Wersgorix brechen“, sagte Alfred Edgarson. „Ich habe hier noch kein Gold gewonnen.“

„Gold bringt keinen Nutzen, solange wir es nicht nach Hause bringen“, erinnerte ihn Bullard. „Es ist schon schlimm genug, in der Hitze und dem Durst des Heiligen Landes einen Feldzug zu führen. Hier wissen wir nicht einmal, welche Pflanzen giftig sind oder wie es zur Winterszeit ist. Am besten brechen wir morgen auf.“

Ein Murmeln der Zustimmung erhob sich.

Ich räusperte mich jämmerlich. Branithar und ich hatten gerade eine höchst unangenehme Stunde verbracht. „Ihr Herren ...“ begann ich.

„Ja? Was ist?“ Sir Roger funkelte mich an.

„Mylords, ich glaube nicht, daß wir den Weg nach Hause finden können!“

„Was?“ Sie brüllten es förmlich. Ein paar von ihnen sprangen auf. Ich hörte, wie Lady Catherine erschreckt einatmete.

Dann erklärte ich, daß die Wersgor-Notizen bezüglich der Route zu unserer Sonne aus dem zerbrochenen Kontrollturm fehlten. Ich hatte einen Suchtrupp eingeteilt und überall gesucht, in der Hoffnung, sie zu finden, hatte aber keinen Erfolg gehabt. Das Innere des Turms war geschwärzt und an manchen Stellen zerschmolzen. Ich konnte nur den Schluß ziehen, daß ein verirrter Feuerstrahl durch das Loch gekommen war und eine Schublade erfaßt hatte, die durch den Aufprall unserer Landung aufgeplatzt war. Und dieser Feuerstrahl hatte möglicherweise die Papiere zu Asche verbrannt.

„Aber Branithar kennt den Weg!“ protestierte Red John. „Er ist ihn selbst gesegelt! Ich werde es aus ihm herauspressen, Mylord.“

„Seid nicht voreilig“, riet ich. „Das ist nicht, wie wenn man an einer Küste entlangsegelt, wo jede Landmarke bekannt ist. Es gibt unzählige Millionen von Sternen. Diese Suchexpedition ist im Zickzack zwischen ihnen geflogen, um einen geeigneten Planeten zu finden. Ohne Zahlen, die der Kapitän niederschrieb, während sie segelten, könnte man ein ganzes Leben auf der Suche verbringen und doch nicht auf unsere eigene Sonne stoßen.“

„Aber erinnert Branithar sich denn nicht?“ rief Sir Owain.

„Sich an hundert Seiten mit Ziffern erinnern?“ antwortete ich. „Nein, niemand findet es, und das stimmt um so mehr, als Branithar ja nicht der Kapitän des Schiffes war und auch nicht derjenige, der ihre Wanderschaft verfolgte und das Logbuch betreute und die anderen Pflichten der Navigation erfüllte. Unser Gefangener war vielmehr ein Angehöriger des niedrigen Adels, dessen Aufgabe eher bei der Mannschaft zu suchen war. Er hat an den dämonischen Maschinen gearbeitet und ...“

„Genug.“

Sir Roger kaute auf der Unterlippe und starrte zu Boden. „Das ändert die Dinge. Ja ... war denn die Route des *Kreuzfahrers* nicht von Anfang an bekannt? Beispielsweise dem Herzog, der das Schiff ausgeschickt hat?“

„Nein, Mylord“, sagte ich. „Wersgors Aufklärungsschiffe ziehen einfach in jede beliebige Richtung, die dem Kapitän behagt, und sehen sich jeden Stern an, den er für aussichtsreich hält. Erst wenn sie zurückkommen und berichten, erfährt der Herzog, wo sie gewesen sind.“

Ein paar enttäuschte Klagelaute waren zu hören. Jenes waren wackere Männer, aber was sie hier gehört hatten, hätte selbst Heilige zum Erblassen gebracht. Sir Roger schritt steif zu seiner Frau hinüber und legte ihr die Hand auf den Arm.

„Es tut mir leid, meine Liebe“, murmelte er.

Sie wandte das Gesicht von ihm ab.

Sir Owain stand auf. An der Hand, die die Harfe umfaßt hielt, standen weiß die Knöchel hervor. „Hierher habt Ihr uns geführt!“ rief er mit schriller Stimme. „In Tod und Verdammnis jenseits des Himmels! Seid Ihr zufrieden?“

Sir Roger schlug mit der Hand gegen den Schwertgriff. „Seid still!“ brüllte er. „Ihr alle habt meinem Plan zugestimmt. Keiner von euch hat sich widersetzt. Und keiner ist gezwungen worden mitzukommen. Jetzt müssen wir alle gemeinsam die Last tragen, oder Gott mag uns allen gnädig sein!“

Der jüngere Ritter murmelte irgend etwas Aufrührerisches, setzte sich aber wieder.

Es grenzte wirklich an das Wunderbare, wie schnell mein Herr aus der Niedergeschlagenheit zur Kühnheit zurückfand. Natürlich war das eine Maske, die er um der anderen willen aufsetzte, aber wie viele Männer gab es, die dazu imstande gewesen wären? Er war wahrhaft ein Führer ohnegleichen; ich schreibe das dem Blut König Wilhelms des Eroberers zu, von dem ein illegitimer Enkel eine illegitime Tochter jenes Earl Godfrey geheiratet hatte, der später wegen Piraterei geächtet worden war und so das edle Haus de Tourneville gegründet hatte.

„Kommt“, sagte der Baron mit einem Anflug von Heiterkeit. „So schlimm ist dieses nicht. Wir brauchen bloß mit mutigem Herzen zu handeln, dann wird der Tag uns gehören. Vergeßt nicht, wir halten eine ganze Anzahl von Gefangenen fest, die wir in einem Handel einsetzen können. Wenn wir noch einmal kämpfen, dann haben wir bereits bewiesen, daß sie uns unter auch nur annähernd gleichen Bedingungen nicht gewachsen sind. Ich gebe zu, ihre Zahl ist größer als die unsere, und sie haben mehr Erfahrung im Umgang mit diesen Teufelswaffen. Aber was soll’s? Das wäre nicht das erstemal, daß tapfere Männer unter guter Führung eine scheinbar stärkere Armee vom Felde gejagt haben.

Im schlimmsten Fall bleibt uns immer noch der Rückzug. Wir besitzen genügend Himmelsschiffe und können in den grenzenlosen Tiefen des Weltalls die Verfolger abschütteln.

Aber ich bin dafür, hierzubleiben, geschickt zu verhandeln, zu kämpfen, wo immer nötig, und auf Gott zu vertrauen. Sicher kann doch Er, der für Joshua die Sonne angehalten hat, eine Million Wersgorix erschlagen, wenn es Ihm gefällt, denn Seine Gnade währt ewig. Sobald wir dem Gegner die richtigen Konditionen abgerungen haben, werden wir Ihn dazu bringen, für uns unsere Heimat zu finden und unsere Schiffe mit Gold vollzustopfen. Ich sage euch, behaltet euren Mut! Zum Ruhm Gottes, der Ehre Englands und der Bereicherung von uns allen."

Damit packte er sie, trug sie auf der Welle seiner eigenen Begeisterung nach oben, und am Ende jubelten sie ihm zu. Sie drängten sich nahe heran, legten die Hände auf seine Hände über dem großen blitzenden Schwert und schworen, treu zu bleiben, bis die Gefahr vorüber war. Hernach verstrich eine Stunde mit eifriger Planung – das meiste allerdings leider vergeudet, denn Gott läßt selten das geschehen, was der Mensch erwartet. Schließlich gingen alle zur Ruhe.

Ich sah, wie mein Herr den Arm seiner Gemahlin nahm und sie in seinen Pavillon führte. Sie sprach im Flüsterton zu ihm, man konnte sehen, daß es harte Worte waren; sie war nicht bereit, seine Proteste anzuhören, und stand da und wies ihn in die feindliche Nacht hinaus. Der größere Mond, der bereits am Sinken war, hüllte sie in kaltes Feuer.

Es war seltsam, daß ein Mann so hilflos gegenüber einer Frau sein konnte. Wie er so dalag, hatte er etwas Geschlagenes, Beklagenswertes an sich. Ich fand, daß es uns allen ein schlechtes Omen war.

8

Zuerst waren wir zu aufgeregt, um darauf zu achten, und nachher schliefen wir zu lange. Aber als ich wieder erwachte und feststellte, daß es immer noch dunkel war, prüfte ich die Bewegung der Sterne an den Bäumen.

Ah, wie langsam! Die Nacht hier war um ein Vielfaches länger als auf der Erde.

Diese Tatsache für sich machte unseren Leuten schon große Angst. Daß wir nicht flohen (inzwischen ließ es sich nicht mehr verbergen, daß uns Verrat und nicht etwa eigener Wunsch hierhergebracht hatte) war vielen ein Rätsel. Aber zumindest rechneten sie damit, Wochen für das zur Verfügung zu haben, was der Baron entschied.

Der Schock, als dann bereits vor der Morgendämmerung feindliche Schiffe auftauchten, war groß.

„Seid guten Mutes", riet ich Red John, als der mit seinen Bogenschützen im grauen Nebel schauderte. „Es ist nicht an dem, daß sie magische Kräfte besitzen. Man hat euch beim Kapitänsrat davor gewarnt. Es ist nur, daß sie über Hunderte von Meilen sprechen und solche Entfernungen in Minuten durchfliegen können. So verbreitete sich die Kunde von uns, sobald einer der Flüchtlinge den nächsten Ort erreicht hatte."

„Nun", meinte Red John gar nicht unvernünftig, „wenn das keine Zauberei ist, wüßte ich gerne, was es dann ist."

„Wenn es Zauber ist, so brauchst du keine Furcht zu haben", antwortete ich, „denn die schwarzen Künste vermögen guten Christenmenschen nichts anzuhaben. Doch ich sage es dir noch einmal, dies ist lediglich Geschick in den Künsten der Mechanik und des Krieges."

„Und die vermögen g-g-guten Christenmenschen sehr wohl etwas anzuhaben!" stammelte ein Bogenschütze. John versetzte ihm einen Nasenstüber und brachte ihn damit zum Schweigen, während ich meine vorlaute Zunge verfluchte.

In jenem fahlen, unsicheren Licht konnten wir viele Schiffe am Himmel schweben sehen, von denen einige so groß wie unser zerbrochener *Kreuzfahrer* waren. Meine Knie schlotterten unter meiner Kutte. Natürlich befanden wir uns alle innerhalb des Kraftschirmes der kleineren Festung, der nie abgeschaltet worden war. Unsere Kanoniere hatten bereits entdeckt, daß die Feuerbombarden, die hier aufgestellt waren, über ebenso einfache Kontrollen verfügten wie die im Raumschiff, und so standen sie schußbereit. Ich aber wußte, daß wir über keine echte Verteidigungsmöglichkeit verfügten. Eine jener mächtigen Explosivkugeln, von denen ich Andeutungen gehört hatte, konnte abgefeuert werden. Oder die Wersgorix könnten zu Fuß angreifen und uns mit schierer zahlenmäßiger Übermacht überwältigen.

Und doch schwebten jene Schiffe nur, schwebten in völliger Stille unter den unbekannten Sternen. Als schließlich der erste fahle Schein der Morgendämmerung sich in ihren Flanken spiegelte, verließ ich die Bogenschützen und hastete durch das taufeuchte Gras zur Kavallerie. Sir Roger saß im Sattel und spähte himmelwärts. Er trug schimmernde Wehr und hielt den Helm in der Armbeuge, und keiner konnte von seinem Gesicht ablesen, wie wenig Schlaf ihm zuteil geworden war.

„Guten Morgen, Bruder Parvus", sagte er. „Das war eine lange Finsternis."

Sir Owain, der dicht daneben im Sattel saß, befeuchtete sich die Lippen. Er war blaß, und seine großen Augen mit den langen Wimpern schienen in dunklen Höhlen zu ruhen. „Nicht einmal mitten im Winter hat sich eine Nacht in England so lang hingezogen", sagte er und bekreuzigte sich.

„Um so mehr Tageslicht dann", sagte Sir Roger. Er wirkte beinahe vergnügt, jetzt, da er es bloß mit Feinden und nicht mit ungebärdigem Weibsvolk zu tun hatte.

Sir Owains Stimme klang, wie wenn man einen trockenen Ast zerbricht. „Warum greifen sie nicht an?" schrie er. „Warum warten sie bloß dort droben?"

„Das dürfte offensichtlich sein. Ich hätte nie gedacht, daß es der Erwähnung bedürfte“, sagte Sir Roger. „Haben sie nicht guten Grund, vor uns Angst zu haben?“

„Was?“ fragte ich. „Nun, Sire, natürlich sind wir Engländer. Dennoch ...“ Mein Blick wanderte nach hinten, über die armselig wenigen Zelte, die sich um die Festungsmauern drängten, über die schmutzigen, irgendwie heruntergekommen wirkenden Soldaten, die dicht aneinander gedrängten Frauen, die alten Leute, die jammernden Kinder, über Vieh, Schweine, Schafe, Geflügel, die von fluchenden Sklaven gehütet wurden, über Töpfe, in denen der Haferbrei für das Frühstück brodelte ... „Obwohl ich sagen muß, Mylord“, fügte ich dann hinzu, „daß wir im Augenblick eher wie Franzosen aussehen.“

Der Baron grinste. „Was wissen die schon von Franzosen und Engländern? Was das betrifft – mein seliger Vater war in Bannockburn, als eine Handvoll heruntergekommener schottischer Pikenträger das ganze Kavalierstum von König Edward II. besiegten. Und alles, was die Wersgorix jetzt über uns wissen, ist, daß wir plötzlich aus dem Nichts gekommen sind und – wenn Branithars Prahlerei wahr ist – getan haben, was noch nie ein anderes Heer geschafft hat: nämlich eine ihrer Befestigungen eingenommen! Würdest du dich nicht auch nur mit größter Vorsicht bewegen, wenn du ihr Konstabler wärest?“

Das Gröhlen, das sich darauf unter den Reitern erhob, breitete sich zu den Fußtruppen aus, bis es unser ganzes Lager erfaßte. Ich sah, wie die feindlichen Gefangenen schauderten und sich dichter aneinander drängten, als jenes wölfische Geräusch sie erfaßte.

Als die Sonne sich erhob, landeten ein paar Wersgorboote ganz langsam und vorsichtig eine gute Meile von uns entfernt. Wir hielten unser Feuer, also faßten sie sich ein Herz und schickten Leute aus, die anfingen, auf dem Feld Maschinen aufzubauen.

„Werdet Ihr zulassen, daß sie vor unserer Nase hier eine Burg bauen?“ rief Thomas Bullard.

„Wenn sie sich etwas sicherer fühlen, ist es weniger wahrscheinlich, daß sie uns angreifen“, antwortete der Baron. „Ich möchte, daß die begreifen, daß wir verhandeln wollen.“ Sein Lächeln wurde schief und humorlos. „Bedenkt, Freunde, unsere beste Waffe ist jetzt unsere Zunge.“

Bald landeten die Wersgorix viele Schiffe in kreisförmiger Formation – wie jene Steingiganten in Stonehenge, welche Riesen in England vor der Sintflut auftürmten –, um ein Lager zu bilden, das von dem gespenstischen fahlen Schimmer eines Kraftschirmes umgeben war, vor dem bewegliche Bombarden standen und über dem Kriegsschiffe am Himmel dahinzogen. Erst als dieses geschehen war, sandten sie einen Herold.

Die vierschrötige Gestalt schritt mutig über die Wiesen, obwohl ihm klar sein mußte, daß wir ihn erschießen konnten. Seine metallischen Kleider glänzten grell in der Morgensonne, aber wir konnten erkennen, daß seine Hände leer waren und er sie offenhielt. Sir Roger selbst ritt ihm entgegen, begleitet von mir, der ich ein Vaterunser nach dem anderen rezitierte.

Der Wersgor scheute zurück, als der riesige schwarze Hengst und der eiserne Turm, der im Sattel saß, über ihm aufragten. Dann holte er etwas zitternd Luft und sagte: „Wenn Ihr Euch benehmt, werde ich Euch während dieser Diskussion nicht vernichten.“

Sir Roger lachte, als ich etwas stockend übersetzte. „Sag ihm“, befahl er mir, „daß ich meinerseits meine persönlichen Blitze zurückhalten werde, obwohl sie so mächtig sind, daß ich nicht beschwören kann, daß mir nicht welche entkommen und sein Lager in Schutt und Asche legen, wenn er sich zu schnell bewegt.“

„Aber Euch stehen doch gar keine solchen Blitze zur Verfügung, Sire“, protestierte ich. „Es wäre nicht ehrlich, solches zu behaupten.“

„Du wirst meine Worte getreulich und mit unverfänglichem

Gesichtsausdruck übersetzen, Bruder Parvus", sagte er, „oder entdecken, was es mit Blitzschlägen auf sich hat."

Ich gehorchte. In dem nun Folgenden werde ich wie gewöhnlich nicht auf die Schwierigkeiten der Übersetzung eingehen. Mein Wersgorvokabular war zu beschränkt, und ich fürchte, daß meine Grammatik ziemlich lächerlich war. Jedenfalls war ich nur das Pergament, auf dem diese Mächtigen schrieben, löschten und erneut schrieben. Ja wahrhaftig, ehe jene Stunde um war, kam ich mir wirklich wie ein Palimpsest vor.

Oh, die Dinge, die zu sagen ich gezwungen war! Ich verehre jenen mutigen und doch so sanftmütigen Ritter Sir Roger de Tourneville mehr als alle anderen Männer. Und doch, wenn er so gleichgültig von seinem englischen Reich sprach – dem kleinen, das nur drei Planeten umfaßte – und wie er persönlich Roncesvaux gegen vier Millionen Muselmänner verteidigt hatte und wie er ganz alleine Konstantinopel erobert hatte, nur weil eine Wette das von ihm verlangte, und wie er als Gast in Frankreich die Einladung seines Gastgebers annahm, das *droit de seigneur* für zweihundert Bauernhochzeiten am selben Tag auszuüben – und mehr und mehr – fast drohten seine Worte mich zu ersticken, obwohl man sagt, daß ich sowohl in den höfischen Romanzen als auch dem Leben der Heiligen wohlbewandert bin.

Mein einziger Trost war, daß nur wenig von diesen schamlosen Lügen über die sprachlichen Schwierigkeiten hinwegkamen und der Wersgor-Herold nur (nach einigen wenigen Versuchen, uns zu beeindrucken) begriff, daß er es hier mit einer Person zu tun hatte, die ihn an jedem beliebigen Tag der Woche an Prahlerei übertreffen konnte.

Deshalb stimmte er auftrags seines Herrn zu, daß Waffenruhe herrschen solle, während in einem Unterstand, der auf halbem Wege zwischen den beiden Lagern errichtet werden sollte, die Dinge diskutiert wurden. Jede Seite sollte zur Mittagsstunde zwanzig unbewaffnete Leute dort hinschicken.

Während der Dauer der Waffenruhe sollten in Sichtweite der beiden Lager keine Schiffe fliegen.

„So!“ rief Sir Roger vergnügt aus, als wir zurücktraten. „Ich hab es nicht übel gemacht, nicht wahr?“

„K-k-k-k“, antwortete ich. Er verlangsamte seinen Trab etwas, und ich versuchte es noch einmal: „In der Tat, Sire, der heilige Georg – oder eher fürchte ich, der heilige Dismas, Schutzpatron der Diebe – muß Euch behütet haben. Und doch ...“

„Ja?“ drängte er. „Hab keine Angst zu sagen, was du dir denkst, Bruder Parvus.“ Und dann mit einer ganz und gar unverdienten Freundlichkeit: „Mich dünkt oft, daß du mehr Kopf zu diesen schmalen Schultern trägst, als all meine Hauptleute zusammengenommen.“

„Nun, Mylord“, stieß ich hervor, „für eine Weile habt Ihr ihnen Konzessionen abgerungen. Wie Ihr vorhersagtet, sie sind vorsichtig, solange sie uns studieren. Und doch, wie lange können wir hoffen, sie zu täuschen? Sie waren seit Jahrhunderten eine herrschende Rasse. Sie müssen Erfahrungen mit vielen fremden Völkern haben, die unter vielen verschiedenen Lebensumständen existieren. Aus unserer geringen Zahl, unseren antiquierten Waffen, dem völligen Fehlen von uns gebauter Raumschiffe – glaubt Ihr nicht, daß sie daraus bald die Wahrheit schließen und uns dann mit überwältigender Macht angreifen?“

Seine Lippen wurden dünn. Er blickte zu dem Pavillon hinüber, in dem seine Dame und die Kinder hausten.

„Natürlich“, sagte er. „Ich hoffe, sie auch nur eine kurze Weile aufzuhalten.“

„Und was dann?“ drang ich in ihn.

„Ich weiß nicht.“

Und dann wirbelte er zu mir herum und musterte mich wild, wie ein herunterstoßender Falke, und fügte hinzu: „Aber das ist mein Geheimnis, verstehst du? Ich sage es dir wie unter der Beichte. Wenn es herauskommt, wenn unsere Leute erfahren, wie besorgt und planlos ich in Wahrheit bin ... dann sind wir alle verloren.“

Ich nickte. Sir Roger gab seinem Pferd die Sporen und galoppierte ins Lager, schreiend wie ein Knabe.

9

Während des langen Wartens bis Tharixan seinen Mittagspunkt erreichte, rief mein Herr und Meister seine Hauptleute zum Rat zusammen. Ein Tisch wurde vor dem Zentralgebäude aufgestellt, und wir nahmen alle an ihm Platz.

„Durch die Gnade Gottes“, sagte er, „sind wir auf eine Weile verschont. Ihr werdet feststellen, daß ich sie sogar dazu gebracht habe, alle ihre Schiffe zu landen. Ich werde mir Mühe geben, uns soviel Zeit wie möglich zu verschaffen. Aber wir müssen diese Zeit nutzen. Wir müssen unsere Verteidigung stärken. Und außerdem werden wir diese Festung durchsuchen, ganz besonders nach Landkarten, Büchern und anderen Dingen der Weisheit. Diejenigen unserer Männer, die auch nur die geringste Begabung in den mechanischen Künsten besitzen, müssen jede Maschine, die wir finden, studieren und erproben, auf daß wir erfahren, wie man Kraftschirme errichtet und wie man fliegt und wie man sonst unseren Gegnern gleichkommt. Aber all dies muß insgeheim geschehen, an Orten, die feindlichen Augen verborgen sind. Denn wenn sie je erfahren, daß wir über all diese Dinge noch nichts wissen ...“ Er lächelte und fuhr sich mit dem Zeigefinger über die Kehle.

Pater Simon, sein Kaplan, wurde etwas grün im Gesicht. „Müßt Ihr?“ sagte er mit schwacher Stimme.

Sir Roger nickte ihm zu. „Für dich hab’ ich auch Arbeit. Ich werde Bruder Parvus brauchen, damit er für mich übersetzt.

Aber wir haben einen Gefangenen, Branithar, der Latein spricht ..."

„Das würde ich nicht sagen, Sire", unterbrach ich. „Seine Deklination ist schandbar, und wie er mit den unregelmäßigen Verben umspringt läßt sich in gebildeter Gesellschaft überhaupt nicht wiederholen."

„Nichtsdestoweniger brauchen wir, bis er genug Englisch gelernt hat, einen Kleriker, um mit ihm zu sprechen. Siehst du, er muß erklären, was immer unsere Leute an den eroberten Maschinen nicht begreifen, und muß für andere Wersgor-Gefangenen übersetzen, die wir vielleicht verhören wollen."

„Ah, und wird er das tun?" sagte Pater Simon.

„Er ist ein höchst widerspenstiger Heide, mein Sohn, falls er überhaupt eine Seele besitzt. Denkt nur, erst vor ein paar Tagen, es war noch im Schiff, stand ich, in der Hoffnung, sein hartes Herz weich zu machen, in seiner Zelle und las ihm laut die Generationen von Adam bis Noah vor und war kaum über Jared hinausgekommen, als ich sah, daß er eingeschlafen war."

„Laß ihn holen", befahl mein Herr. „Und dann such den einäugigen Hubert und sag ihm, er soll in vollem Amtskleid erscheinen."

Während wir warteten und halblaut miteinander sprachen, bemerkte Alfred Edgarson, daß ich ganz stumm dabeisaß. „Nun, nun, Bruder Parvus", dröhnte er, „was plagt dich? Mich dünkt, du hast wenig zu fürchten, wo du doch ein Mann Gottes bist. Selbst wir anderen, wenn wir uns gut benehmen, haben nichts zu befürchten, nur ein wenig Schwitzen im Fegefeuer. Und dann, dann schließen wir uns dem heiligen Michael an und halten auf den Mauern des Himmels Wache. Stimmt's?"

Ich wollte ihnen nur ungern den Mut nehmen, indem ich aussprach, was mir in den Sinn gekommen war. Aber als sie darauf beharrten, sagte ich: „Ihr guten Männer, vielleicht hat uns schon schlimmeres Schicksal befallen."

„Nun?“ bellte Sir Brian Fitz-William. „Was denn? Sitz nicht bloß da und verzieh deine Nase!“

„Wir konnten das auf der Reise hierher nicht sicher sagen“, flüsterte ich. „Stundengläser sind zu ungenau, und seit wir diesen vom Teufel geschaffenen Ort erreicht haben, haben wir selbst die nicht mehr umgedreht. Wie lange ist der Tag hier? Welche Zeit ist es auf unserer Erde?“

Sir Brian nickte verständnislos. „Fürwahr, ich weiß es nicht. Was soll das?“

„Ich nehme an, daß Ihr zum Frühstück ein Stück Fleisch gegessen habt“, sagte ich. „Seid Ihr sicher, daß nicht Freitag ist?“

Sie rissen die Münder auf und sahen einander mit großen runden Augen an.

„Wann ist Sonntag?“ rief ich. „Könnt ihr mir sagen, wann Advent ist? Wie sollen wir die Fastenzeit oder das Osterfest begehen, wenn zwei Monde am Himmel herumtanzen und alles verwirren?“

Thomas Bullard vergrub das Gesicht in seinen Händen. „Wir sind ruiniert!“

Sir Roger stand auf.

„Nein!“ schrie er in das Durcheinander. „Ich bin kein Priester, nicht einmal sehr fromm. Aber hat nicht Unser Herr selbst gesagt, daß der Sabbat für den Menschen und nicht der Mensch für den Sabbat gemacht sei?“

Pater Simon blickte zweifelnd. „Ich kann unter außergewöhnlichen Umständen einen Sonderdispens erteilen“, sagte er, „aber ich bin wirklich nicht sicher, wie weit diese Vollmacht reicht.“

„Mir gefällt das nicht“, murmelte Bullard. „Ich sehe darin ein Zeichen, daß Gott sein Angesicht von uns abgewandt hat, indem er die wahren Zeiten des Fastens und der Sakramente von uns genommen hat.“

Sir Rogers Gesicht wurde rot. Er stand noch einen Augenblick da und sah zu, wie der Mut aus seinen Männern rann, wie Wein aus einem zerbrochenen Becher. Dann beruhigte er sich, lachte laut und schrie:

„Hat nicht unser Herr seinen Gefolgsleuten befohlen, hinauszuziehen nach besten Kräften und sein Wort zu verbreiten, und Er würde stets bei ihnen sein?

Aber wir wollen hier nicht mit Bibelstellen streiten. Vielleicht sündigen wir wirklich. Aber wenn dem so ist, dann sollte ein wahrer Christenmensch nicht klagen, sondern Buße tun. Wir werden Sühneopfer bringen. Und um uns dafür die Mittel zu verschaffen ... liegt nicht das ganze Wersgor-Imperium vor uns, um ihm Lösegeld abzupressen, bis ihm die gelben Augen hervortreten? Das beweist, daß Gott selbst uns in diesen Krieg befohlen hat!" Er zog sein Schwert, das im Tageslicht funkelte, daß wir alle geblendet wurden, und hielt es mit dem Heft voran vor sich. „Bei diesem Schwert, meinem Siegel als Ritter und meiner Waffe, und zugleich im Zeichen des Kreuzes gelobe ich, zum größeren Ruhme Gottes in die Schlacht zu ziehen!"

Er warf sein Schwert empor, daß es in der heißen Luft glitzerte, fing es wieder auf und ließ es pfeifend kreisen. „Mit dieser Klinge will ich kämpfen!"

Die Männer jubelten ihm ziemlich schwächlich zu. Nur der mürrische Bullard hielt sich zurück. Sir Roger beugte sich über ihn, und ich hörte ihn zischen: „Und als Beweis für meine Behauptung will ich nur sagen, daß ich jeden, der sich weiter widersetzt, zu Hundefleisch zerschneide."

Ich hatte tatsächlich das Gefühl, daß mein Herr auf diese primitive Art die Wahrheit erkannt hatte. Ich hatte vor, in meiner Freizeit seine Logik in die angemessene syllogistische Form zu bringen, um mich zu vergewissern, aber unterdessen kam ich mir ermutigt vor, und die anderen waren zumindest nicht demoralisiert.

Jetzt brachte ein Bewaffneter Branithar, der sich hinstellte und uns anfunkelte. „Guten Tag", sagte Sir Roger milde durch mich. „Wir wollen, daß du uns bei der Befragung der

Gefangenen hilfst und uns in unseren Studien der eroberten Maschinen unterweist."

Der Wersgor richtete sich mit dem Stolz des Kriegers auf. „Erspart Euch den Atem", stieß er hervor. „Schlagt mir den Kopf ab und bringt es hinter Euch. Ich habe einmal Euere Fähigkeiten unterschätzt, und das hat vielen meiner Leute das Leben gekostet. Ich werde sie nicht weiter verraten."

Sir Roger nickte. „Die Antwort habe ich erwartet", sagte er. „Was ist aus dem einäugigen Hubert geworden?"

„Hier bin ich, Sire, hier bin ich, hier ist der gute alte Hubert", und der Henker des Barons kam herangehumpelt und zog sich die Kaputze zurecht. Er hatte sich die Axt unter den dünnen Arm geklemmt und sich die Schlinge über den Buckel gelegt. „Ich bin nur umhergeschlendert, Sire, und hab' Blumen gepflückt für mein jüngstes Enkelkind, Sire. Ihr kennt sie, das kleine Mädchen mit den langen goldenen Locken, sie mag Gänseblümchen so gerne. Ich hatte gehofft, ich könnte hier ein paar von diesen muselmanischen Blüten finden, die sie an unsere lieben Gänseblümchen aus der Grafschaft Lincoln erinnern, und dann hätten wir gemeinsam eine Blumenkette knüpfen können ..."

„Ich hab Arbeit für dich", sagte Sir Roger.

„Ah, ja, Sire, ja, ja, freilich." Das triefende eine Auge des alten Mannes kreiste, dann rieb er sich die Hände und lachte glucksend. „Ah, seid bedankt, Sire! Nicht, daß ich Kritik üben möchte, das steht dem alten Hubert nicht zu, er kennt den Platz, der ihm zugewiesen ist, er, der dem Mann und dem Knaben gedient hat und dem Vater und dem Großvater vor ihm, Henker für die Edlen de Tournevilles. Nein, Sir, ich kenne meinen Platz und ich bin ihm treu ergeben, wie die Heilige Schrift es verlangt. Euer Vater, Sire, Sir Raymond, wir haben ihn Raymond mit der Roten Hand genannt, das war ein Mann, der einen Sinn für Kunst hatte! Obwohl ich mich auch an seinen Vater erinnere, Eueren Großvater, Mylord, den alten Nevil Reißkralle, seine Gerechtigkeit war das Gespräch von drei Grafschaften. Zu seiner Zeit, Sire, da kannte das gemeine Volk noch seinen Platz, und Leute von Adel konnten um anständigen Lohn einen anständigen Diener kriegen, nicht wie heute, wo man sie oft mit einer Geldstrafe davonkommen läßt oder vielleicht mit einem Tag im Stock. Wahrhaftig, ein Skandal ist's ..."

„Genug", sagte Sir Roger. „Das Blaugesicht hier ist hartnäckig. Kannst du ihn überzeugen?"

„Nun, Sire! Nun, nun, nun!" Hubert schmatzte mit dem zahnlosen Mund, daß man ihm die schiere echte Freude anmerken konnte. Er ging um unseren starr dastehenden Gefangenen herum und studierte ihn von allen Seiten. „Nun, Sire, das ist eine andere Sache, das ist ja wie in den guten alten Tagen, ja, ja, ja. Der Himmel möge meinen lieben, freundlichen Herrn segnen! Nun hab' ich natürlich nur wenig Gerätschaft mitgenommen, nur ein paar Daumenschrauben und Zangen und derlei, aber es dauert nur ganz kurze Zeit, Sire, um ein Rad aufzubauen. Und vielleicht können wir einen hübschen Kessel Öl bekommen. Ich sag's ja immer, Sire, an einem kalten, grauen Tag gibt es nichts so Gemütliches wie ein glühendes Kohlenbecken und einen netten heißen Kessel voll Öl. Ich denke da immer an meinen lieben alten Vater, und dann kommen mir die Tränen in die alten Augen, ja, Sire, wirklich. Laßt mich sehen, Sire, laßt mich sehen, tum-te, tum-te-tum." Er begann Branithar mit seinem Strick abzumessen.

Der Wersgor zuckte zurück. Seine geringen Englischkenntnisse reichten aus, um ihn verstehen zu lassen, worum das Gespräch sich drehte. „Das werdet Ihr nicht tun!" schrie er. „Kein zivilisierter ..."

„Jetzt zeigt mir Euere Hand, wenn Ihr erlaubt." Hubert holte eine Daumenschraube aus seinem Beutel und hielt sie an die blauen Finger. „Ja, ja, die paßt gut." Er holte eine Sammlung kleiner Messer heraus. *„Sumer is icumen in"*, summte er, *„lhude sing cucu."*

Branithar schluckte. „Aber ihr seid nicht zivilisiert", sagte er mit schwacher Stimme. Dann schluckte er noch einmal und stieß hervor: „Also gut. Ich will es tun. Verflucht sollt ihr sein als ein Rudel Tiere! Wenn mein Volk euch zerschmettert hat, bin ich an der Reihe!“

„Ich kann warten“, versicherte ich ihm.

Sir Roger strahlte. Aber plötzlich wurde sein Gesicht wieder ernst, fast traurig. Der taube alte Henker war immer noch mit seinen Gerätschaften zu Werke. „Bruder Parvus“, sagte mein Herr, „würdest du ... könntest du ... es Hubert beibringen? Ich muß gestehen, ich habe nicht das Herz, es ihm zu sagen.“

Ich tröstete den alten Burschen mit dem Hinweis, wenn Branithar beim Lügen ertappt werden sollte oder uns sonst nicht auf angemessene Weise half, würde Strafe angebracht sein. Das brachte ihn dazu, vergnügt davonzuhumpeln, um ein Rad aufzubauen. Ich wies Branithars Wache an, dafür zu sorgen, daß der Wersgor dieses Werk auch zu sehen bekam.

10

Endlich war der Zeitpunkt der Konferenz herangerückt. Da die meisten seiner wichtigen Gefolgsleute mit dem Studium feindlicher Gerätschaften und Aufzeichnungen beschäftigt waren, füllte Sir Roger die zwanzigköpfige Delegation dadurch auf, daß er deren Damen in ihren schönsten Kleidern mitnahm. Davon abgesehen begleiteten ihn und mich nur ein paar unbewaffnete Soldaten in geliehener Hoftracht.

Während sie über das Feld auf das pergolaähnliche Gebilde zuritten, welches eine Wersgormaschine binnen einer Stunde aus irgendeinem schimmernden perligen Material zwischen den beiden Lagern errichtet hatte, sagte Sir Roger zu seiner Frau: „Wenn ich eine andere Wahl hätte, würde ich dich nicht einer solchen Gefahr aussetzen. Es ist nur, daß wir sie mit unserer Macht und unserem Wohlstand beeindrucken müssen."

Ihr Gesicht blieb steinern und wandte sich von ihm ab, zurück zu den mächtigen, drohend wirkenden Säulen der abgestellten Schiffe. „Ich befinde mich dort nicht in größerer Gefahr, Mylord, als meine Kinder dort hinten im Pavillon."

„Beim Namen des Herrn!" stöhnte er. „Ich habe einen Fehler gemacht. Ich hätte jenes verfluchte Schiff in Frieden lassen und dem König Nachricht senden sollen. Aber willst du mir unser ganzes Leben lang meinen Fehler vorhalten?"

„Ein langes Leben wird es nicht sein, dank deinem Fehler", sagte sie.

Er zügelte sein Pferd. „Bei unserer Hochzeit hast du geschworen ..."

„Oh ja. Und hab' ich meinen Eid nicht gehalten? Ich habe dir meinen Gehorsam nicht verweigert." Ihre Wangen flammten. „Aber nur Gott alleine kann meinen Gefühlen befehlen."

„Ich werde dich nicht länger belästigen", sagte er mit belegter Stimme.

Ich hörte dies nicht mit eigenen Ohren. Sie ritten uns allen voran, und der Wind ließ ihre scharlachroten Mäntel, sein federgeschmücktes Barett und die Schleier an ihrer kegelförmigen Kopfbedeckung flattern – das Bild des perfekten Ritters und seiner Dame. Trotzdem zeichne ich es hier auf, mutmaßend im Lichte des Unheils, das sich anschloß.

Da Lady Catherine von edlem Geblüt war, hielt sie ihr Temperament im Zügel. Als wir am Treffpunkt anhielten, zeigten ihre zart geschnittenen Züge nur kalten Groll, der dem gemeinsamen Feinde galt. Sie nahm Sir Rogers Hand und stieg graziös wie eine Katze aus dem Sattel. Er ging etwas schwerfälliger voran, die Brauen finster gefurcht.

Im Inneren der mit Vorhängen verkleideten Pergola stand ein runder Tisch, umgeben von einer Art mit Kissen belegter Kirchenstühle. Die Wersgor-Häuptlinge füllten eine Hälfte, und ihre blauen Gesichter mit den vorspringenden Schnauzen zeigten keine uns begreiflichen Regungen, doch ihre Augen flackerten nervös. Sie trugen Waffenröcke aus geflochtenem Metall, mit Bronze-Rangabzeichen. In Samt und Seide, mit goldenen Ketten, Straußenfedern, geschlitzten Puffärmeln und Schnabelschuhen wirkten die Engländer wie Pfauen in einem Hühnerhof. Ich konnte erkennen, daß die Fremden stutzten. Die kontrastierende Schlichtheit meines Ordenskleides erschreckte sie um so mehr.

Ich faltete im Stehen die Hände und sagte in der Wersgorsprache: „Erlaubt mir, für den Erfolg dieser Verhandlung und als Siegel der Waffenruhe ein Paternoster zu sprechen."

„Ein was?" fragte der Oberste der Feinde. Er war etwas fett, wirkte aber würdig und hatte ein ausgeprägtes, kräftiges Gesicht.

„Schweigen bitte." Ich hätte es erklärt, aber ihre abscheuliche Sprache schien kein Wort für den Begriff Gebet zu besitzen; ich hatte Branithar gefragt. *„Pater noster, qui es in coelis"*, begann ich, während die anderen Engländer mit mir niederknieten.

Ich hörte, wie einer der Wersgorix murmelte: „Seht, ich habe euch ja gesagt, daß es Barbaren sind. Das ist irgendein abergläubisches Ritual."

„Da bin ich nicht sicher", antwortete der Oberste zweifelnd. „Die Jairs von Boda haben bestimmte Formeln für psychologische Integration. Ich habe selbst erlebt, wie sie zeitweise ihre Kraft verdoppelten oder eine Wunde am Bluten hinderten oder tagelang ohne Schlaf aushielten. Die Kontrolle über die inneren Organe vermittels des Nervensystems ... Und wenn es auch unsere Propaganda anders darstellt, wißt Ihr sehr wohl, daß die Jairs genauso wissenschaftlich handeln wie wir."

Ich konnte diesen geheimen Austausch verstehen, aber ihnen schien das nicht bewußt zu sein. Jetzt erinnerte ich mich auch, daß mir Branithar gelegentlich ein wenig taub vorgekommen war; offensichtlich hatten alle Wersgorix weniger scharfe Ohren als wir Menschen. Wie ich später erfahren sollte, rührte das daher, daß ihr Heimatplanet dichtere Luft als Terra hatte, was dazu führte, daß sie Geräusche lauter vernahmen. Hier auf Tharixan, wo die Luft etwa so wie in England war, mußten sie ihre Stimmen anheben, um gehört zu werden. Zu jener Zeit nahm ich Gottes Geschenk dankbar an, ohne mir die Zeit zu nehmen, darüber nachzudenken oder den Feind zu warnen.

„Amen“, schloß ich. Wir setzten uns alle an den Tisch.

Sir Roger durchbohrte den Anführer der Feinde mit blitzenden grauen Augen. „Verhandle ich mit einer Person von angemessenem Rang?“ fragte er.

Ich übersetzte.

„Was meint er mit ‚Rang‘?“ wunderte sich der Anführer der Wersgorix. „Ich bin der Gouverneur dieses Planeten, und dies sind die leitenden Offiziere seiner Sicherheitskräfte.“

„Er meint“, sagte ich, „seid Ihr von genügend hoher Geburt, daß er sich nichts vergibt, wenn er mit Euch verhandelt?“

Sie wirkten noch verwirrter. Ich erklärte den Begriff der edlen Geburt so gut ich konnte, was angesichts meines beschränkten Vokabulars nicht leicht war. Wir mußten uns eine Weile bemühen, bis einer der Fremden zu seinem Herrn sagte:

„Ich glaube ich verstehe, *Grath* Huruga. Wenn sie mehr als wir von der Kunst verstehen, durch Zuchtwahl gewisse Wesenszüge zu verstärken ...“ – ich mußte viele Worte, die mir neu waren, aus dem Zusammenhang interpretieren – „... daß sie das auch auf sich selbst angewendet haben. Vielleicht ist ihre ganze Zivilisation als eine Militärstreitmacht organisiert, und diese sorgfältig gezüchteten Supergeschöpfe führen den Befehl.“ Er schauderte bei dem Gedanken. „In dem Fall wäre es ganz natürlich, daß sie keine Zeit damit vergeuden würden, indem sie mit Geschöpfen von geringerer Intelligenz sprechen.“

Ein anderer Offizier rief aus: „Nein, das ist phantastisch! Bei all unseren Forschungsexpeditionen haben wir nie ...“

„Wir haben bis jetzt nur einen winzigen Teil der Via Galactica berührt“, antwortete Lord Huruga. „Wir dürfen es nicht wagen anzunehmen, daß sie weniger sind, als sie zu sein behaupten, solange wir nicht weitere Informationen über sie besitzen.“

Ich, der ich belauscht hatte, was sie für Flüstern hielten, beglückte sie mit meinem geheimnisvollsten und rätselhaftesten Lächeln.

Der Gouverneur sagte zu mir: „Unser Imperium besitzt keine festgelegten Ränge, sondern setzt jede Person nach seinen Verdiensten ein. Ich, Huruga, bin die höchste Autorität auf Tharixan.“

„Dann kann ich mit Euch verhandeln, bis Euer Kaiser informiert worden ist“, sagte Sir Roger durch mich.

Das Wort „Kaiser“ bereitete mir Schwierigkeiten. In Wirklichkeit war der Herrschaftsbereich von Wersgor mit nichts zu Hause vergleichbar. Die wohlhabendsten wichtigsten Personen lebten auf ihren ausgedehnten Ländereien und verfügten über ein Gefolge blaugesichtiger Söldlinge. Sie standen mit anderen über den Weitsprecher in Verbindung und besuchten sich in schnellen Luftfahrzeugen oder Raumschiffen. Dann gab es die anderen Klassen, die ich schon andernorts erwähnt habe, wie Krieger, Kaufleute und Politiker. Aber keiner war auf seinem Platz im Leben geboren. Unter dem Gesetz waren alle gleich, frei, sich nach besten Kräften um Geld oder Position zu bemühen.

Tatsächlich hatten sie sogar die Idee der Familie aufgegeben. Keiner der Wersgor hatte einen Familiennamen, man identifizierte sie statt dessen vermittels einer Nummer in einer zentralen Registratur. Mann und Frau lebten selten länger als ein paar Jahre zusammen. Kinder wurden im frühen Alter auf Schulen geschickt, wo sie bis zur Reife wohnten, weil ihre Eltern sie häufiger als Last denn als Segen empfanden.

Und doch war dieses Reich, wenn auch der Theorie nach eine Republik von Freien, in der Praxis eine schlimmere

Tyrannei als die Menschheit sie je gekannt hat, selbst in Neros schlimmer Zeit.

Die Wersgorix besaßen keine besondere Zuneigung für den Ort ihrer Geburt und erkannten keinerlei unmittelbare Bindungen der Verwandtschaft oder der Pflicht an. Demzufolge hatte kein Individuum jemanden, der zwischen ihm und der allmächtigen Zentralregierung stand. Als in England König Johann anmaßend wurde, führte das zu einer Kollision sowohl mit dem alten Gesetz als auch den angestammten örtlichen Interessen; also zügelten ihn die Barone und schrieben damit ein paar wichtige Worte der Freiheit für alle Engländer ins Buch der Geschichte. Die Wersgor waren eine Rasse von Speichelleckern und außerstande, gegen willkürliche Entscheidungen eines Vorgesetzten Protest einzulegen. „Beförderung gemäß Verdienst", bedeutete nur „Beförderung gemäß der Nützlichkeit gegenüber den Ministern des Imperiums".

Aber damit weiche ich ab, eine schlechte Gewohnheit, für die mich zu tadeln sich mein Erzbischof oft gezwungen gesehen hat. Ich kehre also zu jenem Tag an den Ort des Perlmutts zurück, als Huruga seine schrecklichen Augen auf uns richtete und sagte: „Es scheint, daß es zwei Arten von euch gibt. Zwei Gattungen?"

„Nein", sagte einer seiner Offiziere. „Zwei Geschlechter, dessen bin ich sicher. Es sind ganz offensichtlich Säuger."

„Ah, ja." Huruga starrte die Gewänder auf der anderen Seite des Tisches an, die der modernen Mode gemäß schamlos tief ausgeschnitten waren. „Das sehe ich."

Als ich dies Sir Roger übersetzt hatte, meinte der: „Sag ihnen, falls sie neugierig sind, daß unser Weibsvolk Seite an Seite mit den Männern mit dem Schwerte zu kämpfen vermag."

„Ah", hakte Huruga hier ein. „Jenes Wort *Schwert.* Bedeutet das eine Schneidewaffe?"

Ich hatte keine Zeit, den Rat meines Herrn zu erbitten. Ich betete innerlich um Haltung und antwortete: „Ja. Ihr habt sie im Lager an uns gesehen. Wir haben sie als die besten Werkzeuge für den Nahkampf erkannt. Fragt jeden beliebigen Überlebenden der Garnison von Ganturath."

„Mmm ... ja." Einer der Wersgorix blickte grimmig. „Wir haben jahrhundertelang die Taktik des Nahkampfes vernachlässigt, *Grath* Huruga. Es schien keine Notwendigkeit dafür zu bestehen. Aber ich erinnere mich an eine unserer inoffiziellen Grenzauseinandersetzungen mit den Jairs. Das war auf Uloz IV, und sie haben lange Messer benutzt – mit teilweise schrecklicher Wirkung."

„Für besondere Zwecke ... ja, ja", brummte Huruga. „Aber die Tatsache bleibt bestehen, daß diese Invasoren auf lebenden Tieren herumtanzen ..."

„Die keinen Treibstoff brauchen, *Grath,* nur Vegetation."

„Aber die einem Hitzestrahl oder einer Kugel nicht widerstehen können. Sie haben Waffen aus der prähistorischen Vergangenheit. Sie kommen nicht in ihren eigenen Schiffen, sondern in einem der unseren ..." Er unterbrach sein Murmeln und herrschte mich an:

„Seht her! Ich habe lange genug gezögert. Unterwerft euch unserem Urteil, oder wir vernichten euch."

Ich übersetzte.

„Das Kraftfeld schützt uns vor eueren Flammenwaffen", sagte Sir Roger. „Wenn ihr zu Fuß anzugreifen wünscht, werden wir euch willkommen heißen."

Hurugas Gesicht verfärbte sich ins Purpurne. „Bildet Ihr Euch ein, ein Kraftschirm würde Explosivgeschosse aufhalten?" dröhnte er. „Wir brauchen bloß eine einzige Granate hinüberzuschleudern und sie innerhalb des Feldes zerplatzen lassen, dann würden wir jeden einzelnen von euch auslöschen!"

Sir Roger schien das weniger zu erschrecken als mich. „Wir haben auch schon Gerüchte von solchen zerplatzenden Waffen gehört", sagte er zu mir. „Natürlich versucht er uns einzuschüchtern, wenn er sagt, ein einzelner Schuß würde genügen. Kein Schiff könnte eine so große Masse Schießpulver befördern. Hält er mich für einen Dorftrottel, der jedes Schauermärchen glaubt? Aber ich gebe zu, daß er viele Explosivfässer in unser Lager schleudern könnte."

„Was soll ich ihm also sagen?" fragte ich furchtsam.

Die Augen des Barons funkelten. „Gib das ganz genau wieder, Bruder Parvus: ‚Wir halten unsere eigene Artillerie von dieser Art zurück, weil wir mit Euch sprechen wollen, nicht bloß euch alle töten. Aber wenn Ihr darauf besteht, uns zu bombardieren, dann beginnt bitte. Unsere Verteidigungseinrichtung wird eueren Angriff vereiteln. Erinnert Euch aber daran, daß wir unsere Wersgor-Gefangenen nicht innerhalb dieser Verteidigungseinrichtungen halten werden!"

Ich sah, daß diese Drohung sie erschütterte. Selbst diese hartherzigen Geschöpfe waren nicht bereit, bewußt ein paar hundert Angehörige ihres eigenen Volkes zu töten. Nicht daß die Geiseln, die wir in unserer Gewalt hatten, sie für immer aufhalten würden, aber immerhin war es ein Punkt, über den man verhandeln konnte und mit dem wir Zeit gewinnen würden. Ich fragte mich freilich, wie wir diese Zeit nutzen sollten, davon abgesehen, daß wir in ihr unsere Seelen auf den Tod vorbereiteten.

„Nun denn", plusterte Huruga sich auf, „ich habe ja nicht gesagt, daß ich nicht bereit wäre, Euch anzuhören. Ihr habt uns noch nicht gesagt, weshalb Ihr in dieser ungebührlichen, durch nichts provozierten Art hierhergekommen seid."

„Ihr wart es gewesen, die uns zuerst angegriffen habt, uns, die wir euch nie etwas zuleide getan hatten", antwortete Sir Roger. „In England erlauben wir keinem Hund mehr als einen Biß. Mein König hat mich ausgesandt, euch eine Lektion zu erteilen."

Huruga: „In einem Schiff? Nicht einmal euerem eigenen?"

Sir Roger: „Ich halte nichts davon, mehr zu bringen als das, was unbedingt notwendig ist."

Huruga: „Nur interessehalber, was fordert Ihr?"

Sir Roger: „Euer Imperium muß sich meinem mächtigen Herrn von England, Irland, Wales und Frankreich unterwerfen."

Huruga: „Wir wollen doch ernst bleiben."

Sir Roger: „Was ich sage ist mein feierlicher Ernst. Aber um weiteres Blutvergießen zu vermeiden, bin ich bereit, mich im Kampf Mann gegen Mann jedem zu stellen, den Ihr mir schickt, mit jeder Waffe. Möge Gott den Gerechten verteidigen!"

Huruga: „Seid ihr alle einem Hospital für im Geiste Kranke entwichen?"

Sir Roger: „Bedenkt unsere Position. Wir haben euch plötzlich entdeckt, eine heidnische Macht mit Künsten und Waffen, die den unseren ähnlich, wenn auch unterlegen sind. Ihr könntet uns ein gewisses Leid zufügen, unsere Schiffahrt belästigen oder unsere weniger gut befestigten Planeten überfallen. Das würde eure Vernichtung erfordern, und wir sind zu barmherzig, um daran Freude zu finden. Das einzig Vernünftige ist also, Eure Unterwerfung zu akzeptieren."

Huruga: „Und ihr erwartet ernsthaft, daß wir ... einer Mütze voll Geschöpfen, die auf Tieren reiten und Schwerter schwingen ... bub-bub-bub-bub ..."

Er wandte sich seinen Offizieren zu. „Dieses verdammte Übersetzungsproblem!" beklagte er sich. „Ich bin nie ganz sicher, ob ich sie richtig verstanden habe. Es *könnte* sein, daß sie eine Strafexpedition sind, denke ich. Aus Gründen militärischer Geheimhaltung *könnten* sie eines unserer eigenen Schiffe eingesetzt und ihre mächtigeren Waffen in Reserve gehalten haben. Es ergibt bloß keinen Sinn. Aber es ergibt auch keinen Sinn, daß Barbaren kaltschnäuzig vom mächtigsten Reich im bekannten Universum verlangen, seine Autonomie aufzugeben. Wenn das Ganze nicht bloß reine Prahlerei ist. Aber wir könnten ihre Forderungen natürlich völlig mißverstehen ... und dabei ein falsches Urteil über sie fällen, und das könnte sehr gefährlich sein. Hat denn keiner eine Idee?"

Unterdessen sagte ich, zu Sir Roger gewandt: „Das ist doch nicht Euer Ernst, Mylord?"

Lady Catherine konnte nicht an sich halten und meinte: „Doch, das ist es ganz bestimmt."

„Nein." Der Baron schüttelte den Kopf. „Natürlich nicht. Was würde auch König Edward mit einem Haufen ungebärdiger Blaugesichter anfangen? Sind nicht schon die Iren schlimm genug? Nein, ich hoffe nur, daß er mich herunterhandelt. Wenn wir ihnen irgendeine Garantie abringen können, Terra in Frieden zu lassen – und vielleicht ein paar Kisten Gold für uns ..."

„Und einen Lotsen nach Hause", sagte ich besorgt.

„Das ist ein Rätsel, über das wir später nachdenken müssen", herrschte er mich an. „Dafür ist jetzt keine Zeit. Wir werden es ganz sicher nicht wagen, dem Feind zu offenbaren, daß wir uns verirrt haben."

Huruga wandte sich uns wieder zu. „Ihr müßt begreifen, daß Eure Forderung lächerlich ist", sagte er. „Aber wenn Ihr demonstrieren könnt, daß euer Reich die Mühe wert ist, wird unser Kaiser mit Vergnügen bereit sein, einen Gesandten eures Reiches zu empfangen."

Sir Roger gähnte und meinte dann beinahe gelangweilt: „Spart Euch Eure Beleidigungen. Mein Monarch wird vielleicht Euren Emissär empfangen, wenn jene Person den wahren Glauben annimmt."

„Was ist dieser *Glauben?*" fragte Huruga.

„Der wahre Glaube natürlich, unser Bekenntnis", sagte ich. „Die Tatsachen über Ihn, der der Quell aller Weisheit und aller Gerechtigkeit ist und zu dem wir in aller Bescheidenheit um die richtige Erkenntnis beten."

„Was plappert der jetzt, *Grath?*" murmelte ein Offizier.

„Ich weiß nicht", flüsterte Huruga. „Vielleicht unterhalten diese, äh, Engländer irgendeinen riesigen Computer, dem sie die wichtigen Fragen zur Entscheidung vorlegen ... ich weiß es nicht. Dieses verdammte Übersetzungsproblem! Am besten verzögern wir ein wenig. Laß uns sie beobachten, ihr Verhalten studieren, ein wenig nachdenken über das, was wir gehört haben."

„Und inzwischen schicken wir eine Nachricht nach Wersgorixan?"

„Nein, du Narr! Jetzt noch nicht, nicht solange wir nicht noch mehr wissen. Soll das Hauptbüro denn glauben, daß wir nicht mit unsern eigenen Problemen fertig werden können? Wenn das wirklich bloß barbarische Piraten sind – kannst du dir dann vorstellen, was aus unserer Karriere würde, wenn wir die ganze Marine herbeirufen würden?"

Dann wandte Huruga sich wieder mir zu und sagte laut: „Wir haben reichlich Zeit zur Diskussion. Wir wollen uns bis morgen vertagen und in der Zwischenzeit über das nachdenken, was wir bis jetzt besprochen haben."

Darüber war Sir Roger froh. „Wir wollen nur die Bedingungen der Waffenruhe noch einmal bestätigen", fügte er hinzu.

Meine Geläufigkeit in der Wersgorsprache nahm von Stunde zu Stunde zu, und so brauchte ich nicht lange, um herauszufinden, daß ihr Begriff von einer Waffenruhe sich nicht mit dem unseren deckte. Ihr unersättlicher Hunger nach Land machte sie zum Feind aller Rassen, so daß sie sich keinen bindenden Eid vorstellen konnten, den sie mit irgend jemand anderem austauschten, der nicht auch blau und geschwänzt war.

Der Waffenstillstand war überhaupt keine formelle Übereinkunft, nur die Feststellung kurzzeitiger gemeinsamer Bequemlichkeit. Sie erklärten, daß sie es im Augenblick nicht zweckdienlich fänden, auf uns zu feuern, selbst wenn wir unsere Ochsen jenseits des Kraftfeldes grasen lassen sollten. Dieser Zustand würde so lange anhalten, als wir davon Abstand nehmen würden, irgendwelche der ihren anzugreifen, die sich im Freien bewegten. Aus Furcht vor Spionage und etwa abgeworfenen Geschossen wünschte keine der beiden Seiten, daß die andere in Sichtweite der Lager fliege, und würde auf jedes sich in die Luft erhebende Fahrzeug schießen. Das war alles. Sie würden diese Übereinkunft ohne Zweifel verletzen, wenn sie zu dem Schluß gelangen sollten, es wäre zu ihrem Vorteil; sie würden uns Leid zufügen, wenn sie eine Möglichkeit sahen, das zu tun, und sie erwarteten, daß wir ähnlich empfanden.

„Das ist zu deren Vorteil, Sire“, klagte ich. „All unsere Flugfahrzeuge sind hier. Jetzt können wir nicht einmal in unsere Raumschiffe springen und fliehen; die würden zuschlagen, ehe wir der Verfolgung entkommen könnten. Wohingegen sie viele andere Schiffe andernorts auf dem Planeten besitzen, die frei und unbehindert jenseits des Horizonts schweben und sich bereithalten könnten, uns anzugreifen.“

„Nichtsdestoweniger“, sagte Sir Roger, „ich erkenne gewisse Vorteile. Keinerlei Verpflichtungen einzugehen oder zu geben – nun gut ...“

„Das paßt zu Euch“, murmelte Lady Catherine.

Sein Gesicht wurde weiß, er sprang auf, verbeugte sich vor Huruga und führte uns hinaus.

11

Der lange Nachmittag erlaubte es unseren Leuten, beträchtliche Fortschritte zu machen. Von Branithar unterwiesen oder mit ihm als Dolmetscher für jene Gefangenen, die der betreffenden Kunst mächtig waren, meisterten die Engländer schnell die Bedienung vieler Geräte. Sie übten mit Raumschiffen und kleinen Flugbooten und achteten sorgsam darauf, sie jeweils nur ein paar Zoll vom Boden abzuheben, auf daß der Feind es nicht beobachte und zu schießen beginne. Auch fuhren sie in pferdelosen Wagen herum; sie lernten den Gebrauch der Weitsprecher, von vergrößernden optischen Geräten und andere Esoterika; sie bedienten Waffen, die Feuer oder Metall oder unsichtbare lähmende Strahlen schleuderten. Natürlich hatten wir Engländer bis jetzt noch nicht die leiseste Ahnung von dem okkulten Wissen, das in die Herstellung solcher Dinge eingegangen war. Aber wir fanden sie kindisch einfach zu bedienen. Zu Hause schirrten wir Tiere an, spannten komplizierte Armbrüste und Katapulte, takelten Segelschiffe auf und bauten Maschinen, vermittels derer menschliche Muskeln schwere Steine zu heben vermochten. Verglichen damit war es nichts, ein Rad zu drehen oder einen Hebel zu ziehen.

Die einzig wirkliche Schwierigkeit für die ungebildeten Gemeinen bestand darin, sich zu erinnern, was die Symbole auf den einzelnen Skalen bedeuteten – und dies war in der Tat auch keine kompliziertere Wissenschaft als die Heraldik, die jeder junge Bursche, der seine Helden verehrte, in allen Einzelheiten herunterrattern konnte.

Da ich die einzige Person war, die den Anspruch erhob, das Wersgoralphabet lesen zu können, beschäftigte ich mich mit Papieren, die in den Festungsbüros gefunden worden waren. Unterdessen beriet sich Sir Roger mit seinen Hauptleuten und wies die dümmsten Sklaven, die die neuen Waffen nicht erlernen konnten, in verschiedenen Bauarbeiten an. Als er mich schließlich an seinen Ratstisch ließ, brannte der träge Sonnenuntergang und verwandelte den halben Himmel in Gold.

Ich setzte mich und sah in jene hageren, harten Gesichter. Frische Hoffnung schien sie zu beleben. Die Zunge klebte mir am Gaumen. Ich kannte diese Hauptleute gut. Und am besten kannte ich die Art und Weise, wie Sir Rogers Augen tanzten – wenn irgendeine Teufelei ausgeheckt wurde!

„Hast du erfahren, was die wichtigsten Burgen dieses Planeten sind und wo sie sich befinden, Bruder Parvus?“ fragte er mich.

„Ja, Sire“, erwiderte ich. „Es gibt nur drei, und eine davon in Ganturath.“

„Das kann ich nicht glauben!“ rief Sir Owain Montbelle aus. „Allein Piraten würden schon …“

„Ihr vergeßt, daß es hier keine separaten Königreiche gibt, nicht einmal separate Lehen“, antwortete ich. „Alle Personen unterstehen unmittelbar der Regierung des Imperiums. Die Festungen sind nur Wohnungen für die Sheriffs, die für Ordnung unter der Bevölkerung sorgen und die Steuern einsammeln. Es ist richtig, diese Festungen gelten auch als Verteidigungsstützpunkte. Sie schließen Docks für die großen Sternenschiffe ein, und es sind auch Krieger dort stationiert. Aber die Wersgorix haben schon seit langer Zeit keinen echten Krieg mehr geführt. Nur hilflose Wilde haben sie unterdrückt. Keine der anderen sternfahrenden Rassen wagt es, ihnen offen den Krieg zu erklären; es gibt nur hin und wieder ein Scharmützel auf einem fernen Planeten. Um es kurz zu sagen, drei Festungen sind für diese ganze Welt genug.“

„Wie stark sind sie?“ fragte Sir Roger hastig.

„Es gibt eine, die Stularax heißt, auf der anderen Seite des Globus. Sie ähnelt Ganturath. Dann gibt es die Hauptfestung, Darova, wo dieser Prokonsul Huruga wohnt. Jene ist bei weitem die größte und stärkste. Ich nehme an, daß sie die meisten der Schiffe und Krieger gestellt hat, die uns gegenüberstehen.“

„Wo ist die nächste Welt, die von Blaugesichtern bewohnt ist?“

„Nach einem Buch, das ich studiert habe, etwa zwanzig Lichtjahre weiter. Wersgorixan selbst, der Hauptplanet, ist viel weiter entfernt – sogar weiter als Terra.“

„Aber der Weitsprecher würde ihren Kaiser sofort von dem unterrichten, was geschehen ist, nicht wahr?“ fragte Captain Bullard.

„Nein“, sagte ich. „Der Weitsprecher arbeitet nur so schnell wie Licht. Botschaften zwischen den Sternen müssen per Raumschiff übermittelt werden, und das bedeutet, daß es ein paar Wochen dauert, Wersgorixan zu informieren. Nicht, daß Huruga das schon getan hätte. Ich hörte, wie er mit einem Angehörigen seines Hofes sprach und sagte, daß sie diese Sache eine Weile geheimhalten würden."

„Ja", sagte Sir Brian Fitz-William. „Der Herzog will versuchen, sich dadurch für das reinzuwaschen, was wir getan haben, indem er uns ohne Hilfe zerschlägt, ehe er irgend etwas meldet. Eine ganz geläufige Einstellung."

„Wenn wir ihm genügend zusetzen, wird er freilich um Hilfe schreien", prophezeite Sir Owain.

„Richtig", pflichtete Sir Roger bei. „Und ich habe mir überlegt, wie wir ihm zusetzen könnten!"

Mir wurde klar, daß meine Zunge genau das Richtige getan hatte, als sie an meinem Gaumen festgeklebt war.

„Wie können wir kämpfen?" fragte Bullard. „Verglichen mit dem, was dort draußen auf dem Felde wartet, haben wir kaum Teufelswaffen. Wenn nötig, könnten die uns rammen, Boot für Boot, ohne daß sie den Verlust spüren würden."

„Aus diesem Grunde", erklärte Sir Roger ihm, „beabsichtige ich einen Überfall auf die kleinere Festung, Stularax, um mehr Waffen zu gewinnen. Außerdem wird das Huruga etwas von seinem Selbstbewußtsein nehmen."

„Oder ihn dazu veranlassen, uns anzugreifen."

„Das ist ein Risiko, das wir eingehen müssen. Wenn es zum Schlimmsten kommt, habe ich auch keine Angst vor einem weiteren Kampf. Seht Ihr denn nicht, daß unsere *einzige* Chance darin liegt, kühn zu handeln?"

Es gab nicht viele Widersprüche. Sir Roger hatte Stunden Zeit gehabt, um seine Leute aufzumuntern. Sie waren bereit, sich wieder unter seine Führung zu stellen. Aber Sir Brian hatte einen vernünftigen Einwand: „Wie sollten wir denn einen solchen Überfall zustande bringen? Jene Burg liegt Tausende von Meilen von hier. Wir können nicht aus unserem Lager einfach dorthin flitzen, ohne daß man auf uns feuert."

Sir Owain hob spöttisch die Brauen. „Vielleicht habt Ihr ein Zauberpferd?" Er lächelte Sir Roger zu.

„Nein. Eine andere Art von Tier. Hört mir zu ...“

Es gab eine lange Nacht für unsere Leute. Sie brachten unter einem der kleineren Raumboote Kufen an, spannten Ochsen davor und zerrten es, so leise das ging, davon. Um es auf dem offenen Feld zu tarnen, trieben sie Vieh darum herum, als sollte es grasen. Im Schutze der Dunkelheit und durch Gottes Gnade hatte die List Erfolg. Sobald sie unter den hohen Bäumen mit den dicken Wipfeln angelangt waren, umgeben von einer Schar von Spähern, die sich wie Schatten bewegten, um vor blauen Soldaten zu warnen – „Die hatten ja genügend Übung bei Wilddiebereien zu Hause“, sagte Red John –, war die Arbeit ungefährlicher, aber auch schwerer. Erst als der Morgen dämmerte, war das Boot einige Meilen vom Lager entfernt, so weit, daß es aufsteigen konnte, ohne daß die Gefahr bestand, man könnte es aus Hurugas Feldhauptquartier sehen.

Wenn es auch das größte Boot war, das man auf diese Weise zu bewegen vermochte, war es doch immer noch zu klein, um die schlimmsten und schrecklichsten Waffen zu tragen. Dennoch hatte Sir Roger während des Tages die Explosivgeschosse untersucht, die von gewissen Kanonen verfeuert wurden. Er hatte sich von einem verschüchterten Wersgor-Ingenieur erklären lassen, wie man den Zünder einstellte, damit das Geschoß beim Aufprall explodierte. An Bord des Bootes waren einige davon – und auch eine in ihre Bestandteile zerlegte Belagerungsmaschine, die seine Handwerker konstruiert hatten.

Unterdessen mußten alle, die nicht damit befaßt waren, an der Verstärkung unserer Verteidigungsanlagen arbeiten. Selbst Frauen und Kindern drückte man Schaufeln in die Hand. Äxte klirrten im nahe liegenden Wald. So lange die Nacht auch war, sie erschien uns angesichts der erschöpfenden Arbeit sogar noch länger. Die wir nur gelegentlich auf kurze Minuten unterbrachen, um einen Kanten Brot hinunterzuwürgen oder ein paar Augenblicke lang zu schlafen. Die Wersgorix sahen, daß wir beschäftigt waren – das ließ sich nicht vermeiden –, aber wir gaben uns Mühe, vor ihnen zu verbergen, was wir tatsächlich taten, auf daß sie nicht erkennen sollten, daß wir nur die geringere Hälfte von Ganturath mit spanischen Reitern, Gruben und Fußangeln umgaben. Als der Morgen kam und es schließlich hell wurde, waren unsere Verteidigungsanlagen vom langen Gras verdeckt.

Ich selbst begrüßte die harte Arbeit als Ablenkung von meinen Ängsten. Und doch quälten sie meinen Geist, so wie ein Hund an einem Knochen herumnagt. War Sir Roger verrückt? Es schien so viele Dinge zu geben, die er falsch gemacht hatte, und doch fand ich auf eine Frage nach der anderen nur die gleiche Antwort, wie er sie gefunden hatte.

Warum waren wir nicht in dem Augenblick geflohen, als Ganturath uns gehörte, statt zu warten, bis Huruga eintraf und uns festnagelte? Weil wir den Weg nach Hause nicht mehr kannten und nicht die geringste Chance hatten, ihn ohne die Hilfe geschickter Raummatrosen wiederzufinden. (Wenn es überhaupt Hilfe gab.) Der Tod war besser, als blindlings zwischen den Sternen herumzusuchen – wo unsere Unwissenheit uns ohnehin bald töten würde.

Und nachdem der Waffenstillstand geschlossen war – weshalb ging Sir Roger dann das schwere Risiko ein, ihn sofort wieder zu brechen, indem er Stularax angriff? Weil es offensichtlich war, daß der Waffenstillstand nicht sehr lange dauern konnte. Sobald Huruga genügend Zeit hatte, um über das nachzudenken, was er beobachtet hatte, mußte er unsere List durchschauen und uns vernichten. Solange unsere Kühnheit ihn blendete, war es durchaus möglich, daß er uns weiterhin für mächtiger hielt, als es der Wahrheit entsprach. Und wenn er es dann vorzog zu kämpfen, dann würden wir stärker sein – wegen der Waffen, die uns der Überfall einbringen würde.

Aber erwartete Sir Roger ernsthaft, daß ein so aberwitziger Plan Erfolg hatte? Nur Gott und er selbst konnten das beantworten. Ich wußte, daß er die ganze Zeit improvisierte. Er war wie ein Läufer, der immer wieder stolpert und plötzlich viel schneller rennen muß, um nicht zu stürzen.

Aber wie prächtig er doch rannte!

Jene Überlegung tröstete mich. Ich vertraute mein Schicksal dem Himmel an und schaufelte mit viel friedlicherem Herzen.

Kurz vor Einbruch der Morgendämmerung, als die Nebel zwischen den Gebäuden und Zelten und den langschnäuzigen Feuerbombarden dahinzogen und das erste schwache Licht den Himmel hinaufkroch, verabschiedete Sir Roger seine Krieger.

Es waren zwanzig an der Zahl: Red John mit den besten unserer Freisassen und Sir Owain Montbelle als Anführer. Es war seltsam, wie das häufig so schwache Herz jenes Ritters stets auflebte, wenn ein Kampf bevorstand. Er war fast so vergnügt wie ein Junge, als er in einen langen scharlachroten Umhang gehüllt dastand und seine Befehle entgegennahm.

„Geht durch den Wald und haltet Euch in Deckung, bis Ihr das Boot erreicht habt", befahl mein Herr. „Wartet bis zum Mittag und fliegt dann weg. Ihr wißt, wie Ihr jene sich aufrollenden Karten benutzen müßt, wie? Nun denn, wenn Ihr zu diesem Stularax kommt – es wird etwa eine Stunde in Anspruch nehmen, wenn Ihr mit einer Geschwindigkeit fliegt, wie sie hier als vernünftig gilt –, landet in Deckung. Verpaßt der Burg ein paar Geschosse aus der Belagerungsmaschine, um die äußeren Verteidigungsanlagen zu brechen. Und dann stürmt zu Fuß, solange sie noch verwirrt sind; nehmt Euch aus den Arsenalen, was Ihr könnt, und kehrt zurück. Wenn hier immer noch alles friedlich ist, verhaltet Euch ruhig. Wenn der Kampf bereits ausgebrochen ist, nun, dann tut, was Euch klug erscheint."

„Verstanden, Sire." Sir Owain drückte ihm die Hand. Das Schicksal wollte es, daß sich diese Geste zwischen ihnen nicht wiederholen sollte.

Als sie noch unter dem düsteren Himmel dastanden, rief eine Stimme: „Wartet." Alle Männer wandten ihre Gesichter zu den inneren Gebäuden, wo dicker Rauch emporquoll. Lady Catherine trat hervor.

„Ich habe erst jetzt gehört, daß Ihr geht“, sagte sie zu Sir Owain. „Müßt Ihr ... zwanzig Männer gegen eine Festung?“

„Zwanzig Männer ...“ er verbeugte sich mit einem Lächeln, das sein Gesicht wie die Sonne aufhellte – „... und ich und die Erinnerung an Euch, Mylady!“

Die Farbe kroch in ihrem bleichen Gesicht empor. Sie ging an dem stocksteifen Sir Roger vorbei zu dem jüngeren Ritter, bis sie vor ihm stand und zu ihm aufblickte. Alle sahen, daß ihre Hände bluteten. Sie hielt eine Schnur.

„Nachdem ich in dieser Nacht keinen Spaten mehr halten konnte“, flüsterte sie, „half ich Bogensehnen drehen. Ich kann Euch kein anderes Zeichen geben.“

Sir Owain nahm es in völliger Stille entgegen. Er verwahrte es unter seinem Kettenpanzer und küßte die zerschundenen Finger. Dann richtete er sich auf, und sein Umhang wehte in der leichten Brise, als er seine Männer in den Wald führte.

Sir Roger hatte sich nicht bewegt. Lady Catherine nickte kurz. „Und Ihr werdet heute mit den Wersgorix an der Tafel sitzen?“ fragte sie ihn.

Sie trat in den Nebel zurück, auf den Pavillon zu, den er nicht länger mit ihr teilte. Er wartete, bis sie verschwunden war, ehe er ihr folgte.

12

Unsere Leute nutzten den langen Morgen gut, um sich auszuruhen. Ich konnte inzwischen Wersgor-Uhren lesen, wenn ich auch nicht präzise sicher war, wie ihre Zeiteinheiten mit terrestrischen Stunden zu vergleichen waren. Zur Mittagsstunde bestieg ich meinen Zelter und traf mich mit Sir Roger, um zur Konferenz zu gehen. Er war alleine. „Ich dachte, wir sollten zwanzig sein“, stammelte ich.

Sein Gesicht wirkte wie aus Holz geschnitzt. „Dafür ist kein Anlaß mehr“, sagte er. „Bei jener Zusammenkunft wird es uns möglicherweise schlecht ergehen, wenn Huruga von dem Überfall hört. Es tut mir leid, daß ich dich gefährden muß.“

Mir tat das auch leid, aber ich verspürte nicht den Wunsch, die Zeit mit Selbstmitleid zu verbringen, Zeit, die sich doch sehr viel nützlicher darauf verwenden ließ, die Perlen meines Rosenkranzes zu zählen.

Dieselben Wersgor-Offiziere erwarteten uns hinter den perligen Vorhängen. Huruga wirkte überrascht, als wir eintraten. „Wo sind Euere anderen Unterhändler?“ fragte er scharf.

„Bei ihren Gebeten“, erwiderte ich, was gar keine so große Unwahrheit war.

„Schon wieder jenes Wort“, brummte einer der Blauhäute. „Was *bedeutet* es?“

„Dies“, erklärte ich, indem ich ein Ave sprach und es an meinem Rosenkranz markierte.

„Eine Art Rechenmaschine, denke ich“, sagte ein anderer Wersgor. „Vielleicht ist es auch gar nicht so primitiv, wie es von außen aussieht.“

„Aber was berechnet man damit?“ wisperte ein dritter, der beunruhigt die Ohren gespitzt hatte.

Huruga funkelte uns an. „Das ist jetzt weit genug gegangen“, brauste er auf. „Die ganze Nacht wart ihr dort drüben zu Werke. Wenn ihr irgendeinen Trick vorhabt ...“

„Wünscht Ihr denn nicht auch, Ihr hättet einen Plan?“ unterbrach ich ihn mit meiner allerchristlichst süßen Stimme.

Wie ich gehofft hatte, warf ihn diese Unverschämtheit aus der Bahn, und wir setzten uns.

Nachdem Huruga eine Weile daran herumgekaut hatte, rief er aus: „Was Eure Gefangenen angeht – ich bin für die Sicherheit der Bewohner dieses Planeten verantwortlich. Ich kann unmöglich mit Geschöpfen verhandeln, die Wersgorix gefangenhalten. Die erste Bedingung für jegliche weitere Verhandlungen muß deren sofortige Freigabe sein."

„Dann ist es schade, daß wir nicht weiter verhandeln können", sagte Sir Roger über mich. „Ich verspüre wirklich nicht den Wunsch, Euch zu vernichten."

„Ihr werdet diesen Ort nicht verlassen, bis jene Gefangenen mir ausgeliefert sind", sagte Huruga. Mir blieb die Luft weg. Er lächelte eisig. „Ich habe Soldaten in Rufweite für den Fall, daß auch Ihr etwas wie dies mitgebracht habt." Er griff in seinen Uniformrock und brachte eine kugelschleudernde Handwaffe zum Vorschein. Ich starrte in den Lauf der Waffe und riß den Mund auf.

Sir Roger gähnte. Er polierte seine Nägel an seinem seidenen Ärmel. „Was hat er gesagt?" fragte er mich.

Ich sagte es ihm. „Verrat", stöhnte ich. „Wir sollten alle unbewaffnet sein."

„Nein, erinnere dich, daß keine Eide geschworen wurden. Aber sage Herzog Huruga, daß ich damit gerechnet habe und meinen eigenen Schutz bei mir trage." Der Baron drückte den kunstvollen Siegelring, den er am Finger trug, und ballte die Faust. „Jetzt hab ich es gespannt. Wenn meine Hand sich aus irgendeinem Grund öffnet, ehe es wieder entspannt ist, wird der Stein mit genügend Kraft zerbersten, um uns alle zum heiligen Petrus zu schicken."

Mit klappernden Zähnen schaffte ich es, diese lügnerische Botschaft zu übermitteln. Huruga sprang auf. „Ist das wahr?" brüllte er.

„J-j-ja, n-n-natürlich", sagte ich. „Ich s-s-schwöre es bei Mahomet."

Die blauen Offiziere drängten sich aneinander. Aus ihrem erregten Flüstern konnte ich entnehmen, daß der Theorie nach eine Bombe, so winzig wie der Stein eines Siegelrings, durchaus möglich war, wenn auch keine den Wersgorix bekannte Rasse über die Geschicklichkeit verfügte, eine solche herzustellen.

Schließlich herrschte wieder Ruhe. „Nun“, meinte Huruga, „anscheinend ein Patt. Ich selbst denke, daß Ihr lügt, lege aber keinen Wert darauf, mein Leben zu riskieren.“ Er schob die kleine Waffe wieder unter seinen Uniformrock zurück. „Aber Ihr müßt begreifen, daß dies eine unmögliche Situation ist. Wenn ich selbst die Freilassung jener Gefangenen nicht bewirken kann, werde ich gezwungen sein, diese ganze Angelegenheit an das Imperium auf Wersgorixan weiterzugeben.“

„Ihr braucht nicht so hastig zu sein“, sagte Sir Roger. „Wir werden unsere Geiseln sorgfältig behüten. Ihr mögt Bader oder Feldscher schicken, die sich um ihr Wohlbefinden und ihre Gesundheit kümmern. Freilich müssen wir Euch bitten, all eure Waffen als Garantie Eures Wohlverhaltens unter Sequester zu stellen. Aber dafür halten wir auch gegen die Sarazenen Wache.“

„Die was?“ Huruga runzelte die knochige Stirn.

„Die Sarazenen. Heidnische Piraten. Seid Ihr ihnen nicht begegnet? Es fällt mir schwer, das zu glauben, denn sie reisen weit. Wahrhaftig, in diesem Augenblick sogar könnte ein Sarazenenschiff auf Euren Planeten heruntersinken, um dort zu rauben und zu brennen ...“

Huruga zuckte zusammen. Er zog einen Offizier beiseite und flüsterte ihm etwas zu. Diesmal konnte ich nicht verfolgen, was gesagt wurde. Der Offizier eilte hinaus.

„Sagt mir mehr“, bat Huruga.

„Mit Vergnügen.“ Der Baron lehnte sich in seinem Sessel zurück und schlug die Beine übereinander. Ich wäre soviel zur Schau getragener Ruhe nicht fähig gewesen. Soweit ich das berechnen konnte, mußte Sir Owains Boot jetzt in Stularax sein; man bedenke, um wieviel langsamer dieses Gespräch ablief, als ich es niedergeschrieben habe. Mit all der Übersetzung, den Pausen, um irgendein nicht gleich begriffenes Wort zu erklären, mit der Suche nach erklärenden Sätzen.

Und doch spann Sir Roger sein Garn, als ob ihm die Ewigkeit zur Verfügung stünde. Er erklärte, wir Engländer seien deshalb mit solcher Wut über die Wersgorix hergefallen, weil ihr unprovozierter Angriff uns zu der Meinung veranlaßt hätte, sie seien neue Verbündete der Sarazenen. Jetzt, da uns klar war, daß dem nicht so war, war es möglich, daß zu gegebener Zeit England und Wersgorixan zu einer Übereinkunft gelangen könnten, ein Bündnis gegen diese gemeinsame Gefahr ...

Der blaue Offizier kam wieder gerannt. Durch die Türklappe sah ich die Soldaten in dem fremden Lager an ihre Posten eilen; das Brüllen erwachender Maschinen drang an mein Ohr.

„Nun?" bellte Huruga seinen Untergebenen an.

„Berichte ... der Weitsprecher ... außenliegende Häuser sahen einen grellen Blitz ... Stularax besiegt ... das muß ein Geschoß vom Supertyp gewesen sein ..." stieß der Bursche keuchend hervor.

Sir Roger tauschte Blicke mit mir, während ich übersetzte. Stularax gefallen? Völlig vernichtet?

Unser Ziel war es lediglich gewesen, ein paar weitere Waffen zu besorgen, besonders leichte, tragbare für unsere Fußsoldaten. Aber wenn alles in Rauch aufgegangen war ...

Sir Roger fuhr sich mit der Zunge über die trockenen Lippen. „Sag ihm, die Sarazenen müssen gelandet sein, Bruder Parvus", befahl er.

Huruga gab mir dazu keine Chance. Mit vor Zorn bebender Brust und Augen, die jetzt nicht mehr bernsteinfarben, sondern blutrot leuchteten, stand er zitternd da, riß erneut seine Waffe heraus und schrie: „Schluß jetzt mit dieser Farce! Wer sonst war noch bei Euch? Wie viele Raumschiffe habt Ihr noch?"

Sir Roger richtete sich auf, bis er über dem stämmigen Wersgorix wie eine Eiche auf der Heide aufragte. Er grinste, tippte bedeutungsvoll an seinen Siegelring und sagte: „Nun,

nun, Ihr könnt doch nicht erwarten, daß ich Euch das offenbare. Vielleicht sollte ich am besten in mein eigenes Lager zurückkehren, bis Euer Temperament sich etwas beruhigt hat."

Ich konnte das mit meinen stockenden Worten nicht so glatt formulieren. Huruga schnaubte: „Oh nein! Ihr bleibt hier!"

„Ich gehe." Sir Roger schüttelte den Kopf mit dem kurzgestutzten Haar. „Übrigens, wenn ich aus irgendeinem Grunde nicht zurückkehre, haben meine Männer Anweisung, alle Gefangenen zu töten."

Huruga hörte sich meine Übersetzung an, dann erwiderte er mit einer Selbstbeherrschung, die ich bewunderte: „Dann geht. Aber wenn Ihr zurück seid, werden wir Euch angreifen. Ich habe nicht die Absicht, mich zwischen Eurem Lager auf dem Boden und Euren Freunden am Himmel fangen zu lassen."

„Die Geiseln", erinnerte ihn Sir Roger.

„Wir werden angreifen", wiederholte Huruga hartnäckig. „Und zwar ausschließlich mit Erdtruppen – zum Teil, um eben jene Gefangenen zu schonen, und zum Teil natürlich, weil jedes Raum- oder Luftfahrzeug aufsteigen muß, um jene Angreifer von Stularax zu suchen. Wir werden auch davon Abstand nehmen, Hochexplosivwaffen einzusetzen, um die Gefangenen nicht zu verletzen. *Aber* ..." Er tippte mit dem Finger hart gegen die Tischplatte. „Sofern Eure Waffen nicht weit überlegener sind als ich annehme, werden wir Euch allein schon mit unserer schieren Übermacht überwältigen. Ich glaube nicht, daß Ihr auch nur über gepanzerte Wagen verfügt, nur ein paar leichte Fahrzeuge, die Ihr in Ganturath erobert habt. Erinnert Euch auch daran, daß nach der Schlacht diejenigen Eurer Leute, die überleben, unsere Gefangenen sein werden. Wenn Ihr auch nur einem von jenen Wersgorix, die Ihr gefangenhaltet, ein Leid getan habt, werden Eure Leute sterben, ganz langsam sterben. Wenn Ihr selbst lebend gefangengenommen werdet, Sir Roger de Tourneville, werdet Ihr ihnen allen beim Sterben zusehen, ehe Ihr selbst sterbt."

Der Baron ließ sich das von mir übersetzen. Die Lippen in seinem von der Sonne verbrannten Gesicht waren ganz bleich. „Nun, Bruder Parvus“, sagte er mit ziemlich kleinlauter Stimme, „es ist nicht ganz so gut abgelaufen, wie ich gehofft hatte – wenn auch vielleicht nicht ganz so schlecht, wie ich fürchtete. Sag ihm, wenn er uns beide tatsächlich sicher zurückkehren läßt und seinen Angriff auf Erdtruppen beschränkt und keine Hochexplosivgranaten einsetzt, werden unsere Geiseln vor allem, außer seinem eigenen Feuer, sicher sein.“

Und dann fügte er mit einer kleinen Grimasse hinzu: „Ich glaube ohnehin nicht, daß ich mich selbst dazu hätte bringen können, hilflose Gefangene abzuschlachten. Aber das brauchst du ihm nicht zu sagen.“

Huruga machte bloß eine ruckartige Kopfbewegung, eine eisige Geste, als ich ihm die Nachricht übermittelte. Wir zwei Menschen gingen hinaus, schwangen uns in den Sattel und kehrten um. Wir ließen unsere Pferde gehen, um die Waffenruhe zu verlängern und etwas länger das Licht der Sonne im Gesicht zu verspüren.

„Was ist in jener Stularax-Burg geschehen, Sire?“ flüsterte ich.

„Ich weiß nicht“, sagte Sir Roger. „Aber ich glaube, daß die Blaugesichter die Wahrheit gesprochen haben – obwohl ich es nicht glauben kann! –, als sie sagten, eine ihrer kräftigeren Granaten könne ein ganzes Lager vernichten. So sind die Waffen, die wir zu stehlen hofften, also dahin. Ich kann nur beten, daß unsere armen Männer nicht auch in der Explosion umkamen. Jetzt können wir uns nur noch verteidigen.“

Er hob den Kopf mit dem Federbusch. „Und doch haben Engländer immer mit dem Rücken zur Wand am besten gekämpft.“

13

So ritten wir ins Lager, und mein Herr schrie ein lautes Hurra, als sei diese Schlacht sein sehnlichster Wunsch gewesen. Mit klirrender Wehr rannten unsere Leute auf ihre Plätze.

Ich will versuchen, unsere Situation etwas ausführlicher zu schildern. Als Stützpunkt von geringerer Bedeutung war Ganturath nicht dafür gebaut, einem mit voller Streitkraft geführten Angriff in einem Krieg Widerstand zu leisten. Der geringere Teil der Festung, den wir besetzt hielten, bestand aus ein paar niedrigen Ziegelbauwerken, die in einem Kreis angeordnet waren. Außerhalb jenes Kreises standen die gepanzerten Bastionen der Feuerbombarden, aber da diese nur dafür bestimmt waren, nach oben auf Himmelsfahrzeuge zu schießen, waren sie jetzt für uns völlig nutzlos. Unter der Erde gab es ein Labyrinth von Räumen und Gängen. Dort brachten wir unter der Obhut von ein paar bewaffneten Sklaven unsere Kinder, die Alten, die Gefangenen und das Vieh unter. Ältere Leute oder andere, die aus irgendwelchen Gründen nicht kampffähig, aber durchaus noch beweglich waren, warteten etwa in der Mitte des Kreises, bereit, Verwundete wegzutragen, Bier zu holen und auch anderweitig den Kämpfenden behilflich zu sein.

Die Reihe der Kämpfer stand auf der Seite, die dem Wersgorlager gegenüberlag, innerhalb des flachen Erdwalles, den wir während der Nacht errichtet hatten. Ihre Piken, Spieße und Äxte wurden in Abständen durch Gruppen von Bogenschützen verstärkt. Die Kavallerie hielt sich an den beiden Flügeln. Hinter ihnen waren die jüngeren Frauen und einige nicht kampferprobte Männer, die sich in die viel zu wenigen Kugelwaffen teilten; Feuergewehre waren infolge des Kraftschirmes nutzlos.

Rings um uns schimmerte der bleiche Hitzeblitz jenes Schildes. Hinter uns erhob sich uralter Forst. Vor uns wogte blaugrünes Gras im Tal, vereinzelte Bäume wiegten sich im Winde, und Wolken schritten über die fernen Hügel dahin. Das Ganze wirkte wie eine Landschaft aus dem Feenreich. Während ich mit den Nichtkombattanten Verbände vorbereitete, fragte ich mich, warum es in einem so märchenhaften Reich Haß und Tod geben mußte.

Hinter dem Wersgorlager donnerten ein paar Flugmaschinen himmelwärts. Unsere Kanoniere erwischten ein paar, ehe sie alle verschwunden waren. Einige weitere blieben auf dem Boden, offenbar hielt man sie als Reserve. Darunter befanden sich auch einige der allergrößten Transportschiffe. Aber im Augenblick galt mein Hauptinteresse dem Boden.

Jetzt strömten die Wersgorix heraus, bewaffnet mit langläufigen Kugelwaffen und wohlgeordnet in Gruppen. Sie rückten freilich nicht in dicht geschlossenen Rängen vor, sondern schwärmten so weit wie möglich aus. Einige unserer Leute stießen Triumphschreie aus, als sie das bemerkten, aber ich wußte gleich, daß dies ihre normale Taktik für den Erdkampf sein mußte. Wenn man tödliche Schnellfeuergewehre besitzt, greift man nicht in geordneten Reihen an. Man setzt vielmehr Geräte ein, um die Waffen der Feinde zu neutralisieren.

Und solche Maschinen waren auch tatsächlich vorhanden. Ohne Zweifel waren sie von der zentralen Bastion von Darova aus nach hierher geflogen worden. Es handelte sich um zwei Typen dieser pferdelosen Kriegswagen. Die eine Art, die in größerer Zahl vorhanden zu sein schien, war leicht und offen, aus dünnem Stahl gebaut und enthielt vier Soldaten und zwei Schnellfeuerwaffen. Sie bewegten sich ungeheuer schnell und behende, wie Wasserkäfer auf vier Rädern. Als ich sie herumrasen sah, mit hundert Meilen in der Stunde über das unebene Terrain, begriff ich ihren Zweck: Sie sollten so schwer zu treffen sein, daß die meisten von ihnen sich ganz dicht an die Feldstücke des Feindes heranarbeiten konnten.

Aber diese kleinen Wagen hielten sich zurück und deckten die Wersgor-Infanterie. Die erste Reihe des eigentlichen Angriffs bestand aus schwer gepanzerten Fahrzeugen. Sie bewegten sich eigentlich für angetriebene Maschinen recht langsam, nicht viel schneller, als ein Pferd galoppieren kann. Das kam von ihrer Größe – so groß wie die Hütte eines Bauern – und den dicken Stahlplatten, die jeglichem Beschuß Widerstand leisten konnten, sofern sie nicht direkt von einer Granate getroffen wurden. Mit Bombarden, die aus ihren Türmen ragten, mit ihrem Dröhnen und dem Staub, den sie aufwirbelten, glichen sie Drachen. Ich zählte mehr als zwanzig davon: massiv, undurchdringlich und in breiter Front auf uns zurükkend. Wo sie gefahren waren, war kein Gras und keine Erde mehr zu sehen, nur steinhart gepreßte Furchen.

Man berichtete mir, daß einer unserer Kanoniere, der es gelernt hatte, die geräderten Kanonen zu bedienen, die Explosivgeschosse schleuderten, aus der Reihe ausbrach und auf eine solche Waffe zurannte. Sir Roger selbst, jetzt in blitzender Wehr, ritt auf ihn zu und schlug ihn mit seiner Lanze nieder.

„Halt, dort drüben!“ herrschte der Baron ihn an. „Was willst du?“

„Schießen, Sire“, keuchte der Soldat. „Wir sollten auf sie schießen, ehe sie unseren Wall überrollen und ...“

„Wenn ich nicht glaubte, daß unsere guten Eschenbogen mit solchen zu groß geratenen Schnecken fertig würden, dann hätte ich dir befohlen, dein Rohr zu zünden“, sagte mein Herr. „Aber so wie die Dinge stehen, gehst du zurück zu deiner Pike!“

Das hatte eine sehr heilsame Wirkung auf die arg erschütterten Speerträger, die jetzt mit gegen den Boden gestützten Waffen dastanden, um jenen furchterregenden Angriff aufzuhalten. Sir Roger sah keinen Grund, ihnen zu erklären, daß (wenigstens danach zu schließen, was sich in Stularax ereignete) er es nicht wagte, auf so kurze Distanz Explosivstoffe anzusetzen, aus Angst, sie könnten auch uns zerstören. Natürlich hätte er begreifen müssen, daß die Wersgorix viele Arten von Geschossen besaßen, die von unterschiedlicher Wirkung waren. Aber wer vermag schon an alles zugleich zu denken?

So mußten die Fahrer jener rollenden Festung hochgradig erstaunt gewesen sein, daß wir nicht auf sie feuerten, und sich gefragt haben, womit wir wohl zurückhielten. Das sollten sie herausfinden, als der erste Kriegswagen in eine unserer vorbereiteten Gruben taumelte.

Zwei weitere gingen auf ähnliche Weise in die Falle, ehe sie begriffen, daß es sich bei diesen Gruben keineswegs um gewöhnliche Hindernisse handelte. Sicher hatten die guten Heiligen uns geholfen. In unserer Unwissenheit hatten wir tiefe, breite Löcher gegraben, die für sich allein für solch mächtige Fahrzeuge nicht fluchtsicher gewesen wären. Aber dann hatten wir große hölzerne Pfähle hinzugefügt, eigentlich fast aus alter Gewohnheit, so als rechneten wir damit, übergroß geratene Pferde aufspießen zu müssen. Einige dieser Pfähle verfingen sich in den Ketten, die die Räder umkränzten, und es dauerte nicht lange, bis diese Räder sich in einem Brei aus Holz festgefressen hatten.

Ein anderer Wagen wich den Gruben aus, die keineswegs eine geschlossene Front bildeten. Er näherte sich der Brüstung. Eine Schnellfeuerkanone spuckte aus seinem Turm, stellte sich auf den richtigen Abstand ein und warf entlang unserer Erdwelle eine Reihe von Kratern auf.

„Mit Gott und Gerechtigkeit!“ dröhnte Sir Brian FitzWilliam. Sein Pferd sprengte nach vorne, dicht gefolgt von einem halben Dutzend Kavalleriemännern. Sie galoppierten im Halbkreis und hielten sich gerade außerhalb der Reichweite der feindlichen Kanonen. Das Fahrzeug nahm schwerfällig die Verfolgung auf und versuchte, eine Kanone auf sie zu richten. Sir Brian lenkte sie in die Richtung, die er wollte, blies in sein Kriegshorn und galoppierte in unsere Verteidigungsanlage zurück, während der Wagen in ein Loch stürzte.

Die Kriegsschildkröten zogen sich zurück. In dem langen Gras und angesichts unserer raffinierten Tarnung konnten sie unmöglich erkennen, wo die anderen Fallgruben waren. Und dies waren die einzigen Maschinen solcher Art auf ganz Tharixan und durften daher nicht leichtfertig aufs Spiel gesetzt werden. Wir Engländer hatten gezittert, denn es hätte bloß einer durchzukommen brauchen, um uns alle auszulöschen.

Obwohl Huruga nur sehr dürftige Informationen über uns, unsere Kräfte und die möglicherweise vorhandenen Reserven im Weltraum besaß, glaube ich doch, daß er die schweren Wagen hätte einsetzen müssen. In der Tat war die Taktik der Wersgorix in jeder Hinsicht jämmerlich. Aber man bedenke, daß sie schon seit langer Zeit nicht mehr ernsthaft auf dem Lande gekämpft hatten. Ihre Eroberungen rückständiger Planeten waren ein reines Gemetzel und ihre Gefechte mit rivalisierenden sternfahrenden Nationen fanden vorwiegend in den Lüften statt.

So zog Huruga die großen Wagen zurück, von unseren Gruben entmutigt, dafür aber durch die Tatsache beherzt, daß wir ihn nicht mit Granaten beschossen. Statt dessen schickte er seine Infanterie und die leichten Fahrzeuge gegen uns. Seine Absicht war ganz offenkundig die, daß sie einen Weg zwischen unseren Fallen finden und diesen für die großen Maschinen markieren sollten.

Die blauen Soldaten kamen im Laufschritt, im hohen Gras kaum sichtbar, zu kleinen Gruppen ausgeschwärmt. Ich selbst, der ich mich ziemlich weit hinten aufhielt, sah nur gelegentlich einen Helm aufblitzen oder die Stangen leuchten, die sie hier und dort in den Boden rammten, um den Pfad für die schweren Wagen zu markieren.

Und doch wußte ich, daß sie viele Tausende zählen mußten. Das Herz schlug mir wild in der Brust, und mein Mund lechzte nach einem Becher Ale.

Vor den Soldaten rasten die leichten Wagen dahin. Einige von ihnen gerieten in Fallgruben und wurden angesichts ihrer hohen Geschwindigkeit völlig vernichtet. Aber die meisten rasten auf gerader Linie dahin – genau in die zugespitzten

Stangen, die wir in der Nähe unseres Bollwerks für den Fall einer Kavallerieattacke im Gras eingerammt hatten.

Angesichts ihrer großen Geschwindigkeit waren die Wagen für diese Spieße fast genauso verletzlich wie es Pferde gewesen wären. Ich sah, wie sich einer in die Luft erhob, umkippte, zum Boden zurückkrachte und zweimal hochsprang, ehe er entzweibrach. Ich sah, wie ein anderer sich aufspießte, worauf flüssiger Treibstoff herausspritzte und dann eine Stichflamme in die Höhe stieg. Ein dritter glitt zur Seite ab, rutschte und krachte gegen einen vierten.

Einige weitere, die den Stangen entkamen, rasten über die Fußangeln, die wir ringsum ausgelegt hatten. Die Eisenstacheln bohrten sich in die weichen Ringe, die ihre Räder umgaben, und ließen sich nicht mehr herausziehen. Ein so beschädigter Wagen konnte bestenfalls armselig aus der Schlacht zurückhinken.

Befehle in der harten Wersgorsprache mußten über den Weitsprecher erteilt worden sein. Die Mehrzahl der offenen Wagen, die noch nicht beschädigt waren, hörten auf herumzurasen. Sie ordneten sich zu einer lockeren, aber erkennbaren Formation und kamen jetzt im Fußgängertempo auf uns zu.

Schnapp! machten unsere Katapulte und *Knall* unsere Ballistae. Bolzen, Steine und Kessel mit brennendem Öl gingen zwischen den heranrückenden Fahrzeugen nieder. Davon wurden nicht viele außer Kampf gesetzt, aber die Linie lockerte sich, und der Vormarsch wurde langsamer.

Dann griff unsere Kavallerie an.

Ein paar von unseren Reitern starben in einem Hagel von Blei. Aber sie brauchten nicht weit zu galoppieren, um den Feind zu erreichen. Und die Grasfeuer, die unsere Öltöpfe entfacht hatten, behinderten die Sicht der Feinde. Ich hörte ein Klirren und Dröhnen, als die Lanzen gegen die eisernen Flanken schlugen, und dann hatte ich keine Gelegenheit mehr, den Kampf zu beobachten. Ich weiß nur, daß es den Lanzenreitern nicht gelang, auch nur einen Wagen kampfunfähig zu machen. Aber dennoch erschreckten sie die Fahrer so sehr, daß diese häufig völlig darauf verzichteten, sich gegen das, was nun folgte, zu verteidigen. Sich aufbäumende Pferde schlugen mit den Hufen um sich und zerschmetterten die dünnen Stahlplatten; ein paar schnelle Schläge mit Axt oder Schwert leerten so manches Fahrzeug von seiner Mannschaft. Einige von Sir Rogers Männern setzten mit guter Wirkung Handgewehre oder kleine, runde Granaten ein, die zerplatzten und zackige Fragmente verstreuten, wenn man zuerst eine Nadel eindrückte und sie dann warf. Die Wersgorix besaßen natürlich ähnliche Waffen, waren aber weniger entschlossen, sie einzusetzen.

Die letzten Wagen flohen schreckerfüllt, hitzig von den englischen Reitern verfolgt.

„Kommt zurück!" brüllte Sir Roger ihnen nach. Er schüttelte die frische Lanze, die sein Knappe ihm gereicht hatte. „Kommt zurück, ihr elenden Schurken! Stellt euch und kämpft, ihr Heiden!" Er muß einen herrlichen Anblick geboten haben, in schimmernder Wehr, mit flatternden Federn und dem prunkvollen Schild auf dem heißblütigen, kohlschwarzen Hengst. Aber die Wersgorix besaßen keine ritterlichen Tugenden. Sie waren klüger und bedächtiger als wir. Das kam sie teuer zu stehen. Unsere Reiter mußten sich schnell zurückziehen, denn jetzt war das Fußvolk der Blauen nähergerückt und feuerte seine Gewehre auf unsere Wälle ab. Rüstungen boten da keinen Schutz, eher ein auffälliges Ziel. Sir Roger wies seine Männer mit einem Trompetenstoß an, ihm zu folgen, worauf sie auf der Ebene ausschwärmten.

Die Wersgorix erhoben ein wildes Triumphgeschrei und rannten. In dem Durcheinander, das in unserem Lager herrschte, hörte ich die Hauptleute der Bogenschützen ihre Befehle rufen. Dann zog die graue Gänseherde mit einem Rauschen wie ein mächtiger Wind himmelwärts.

Sie ging grausam auf die Wersgorix nieder. Als die erste Quellwolke noch aufstieg, war die zweite bereits auf dem

Weg. Ein Pfeil mit soviel Kraft dahinter durchbohrt einen Menschenkörper und kommt auf der anderen Seite mit der breiten, blutigen Spitze heraus. Und jetzt begannen die Armbrüste, langsamer, aber mächtiger, die Angreifer ganz vorne niederzumähen. Ich glaube, in diesen letzten paar Augenblikken ihrer Attacke müssen die Wersgorix die Hälfte ihrer Leute verloren haben.

Dennoch rannten sie starrköpfig, fast wie Engländer, weiter auf unseren Wall zu. Und hier standen unsere gemeinen Bewaffneten, um sie zu empfangen. Die Frauen feuerten und feuerten und mähten einen großen Teil der Feinde nieder. Und jene, die so dicht herankamen, daß man keine Schußwaffe gegen sie einsetzen konnte, sahen sich Speeren, Beilen, Morgensternen, Dolchen und Breitschwertern gegenüber.

Trotz ihrer schrecklichen Verluste waren die Wersgorix immer noch zahlenmäßig zwei- oder dreifach überlegen. Und doch war es eigentlich nicht fair. Sie verfügten über keinen Körperpanzer. Ihre einzige Waffe für einen derart dichten Nahkampf war ein Messer, das am Lauf des Gewehrs befestigt war und eine Art Speer bildete ... sofern sie es nicht vorzogen, das Gewehr selbst als Keule zu benutzen. Ein paar trugen Seitenwaffen, aus denen sie Kugeln verschossen, die uns einige Verluste zufügten. Doch in der Regel war es so, daß, wenn ein John Blaugesicht auf einen Harry Englishman feuerte, er selbst auf kürzeste Distanz sein Ziel verfehlte. Und ehe John Blaugesicht ein zweites Mal feuern konnte, hatte Harry ihn mit seiner Hellebarde bereits aufgeschlitzt.

Als unsere Kavallerie kehrtmachte und die Wersgor-Infanterie von hinten anpackte, war dies das Ende. Der Feind befand sich jetzt in wilder Auflösung und floh und trampelte die eigenen Kameraden in blinder Angst nieder. Die Reiter verfolgten sie mit vergnügten Jagdrufen. Als sie weit genug entfernt waren, ließen unsere Langbogen noch einmal ihre Geschosse fliegen.

Dennoch entkamen viele, die sonst von einer Lanze aufgespießt worden wären, denn Sir Roger sah die schweren Wagen zurücktaumeln und zog sich mit seinen Leuten zurück. Durch Gottes Gnade war ich so damit beschäftigt, für die Verwundeten zu sorgen, die man mir zutrug, daß ich nichts von jenem Augenblick bemerkte, in dem unsere Führer glaubten, unser Ende sei gekommen. Denn der Angriff der Wersgor war nicht vergebens gewesen. Er hatte den Schildkrötenwagen gezeigt, wie sie unseren Gruben ausweichen konnten. Und jetzt kamen diese eisernen Giganten über ein Feld, das zu rotem Schlamm geworden war, und wir wußten nicht, wie wir sie aufhalten sollten.

Thomas Bullards Schultern sanken nach vorne, wie er so in der Nähe des Baronswimpels saß. „Nun“, seufzte er, „wir haben gegeben, was wir geben konnten. Wer reitet jetzt mit mir hinaus und zeigt denen, wie echte Engländer sterben können?“

Sir Rogers Gesicht verzog sich in ernste Falten. „Wir haben eine schwere Aufgabe vor uns, Freunde“, sagte er. „Wir hatten recht, unser Leben aufs Spiel zu setzen, solange Aussicht auf Sieg bestand. Jetzt, da wir die Niederlage vor uns sehen, haben wir nicht das Recht, dieses Leben wegzuwerfen. Wir müssen leben – als Sklaven, wenn es sein muß –, auf daß unsere Frauen und Kinder auf dieser Höllenwelt nicht ganz alleine sind.“

„Bei den Gebeinen Gottes!“ schrie Sir Brian Fitz-William. „Seid Ihr zum Feigling geworden?“

Die Nüstern des Barons blähten sich. „Ich habt gehört, was ich gesagt habe“, erklärte er. „Wir bleiben hier.“

Und dann – dem Himmel sei gedankt – war es, als wäre Gott selbst gekommen, um seine armen, sündigen Parteigänger zu erlösen. Heller als der Blitz flammte es ein paar Meilen hinter uns im Wald auf. Das Leuchten war so grell, daß jene wenigen, die zufällig in die Richtung sahen, ein paar Stunden lang blind waren. Ohne Zweifel erlitten viele Wersgorix dieses Schicksal, da ihre Armee in Richtung auf den Blitz blickte.

Das Brüllen, das sich anschloß, warf viele Reiter aus dem Sattel und ließ so manchen Fußsoldaten zu Boden gehen. Ein Wind fegte über uns hinweg, heiß wie aus einem Backofen, und blies die Zelte wie kleine Stoffpuppen davon. Dann sahen wir, wie eine Wolke aus Staub und Rauch aufstieg. Geformt wie ein bösartiger Pilz, ragte sie fast bis zum Himmel. Minuten verstrichen, ehe sie anfing sich aufzulösen, und die Wolken ganz oben hielten sich noch stundenlang.

Die Kriegswagen kamen knirschend zum Stillstand. Sie wußten, im Gegensatz zu uns, was jener Blitz bedeutete. Es war eine Granate der allergrößten Macht, jene Vernichtung der Materie, von der ich auch heute noch das Gefühl habe, daß sie ein Eingriff in Gottes Werk ist, obwohl mein Erzbischof mir Stellen aus der Schrift vorgelesen hat, die beweisen, daß jegliche Kunst legitim ist, solange sie nur für einen guten Zweck benutzt wird.

Dies war, gemessen an Granaten dieser Art, keineswegs eine sehr starke Granate. Sie war dafür bestimmt, einen Kreis vom Durchmesser einer halben Meile zu vernichten und erzeugte verhältnismäßig wenig jener subtilen Gifte, die solche Explosionen begleiten. Und sie war weit genug vom Schauplatz des Geschehens entfernt abgefeuert worden, um niemandem ein Leid zu tun.

Und doch versetzte sie die Wersgorix in ein grausames Dilemma. Wenn sie eine ähnliche Waffe einsetzten, um unser Lager auszulöschen – falls sie uns irgendwie überrannten – mußten sie mit einem Hagel des Todes rechnen. Denn die verborgene Bombarde hätte dann sicher keinen Anlaß mehr, die Gegend von Ganturath zu schonen. So mußten sie ihren Angriff einstellen, bis sie diesen neuen Feind gefunden und gefechtsunfähig gemacht hatten.

Ihre Kriegswagen torkelten zurück. Die meisten Flugmaschinen, die sie in Reserve gehalten hatten, stiegen auf, verteilten sich am Himmel und suchten denjenigen, der jene Bombe gezündet hatte. Wie wir aus unseren Studien wußten, basierte diese Suche in erster Linie auf einem Gerät, das dieselben Kräfte nutzte, wie wir sie in Magnetsteinen gefunden hatten. Durch Kräfte, die ich nicht begreife und die zu begreifen ich auch gar keinen Wunsch verspüre, da das Wissen für die Erlösung unerheblich ist, um nicht zu sagen nach den Schwarzen Künsten schmeckt, konnte dieses Gerät größere Metallmengen aufspüren. Eine Kanone, die groß genug war, um eine Granate solcher Potenz abzufeuern, müßte daher von jedem beliebigen Luftfahrzeug entdeckt werden, das sich ihrem Versteck auch nur auf eine Meile näherte.

Und doch war keine solche Kanone aufzufinden. Nach einer angespannten Stunde, in der wir Engländer die Umgebung beobachteten und auf unseren Wällen beteten, atmete Sir Roger tief durch.

„Ich will nicht undankbar erscheinen“, sagte er, „aber ich glaube, daß Gott uns vermittels Sir Owain geholfen hat, und nicht etwa direkt. Wir sollten seine Gruppe irgendwo da draußen im Wald finden, selbst wenn die feindlichen Flieger dazu nicht imstande scheinen. Pater Simon, Ihr müßt doch wissen, wer die besten Wilddiebe in Eurer Pfarrei sind ...“

„Oh, mein Sohn!“ rief der Kaplan aus.

Sir Roger grinste. „Ich will nicht das Beichtgeheimnis brechen. Ich sage nur, daß du ein paar ... wollen wir sagen – geschickte Waldläufer? ... damit beauftragen sollst, daß sie sich durch das Gras in jenen Wald schleichen. Sie sollen Sir Owain ausfindig machen, wo immer er auch sein mag, und ihm befehlen, mit dem Feuer zu warten, bis ich ihm Bescheid sage. Du brauchst mir nicht zu sagen, wen du schickst, Pater.“

„In diesem Fall, mein Sohn, soll es befehlsgemäß geschehen.“ Der Priester zog mich zur Seite und forderte mich auf, als sein *locum tenens* den Verletzten und Verängstigten geistlichen Beistand zu leisten, während er einen kleinen Suchtrupp in den Wald führen wollte.

Aber mein Herr fand eine andere Aufgabe für mich. Er und ich und ein Knappe ritten mit einem weißen Banner auf das Wersgorlager zu. Wir nahmen an, daß der Feind genügend

Witz besitzen würde, um die Bedeutung der weißen Fahne zu begreifen, selbst wenn er nicht dasselbe Signal für Waffenruhe benutzte.

Und so war es auch. Huruga selbst fuhr in einem offenen Wagen heraus, uns entgegen. Seine blauen Wangen wirkten eingefallen, und seine Hände zitterten.

„Ich fordere Euch auf, Euch zu ergeben“, sagte der Baron. „Hört auf, mich zu zwingen, Eure armseligen Leute zu vernichten. Ich garantiere Euch, daß man alle anständig behandeln wird, und jeder wird Gelegenheit bekommen, um Lösegeld nach Hause zu schreiben.“

„Ich ... mich einem Barbaren wie Euch ergeben?“ ächzte der Wersgor. „Bloß weil Ihr über eine ... irgendeine verdammte ortungssichere Kanone verfügt – nein!“ Er hielt inne. „Aber damit ich Euch loswerde, erlaube ich Euch, diesen Ort in den Raumschiffen zu verlassen, die Ihr an Euch gerissen habt.“

„Sire“, stöhnte ich, als ich das übersetzt hatte, „haben wir tatsächlich die Flucht gewonnen?“

„Kaum“, antwortete Sir Roger. „Vergiß nicht, daß wir den Weg zurück nicht finden können, und jetzt können wir es noch nicht wagen, um einen geschickten Navigator zu bitten, sonst würden wir unsere Schwäche offenbaren und wieder angegriffen werden. Selbst wenn wir irgendwie nach Hause gelangten, würde das diesem Teufelsnest immer noch die Chance geben, ein neues Komplott auszuhecken, um England wieder anzugreifen. Nein, ich fürchte, wenn man einmal auf einen Bären gestiegen ist, kommt man nicht wieder so schnell herunter.“

So sagte ich dem blauen Adeligen schweren Herzens, daß wir sehr viel mehr als heruntergekommene, alte Raumschiffe haben wollten, und wenn er sich nicht ergäbe, würden wir uns gezwungen sehen, sein Land zu verwüsten. Huruga knurrte anstelle einer Antwort und fuhr zurück.

Auch wir kehrten zurück. Kurz darauf kam Red John

Hameward mit Pater Simons Gruppe, die er auf dem Weg zu unserem Lager getroffen hatte.

„Wir sind ganz offen zur Burg Stularax geflogen, Sire", berichtete er. „Wir sahen andere Himmelsboote, aber keines hat uns angehalten, sie hielten uns einfach für eines der ihren. Dennoch wußten wir, daß die Wachen der Festung uns unmöglich ohne Fragen würden landen lassen, und gingen daher in einem Wald, ein paar Meilen von der Burg entfernt, herunter. Wir bauten unsere Belagerungsmaschine auf und schleuderten eine unserer platzenden Granaten hinein. Sir Owain hatte die Idee, ein paar auf sie zu schleudern, um ihre äußeren Verteidigungsanlagen etwas zu schwächen. Dann wollten wir uns zu Fuß näher heranschleichen, ein paar Leute zurücklassen und einige weitere Granaten abfeuern und anschließend die Wände niederreißen. Wir rechneten damit, daß die ganze Garnison herumrennen würde, um unsere Maschinen zu suchen, und glaubten daher, wir würden uns unschwer einschleichen können und die zurückgelassenen Posten töten. Anschließend wollten wir aus den Arsenalen mitnehmen, was wir tragen konnten, und zu unserem Boot zurückkehren."

An diesem Punkt sollte ich vielleicht unsere Art von Belagerungsmaschine erklären. Im Prinzip handelte es sich nur um einen großen Hebel, der frei um einen Stützpunkt schwingt. Ein sehr langer Arm endete in einer Art Eimer für das Geschoß, während der kurze Arm ein Steingewicht, manchmal einige Tonnen schwer, trug. Letzterer wurde vermittels Flaschenzüge oder einer Winde hochgezogen, während der Eimer beladen wurde. Dann wurde das Gewicht freigelassen und schwang beim Fallen den langen Arm durch einen mächtigen Bogen.

„Ich hielt nicht viel von jenen Granaten, die wir besaßen", fuhr Red John fort. „Sie wogen ja höchstens fünf Pfund. Wir hatten zuerst Schwierigkeiten, die Belagerungsmaschine so einzurichten, daß sie nur diese paar Meilen weit geschleudert wurden. Und was konnten wir schon damit ausrichten, fragte ich mich, wo sie doch höchstens mit einem kleinen Knall zerplatzen würden? Ich habe Belagerungsmaschinen bei der richtigen Arbeit gesehen, vor französischen Städten. Wir schleuderten Felsbrocken von ein oder zwei Tonnen Gewicht und manchmal tote Pferde, die wir über die Wände schleuderten. Aber Befehl war schließlich Befehl. Also spannte ich das Seil, wie man es mir aufgetragen hatte, und wir ließen fliegen. Wuummm! Die Welt flog in die Luft, sozusagen. Ich mußte zugeben, daß das sogar mehr Spaß machte als ein totes Pferd zu schleudern.

Nun, durch die Vergrößerungsscheiben konnten wir sehen, daß die Burg ziemlich gelitten hatte. Jetzt hatte es keinen Sinn mehr, sie zu überfallen. Wir schleuderten noch ein paar Granaten, um sicherzugehen, daß sich auch wirklich nichts mehr rührte. Jetzt ist da bloß noch eine einzige große, glasige Grube. Sir Owain dachte, wir hätten da eine Waffe, die viel nützlicher war als jede andere, die wir hätten mitnehmen können, und ich muß sagen, daß er wohl recht haben wird. Also landeten wir im Wald, ein paar Meilen entfernt, und schleppten die Belagerungsmaschine hin und bauten sie wieder auf. Das hat so lange gedauert, Mylord. Als Sir Owain etwa um diese Zeit aus der Luft gesehen hatte, was hier geschah, feuerten wir eine Granate ab, bloß um dem Feind ein wenig Angst zu machen. Jetzt sind wir bereit, sie so lang und so ausgiebig zu bombardieren, wie Ihr das wünscht, Sire."

„Aber das Boot?" fragte Sir Roger. „Die Feinde haben Metallschnüffler. Deshalb haben sie die Belagerungsmaschine im Wald nicht gefunden: die besteht aus Holz. Aber sie hätten doch das Boot entdecken müssen, wo auch immer ihr es verborgen habt."

„Oh, das, Sire." Red John grinste. „Sir Owain läßt unser Boot dort oben zwischen den anderen herumhuschen. Wer will schon in dem Schwarm einen Unterschied feststellen?"

Sir Roger lachte brüllend auf. „Euch ist ein herrlicher Kampf entgangen", sagte er, „aber Ihr könnt schon die Freudenfeuer entzünden. Geh zurück und sag deinen Leuten, sie sollen das feindliche Lager beschießen."

Wir zogen uns im vereinbarten Augenblick unter die Erde zurück, wobei wir eroberte Wersgor-Zeitstücke benutzten. Trotzdem spürten wir, wie die Erde erzitterte, und hörten das dumpfe Dröhnen, als ihre Anlagen und der größte Teil ihrer Bodenmaschinen zerstört wurden. Ein einziger Schuß reichte aus. Die Überlebenden stürmten in blindem Schrecken an Bord eines der Transportschiffe und ließen eine ganze Menge völlig unversehrter Geräte zurück. Die kleineren Himmelsfahrzeuge verschwanden sogar noch schneller, so als hätte jemand sie weggeblasen. Und als die Sonne langsam in jener Richtung unterzugehen begann, die wir voll Heimweh als Westen bezeichnet hatten, flogen Englands Leoparden über Englands Sieg.

14

Sir Owain landete wie der fleischgewordene Held eines Rittergesanges. Dabei hatte ihn das Ganze nicht einmal viel Mühe gekostet. Während er inmitten der Wersgor-Luftflotte herumraste, hatte er sogar die Zeit gefunden, Wasser heiß zu machen und sich zu rasieren. Jetzt schritt er leichten Fußes einher, den Kopf erhoben, in einen schimmernden Kettenpanzer gekleidert und einen roten Umhang, der im Wind flatterte. Sir Roger trat ihm in der Nähe der Ritterzelte entgegen, schmutzig, stinkend, mit zerbeultem Panzer und mit Blut besudelt. Seine Stimme war vom vielen Schreien heiser. „Mein Kompliment, Sir Owain, zu Eurer ritterlichen Tat."

Der Jüngere verbeugte sich formell – und wechselte dann die Blickrichtung, als Lady Catherine aus einer jubelnden Menge hervortrat. „Ich hätte nicht weniger tun können", murmelte Sir Owain, „mit Eurer Bogensehne auf dem Herzen."

Die Farbe stieg ihr ins Gesicht. Sir Rogers Blick wanderte zwischen den beiden hin und her. Die beiden gaben wahrhaftig ein schönes Paar ab. Ich sah, wie seine Hand sich um das Heft seines Schwertes krampfte.

„Geht in Euer Zelt, Madame", wies er seine Frau an.

„Bei den Verwundeten gibt es noch viel Arbeit, Sire", antwortete sie.

„Ihr arbeitet für jeden, außer für Euren Ehemann und Eure Kinder, wie?" Sir Roger gab sich redliche Mühe, finster zu blicken, aber seine Lippen waren aufgedunsen, wo eine Kugel vom Visier seines Helms abgeprallt war. „Geht in Euer Zelt, sage ich."

Sir Owain sah ihn erschreckt an. „Das sind nicht die Worte, um zu einer Dame von edlem Geblüt zu sprechen, Sire", protestierte er.

„Darauf versteht Ihr Euch wohl besser?" brummte Sir Roger. „Oder ein geflüstertes Wort, um ein Rendezvous zu verabreden?"

Lady Catherine wurde bleich. Sie holte tief Luft, ehe die ersten Worte kamen. Schweigen senkte sich über alle, die in Hörweite standen. „Ich rufe Gott zu meinem Zeugen, daß mir Unrecht geschieht", sagte sie. Dann wehte ihre Robe im schnellen Schritt. Als sie in ihrem Pavillon verschwand, hörte ich ihr Schluchzen.

Sir Owain starrte den Baron mit vom Schrecken gezeichneter Miene an. „Seid Ihr von Sinnen?" stieß er zuletzt hervor.

Sir Roger spannte die Schultern, als müßte er eine schwere Last heben. „Noch nicht. Meine Hauptleute sollen sich mit mir treffen, sobald sie sich gewaschen und ihr Abendbrot eingenommen haben. Aber es wäre wohl klug, Sir Owain, wenn Ihr die Leitung der Lagerwache übernähmet."

Der Ritter verbeugte sich erneut. Es war keine beleidigende Geste, und doch erinnerte sie uns alle daran, daß Sir Roger die guten Sitten verletzt hatte. Er ging weg und widmete sich wieder seinen Pflichten. Bald war eine Wache eingerichtet. Anschließend nahm Sir Owain Branithar in das zerstörte Wersgor-Lager mit, um jenes Gerät zu überprüfen, das weit genug außerhalb gelegen hatte, um noch einsetzbar zu sein. Das Blaugesicht hatte – sogar während der letzten paar geschäftigen Tage – mehr Englisch gelernt. Er sprach zwar stockend, aber mit großem Ernst, und Sir Owain lauschte. Dies gewahrte ich im letzten schwachen Zwielicht des Tages, als ich zur Konferenz eilte, konnte aber nicht hören, was gesprochen wurde.

Ein Feuer loderte hoch, und Fackeln steckten in der Erde. Die englischen Hauptleute saßen um den wuchtigen Tisch, während über ihren Köpfen fremde Konstellationen aufflammten. Ich hörte den Hauch der Nacht im Wald. Alle Männer waren todmüde, sie hockten eingesunken auf den Bänken, aber ihre Augen ließen den Baron nicht los.

Sir Roger stand auf. Gebadet, in frische, wenn auch einfache Gewänder gekleidet, einen Saphirring herausfordernd am Finger, verriet ihn nur sein schleppender Tonfall. Wenn auch seine Worte munter genug klangen, wußte ich doch, daß seine Seele nicht in ihnen war. Ich blickte zu dem Zelt hinüber, wo Lady Catherine und seine Kinder lagen, aber die Dunkelheit verbarg es.

„Aufs neue“, begann mein Herr, „hat die Gnade Gottes uns zum Siege verholfen. Trotz all der Zerstörungen, die wir angerichtet haben, haben wir eine größere Beute an Wagen und Waffen, als wir gebrauchen können. Die Armee, die gegen uns antrat, ist zerbrochen, und nur noch eine Festung bleibt auf dieser ganzen Welt!“

Sir Brian kratzte sich die weißen Stoppeln am Kinn. „Aber dieses Spiel mit den Explosivbomben können zwei spielen“, sagte er. „Wagen wir es, hierzubleiben? Sobald die zu sich gekommen sind, werden sie Mittel und Wege finden, auf uns zu feuern.“

„Das ist wahr.“ Sir Roger nickte. „Das ist ein Grund, weshalb wir keine Zeit vergeuden dürfen. Und ein weiterer besteht darin, daß dies bestenfalls eine unbequeme Behausung ist. Die Burg von Darova ist in jeder Hinsicht größer, stärker und besser ausgerüstet. Sobald wir sie erobert haben, brauchen wir keinen Beschuß mehr zu fürchten. Und selbst wenn Herzog Huruga nicht mehr über die Mittel verfügt, uns zu bombardieren, können wir sicher sein, daß er inzwischen seinen Stolz hinuntergeschluckt und Raumschiffe zu anderen Sternen geschickt hat, um Hilfe zu erbitten. Wir müssen damit rechnen, daß eine Wersgor-Armada gegen uns antritt.“ Er tat so, als bemerkte er das Schaudern nicht, das alle durchlief, sondern schloß: „Aus all diesen Gründen wollen wir Darova, und zwar intakt.“

„Um die Flotten von hundert Welten aufzuhalten?“ rief Hauptmann Bullard. „Nein, Sire, jetzt ist Euer Stolz geronnen und in Wahnsinn übergegangen. Ich sage, wir wollen hier durch den Himmel abziehen, solange wir noch können, und zu Gott beten, daß Er uns nach Terra zurücklenken möge.“

Sir Roger schlug mit der Faust auf den Tisch. Das Krachen übertönte das Rascheln im Walde. „Bei den Wunden Gottes!“ dröhnte er. „Am Tage eines Sieges, wie man ihn seit Richard Löwenherz nicht mehr gekannt hat, würdet Ihr den Schwanz zwischen die Beine nehmen und davonrennen! Und ich hielt Euch für einen Mann!“

Bullard grollte tief in seiner Kehle: „Was hat Richard denn am Ende gewonnen, abgesehen von einem Lösegeld, das sein Land ruinierte?“ Aber Sir Brian Fitz-William hörte ihn und brummelte mit leiser Stimme: „Ich will keinen Verrat hören.“ Bullard erkannte, was er gesagt hatte, biß sich auf die Lippen und verstummte. Unterdessen sprach Sir Roger weiter:

„Die Arsenale von Darova müssen für den Angriff auf uns geleert worden sein. Jetzt verfügen wir über fast alles, was von ihren Waffen noch bleibt, und den größten Teil ihrer Garnison haben wir auch getötet. Wenn man ihnen Zeit läßt, werden sie sich neu sammeln. Sie werden vom ganzen Planeten Freisassen und Freibauern zusammenrufen und gegen uns marschieren. Aber in diesem Augenblick herrscht bei ihnen große Verwirrung. Sie sind höchstens imstande, sich hinter den Wällen zu sammeln. Ein Gegenangriff kommt nicht in Frage."

„Sollen wir also vor den Mauern Darovas sitzen, bis ihre Verstärkungen kommen?" rief eine Stimme aus dem Schatten.

„Besser als hier sitzen, glaubt Ihr nicht?" Sir Rogers Lachen klang gezwungen, und doch war von ein paar Stellen ein leises Lachen zu hören, das ihm antwortete. Und so wurde es entschieden.

Unsere ausgemergelten Leute bekamen keinen Schlaf. Sie mußten sofort mit der Arbeit beginnen, im hellen Schein der zwei Monde. Wir fanden ein paar von den großen Transportflugschiffen, die am Rand der Explosion gelegen hatten und daher nur leicht beschädigt worden waren. Die Handwerker unter unseren Gefangenen reparierten sie, von unseren Speeren dazu gedrängt. In diese Schiffe rollten wir alle Waffen und Fahrzeuge und anderen Geräte, die wir nur hineinbringen konnten. Dann folgten Leute, Gefangene und Vieh. Lange vor Mitternacht waren unsere Schiffe in den Himmel aufgestiegen, bewacht von einer ganzen Wolke anderer Fahrzeuge, die je ein oder zwei Männer an Bord hatten. Das war auch keineswegs zu früh. Knapp eine Stunde nach unserer Abreise – wie wir später erfuhren – regneten unbemannte Flugmaschinen, die mit den kräftigsten Explosivstoffen beladen waren, auf Ganturath hernieder.

Wie wir so vorsichtig durch den Himmel zogen, der von feindlichen Fahrzeugen frei war, erreichten wir ein Binnenmeer. Viele Meilen dahinter, inmitten einer schroffen und dicht bewaldeten Region, entdeckten wir Darova. Man hatte mich in den Kontrollturm gerufen, um zu dolmetschen, und ich sah die Burg auf der Sichtscheibe, weit vor uns und unter uns, aber vergrößert, so daß wir sie gut erkennen konnten. Wir waren der Sonne entgegengeflogen, und die Morgendämmerung leuchtete rosafarben hinter den Bauwerken. Es waren nur zehn flache gerundete Strukturen aus verschmolzenem Stein, mit Mauern, dick genug, um fast jedem Angriff Widerstand zu leisten. Verstärkte Tunnels verbanden sie miteinander. Tatsächlich lag der größte Teil jener Festung tief unter der Erde, so abgedichtet wie ein Raumschiff. Ich sah einen äußeren Ring gigantischer Bombarden und Geschoßschleudern, die ihre Mäuler aus versenkten Batterien zum Himmel reckten, und natürlich war auch das Kraftfeld eingeschaltet und schimmerte bleich wie eine satanische Parodie eines Heiligenscheines. Aber angesichts der wuchtigen Stärke der Festung selbst schien das eher eine Verzierung zu sein. Nirgends waren Luftfahrzeuge zu sehen, bloß die unseren.

Inzwischen war ich, wie die meisten von uns, mit dem Brauch der Weitsprecher vertraut. Ich drehte an den Knöpfen, bis das Bild eines Wersgor-Offiziers auf der Bildscheibe erschien. Er hatte offenbar seinerseits versucht, mit uns Verbindung aufzunehmen, und so hatten wir einige Minuten verloren. Sein Gesicht war bleich, fast himmelblau, und er schluckte ein paarmal, ehe er fragen konnte: „Was wollt Ihr?"

Sir Roger furchte die Stirn, seine blutunterlaufenen, dunkelgeränderten Augen in einem Gesicht, dessen Fleisch von der Sorge weggeschmolzen schien, verlieh ihm ein schreckliches Aussehen. Nachdem ich übersetzt hatte, stieß er hervor: „Huruga."

„Wir ... wir werden unseren *Grath* nicht ausliefern. Das hat er selbst gesagt."

„Bruder Parvus, sagt diesem Idioten, daß ich mit dem Herzog sprechen möchte! Verhandeln. Wissen die denn überhaupt nichts von zivilisierten Sitten?"

Der Wersgor blickte beleidigt, da ich die Worte meines Herrn genau übersetzt hatte, und sprach dann in einen kleinen Kasten und drückte ein paar Knöpfe. Sein Bild wich dem Hurugas. Der Gouverneur rieb sich den Schlaf aus den Augen und sagte mit gekünstelt wirkendem Mut: „Rechnet nicht damit, diesen Ort so zu zerstören, wie Ihr die anderen zerstört habt. Darova ist als ultimate Festung gebaut. Selbst das schwerste Bombardement könnte nur die Anlagen über der Erde entfernen. Wenn Ihr einen direkten Angriff versucht, können wir Luft und Land mit Explosion und Feuer füllen."

Sir Roger nickte. „Aber wie lange haltet Ihr das durch?" fragte er milde.

Huruga ließ seine scharfen Zähne sehen. „Länger als ihr angreifen könnt, ihr Tiere!"

„Nichtsdestoweniger", murmelte Sir Roger, „zweifle ich, daß ihr für eine Belagerung ausgerüstet seid." In meinem beschränkten Wortschatz konnte ich für „Belagerung" keinen Ausdruck der Wersgorsprache finden, und Huruga schien es schwerzufallen, die Umschreibungen zu verstehen, die ich benutzte.

Als ich erklärte, warum ich zur Übersetzung so lange brauchte, nickte Sir Roger und lächelte.

„Das habe ich vermutet", sagte er. „Schau, Bruder Parvus, diese sternfahrenden Nationen haben Waffen, die beinahe so mächtig sind wie das Schwert von Sankt Michael. Sie können mit einem Schuß eine Stadt in die Luft sprengen und mit zehn eine ganze Grafschaft verwüsten. Aber da dies so ist, wie können da ihre Schlachten je lange dauern? Äh? Jene Burg ist dafür gebaut, Hammerschläge hinzunehmen. Aber eine Belagerung? Kaum!"

Und wieder zur Sichtscheibe gewandt: „Ich werde mich in der Nähe festsetzen und Wache halten. Auf das erste Lebenszeichen aus Eurer Burg hin werde ich das Feuer eröffnen. Es wäre also gut, wenn Eure Männer die ganze Zeit unter der Erde blieben. Sobald Ihr Euch zu ergeben wünscht, ruft mich über den Weitsprecher, und ich werde Euch mit größtem Vergnügen die Artigkeiten des Krieges erweisen."

Huruga grinste. Fast konnte ich die Gedanken hinter jener Schnauze lesen. Die Engländer waren mehr als willkommen, draußen hockenzubleiben, bis die rächende Armada kam! Er löschte die Bildscheibe.

Wir fanden einen guten Lagerplatz jenseits des Horizonts. Er lag in einem tiefen, geschützten Tal, durch das ein Fluß lief, sauber und kalt und voller Fische. Der ganze Wald war von Wiesen durchsetzt, es gab reichlich Wild, und unsere Männer, soweit sie nicht zum Dienst eingeteilt waren, konnten nach Belieben jagen. Nach ein paar wenigen jener langen Tage spürte ich, wie in unseren Leuten wieder Mut aufblühte.

Sir Roger gönnte sich keine Ruhe. Ich glaube, das wagte er nicht, denn Lady Catherine ließ ihre Kinder bei ihrer Pflegerin und schlenderte mit Sir Owain durch die Damengemächer. Nicht unbehütet – sie achteten sehr auf die guten Sitten –, aber jedesmal, wenn ihr Mann sie erblickte, drehte er sich herum und brüllte dem Nächststehenden irgendein Kommando zu.

In den Wäldern verborgen war unser Lager vor jeglichem Beschuß sicher. Seine Zelte und Hütten, unsere Waffen und Werkzeuge bildeten keine ausreichend große Konzentration an Metall, als daß eines der magnetischen Geräte der Wersgorix es hätte entdecken können. Und diejenigen unserer Luftfahrzeuge, die Darova bewachten, landeten stets woanders. Wir hielten geladene Belagerungsmaschinen bereit, falls sich in der Festung irgendeine Aktivität zeigen sollte, aber Huruga war es zufrieden, passiv zu warten.

Gelegentlich zog ein wagemutiges feindliches Luftfahrzeug über unseren Köpfen dahin, wahrscheinlich von irgendeinem anderen Ort auf dem Planeten. Aber es fand nie ein Ziel für seine Explosivbomben, und unsere eigenen Streifen drängten es bald ab.

Der größte Teil unserer Streitmacht – die großen Schiffe und Kanonen und Kriegswagen – waren die ganze Zeit anderswo untergebracht. Ich selbst sah die Jagd nicht, die Sir Roger führte. Ich blieb im Lager und beschäftigte mich damit, selbst mehr Wersgor zu lernen und Branithar mehr Englisch zu lehren. Ich begann auch Unterrichtsstunden in der Wersgorsprache für einige unserer intelligenteren jungen Leute.

Darüber hinaus hätte ich gar nicht den Wunsch verspürt, an der Expedition des Barons teilzunehmen.

Er hatte Raum- und Luftfahrzeuge. Er hatte Bombarden, mit denen er sowohl Flammen wie auch Geschosse abfeuern konnte. Er hatte ein paar schwerfällige Schildkrötenwagen. Er hatte Hunderte leichter, offener Schlachtwagen, die er mit Schilden und Wimpeln behängte und mit jeweils einem Kavalleriemann und vier Fußsoldaten besetzte. Er zog auf den Kontinent hinaus, um zu plündern.

Kein isolierter Landsitz konnte seinem Angriff widerstehen. Plündernd und brennend hinterließ er Verwüstung. Er tötete viele Wersgorix, aber nicht mehr als notwendig. Den Rest stopfte er als Gefangene in die riesigen Transportschiffe. Einige Male versuchten die Bauern und Freisassen ihm Widerstand zu leisten. Sie verfügten nur über Handwaffen; sein Heerbann jagte sie auseinander wie Spreu und trieb sie über ihre eigenen Felder. Er brauchte nur ein paar Tage und Nächte, um die ganze Landmasse zu verwüsten. Dann machte er einen schnellen Ausfall über einen Ozean, warf Bomben und beschoß mit Flammenwerfern, was er entdeckte, und kehrte wieder zurück.

Mir erschien das Ganze als ein grausames Gemetzel, wenn auch nicht schlimmer als das, was dieses Imperium auf vielen Welten getan hatte.

Dennoch gestehe ich, daß ich die Logik solcher Dinge nicht immer verstehe.

Sicherlich war, was Sir Roger tat, üblicher europäischer Brauch in einer aufständischen Provinz oder einem feindlich gesinnten fremden Land. Und doch ging ich zu Branithar, als er wieder im Lager gelandet war und seine Männer, beladen mit Juwelen, wertvollen Stoffen, Silber und Gold aus den Schiffen taumelten, betrunken von gestohlenem Wein und mit dem prahlend, was sie getan hatten.

„Ich habe keine Macht über diese neuen Gefangenen“, sagte ich, „aber sag deinen Brüdern von Ganturath, daß der

Baron, ehe er sie vernichten kann, meinen eigenen armen Kopf abschlagen muß."

Der Wersgor sah mich überrascht an. „Was kümmert dich, was mit uns geschieht?" fragte er.

„Gott möge mir helfen", erwiderte ich, „ich weiß es nicht, ich weiß nur dies, daß Er auch euch gemacht haben muß."

Dies geriet meinem Herrn zu Ohren. Er rief mich in das Zelt, das er jetzt anstelle seines Pavillons benutzte. Ich sah Waldlichtungen, dicht gefüllt mit Gefangenen, aneinandergedrängt wie Schafe unter den Gewehren der Engländer. Freilich, ihre Anwesenheit war wie ein Schild für uns. Ohne Zweifel mußte die Landung der Schiffe Hurugas Sichtscheiben verraten haben, wo wir uns befanden. Aber Sir Roger hatte dennoch dafür gesorgt, daß der Gouverneur erfuhr, was geschehen war. Aber ich sah blauhäutige Mütter, die ihre Kinder an sich drückten, und mir war, als griffe eine Hand nach meinem Herzen.

Der Baron saß auf einem Hocker und nagte an einem Rinderknochen herum. Licht und Schatten, das durch die Blätter hereinfiel, zeichneten ein seltsames Muster auf sein Gesicht. „Was soll das?" schrie er. „Liebst du diese Schweinsgesichter so sehr, daß du nicht zulassen willst, daß ich auch die bekomme, die wir in Ganturath fingen?"

Ich schob meine schmalen Schultern zurück. „Wenn Euch sonst nichts bekümmert, Sire", sagte ich zu ihm, „dann bedenkt, wie eine solche Tat Eurer eigenen Seele weh tun muß."

„Was?" Er hob die dicken Brauen. „Wann war es je verboten, die Gefangenen freizulassen?"

Jetzt war ich daran, ihn mit erstaunt aufgerissenem Mund anzustarren. Sir Roger schlug sich auf die Schenkel und grinste. „Ein paar werden wir behalten, wie Branithar und die Handwerker, die uns nützlich sind. Den ganzen Rest treiben wir nach Darova. Tausende und aber Tausende. Glaubst du nicht, daß Huruga das Herz vor Dankbarkeit schmelzen wird?"

Ich stand im hohen Gras unter der Sonne da, während rings um mich schallendes Gelächter ertönte.

Und so stolperte, von den Rufen unserer Leute begleitet und von ihren Speerspitzen getrieben, jene ungezählte Schar über Wald und Feld und durch Baum und Strauch, bis sie in der Ferne Darova erblickten. Ein paar drängten sich verängstigt aus der Menge. Die Engländer stützten sich grinsend auf ihre Waffen. Ein Wersgor fing zu laufen an. Niemand schoß auf ihn. Ein weiterer löste sich aus der Masse, und dann noch einer, und dann rannte der ganze Schwarm auf die Festung zu.

Dies war der Abend, an dem Huruga aufgab.

„Es war ganz einfach", sagte Sir Roger und lachte glucksend. „Ich hatte ihn ja dort wie in einer Flasche verkorkt. Ich bezweifelte, daß er genügend Vorräte besaß, denn die Kunst der Belagerung ist ohne Zweifel in diesem Land schon verlorengegangen. So zeigte ich ihm zuerst, daß ich seinen ganzen Planeten verwüsten könnte – wofür er sich, selbst wenn man uns am Ende besiegte, würde verantworten müssen. Und dann gab ich ihm all jene zusätzlichen Münder zum Füttern." Er schlug mir auf den Rücken. Als ich mich wieder aufgerappelt und mich abgestaubt hatte, sagte er: „Nun, Bruder Parvus, jetzt, da uns diese Welt gehört – hättest du jetzt Lust, ihre erste Abtei zu leiten?"

15

Natürlich konnte ich ein derartiges Angebot nicht annehmen. Ganz abgesehen von den schwierigen Fragen der Weihe hoffe ich, meinen bescheidenen Platz im Leben zu kennen. Außerdem war es in diesem Stadium nur leichthin gesagt. Wir hatten viel zuviel anderes zu tun, als daß wir Gott mehr als eine Dankmesse hätten anbieten können.

Wir ließen fast alle der neu gefangenen Wersgorix laufen. Sir Roger gab über einen großen Weitsprecher eine Proklamation für ganz Tharixan heraus. Er forderte jeden großen Landbesitzer in den von ihm noch nicht verwüsteten Regionen auf, zu ihm zu kommen, sich zu unterwerfen und einige der Heimatlosen mit sich zurückzunehmen. Die Lektion, die er den Planeten gelehrt hatte, war so hart, daß unser Lager die nächsten paar Tage von blauen Besuchern wimmelte. Ich mußte notwendigerweise mit ihnen verhandeln und vergaß ganz, was Schlaf eigentlich war. Aber zum größten Teil waren sie sehr bescheiden. Tatsächlich war diese Rasse so lange zwischen den Sternen übermächtig gewesen, daß jetzt nur noch ihre Soldaten Gelegenheit hatten, mannhafte Verachtung für den Tod zu entwickeln. Und sobald diese sich unterworfen hatten, taten es ihnen die Bürger und Freisassen schnell gleich – und waren es so gewohnt, eine allmächtige Regierung über sich zu haben, daß sie nie auch nur im Traume daran dachten, es könnte möglich sein, sich gegen diese Regierung zu erheben.

Sir Roger wandte in jener Zeit sein Hauptaugenmerk darauf, seine Leute im Garnisonsdienst auszubilden. Da die Maschinen der Burg ebenso leicht zu bedienen waren wie die meisten Gerätschaften der Wersgorix, war Darova bald von Frauen, Kindern, Sklaven und Alten bemannt. Sie sollten imstande sein, es zumindest eine Weile gegen jeden Angriff zu verteidigen. Jene, die hoffnungslos unfähig waren, die diabolischen Künste der Ablesung von Skalen, des Drückens von Knöpfen und des Drehens von Schaltern zu erlernen, setzte er auf einer Insel in sicherer Entfernung ab, um dort unser Vieh zu hüten.

Als das in den Weltraum versetzte Ansby dergestalt imstande war, sich selbst zu verteidigen, sammelte der Baron seine freien Kämpfer zu einer weiteren Expedition in den Himmel Mir erklärte er seine Idee zuvor: Bis zur Stunde war ich immer noch der einzige, der sich wahrhaft fließend in der Wersgorsprache auszudrücken vermochte, obwohl Branithar (mit Pater Simons Unterstützung) auch andere seine Sprache lehrte.

„Bis jetzt waren wir erfolgreich, Bruder Parvus“, erklärte Sir Roger. „Aber alleine werden wir nie imstande sein, die Wersgor-Heerscharen zurückzuwerfen, die man gegen uns aufbieten wird. Ich hoffe, daß du inzwischen ihre Schrift und ihre Numerologie beherrscht. Zumindest gut genug, um einen eingeborenen Navigator zu bewachen und zu sehen, daß er uns nicht an einen Ort lenkt, den wir nicht aufsuchen wollen.“

„Ich habe die Prinzipien ihrer Sternkarten ein wenig studiert, Sire“, antwortete ich, „obwohl sie in Wahrheit gar keine Karten, sondern bloße Zahlenkolonnen benutzen. Auch besitzen sie keine sterblichen Steuerleute auf den Raumschiffen. Sie instruieren vielmehr einen künstlichen Piloten am Beginn der Reise, worauf der Homunculus das ganze Fahrzeug bedient.“

„Wie gut ich das weiß“, brummte Sir Roger. „So hat Branithar uns ja zu aller Anfang hereingelegt. Ein gefährlicher Wicht ist das, aber zu nützlich, um ihn zu töten. Ich bin nicht froh, ihn auf dieser Reise an Bord zu haben, und doch bin ich auch nicht leichten Herzens, ihn in Darova zurückzulassen ...“

„Aber wohin wollt Ihr ziehen, Sire?“ unterbrach ich.

„Oh. Ja. Das.“ Er rieb sich die vor Müdigkeit trockenen Augen. „Es gibt andere Könige als Wersgor. Geringere sternfahrende Nationen, die den Tag fürchten, an dem diese schnauzengesichtigen Teufel sich dafür entscheiden, mit ihnen allen ein Ende zu machen. Ich werde Verbündete suchen.“

Der Gedanke lag nahe, doch ich zögerte. „Nun?“ fragte Sir Roger. „Was plagt dich jetzt?“

„Wenn sie bis jetzt noch nicht in den Krieg gezogen sind“, sagte ich etwas schwächlich, „warum sollte dann das Erscheinen von ein paar rückständigen Wilden wie uns sie dazu veranlassen?“

„Hör mir zu, Bruder Parvus“, sagte Sir Roger, „ich bin

dieses Gejammere über unsere Unwissenheit und unsere Schwäche langsam leid. Schließlich sind wir nicht unwissend in bezug auf den wahren Glauben, oder? Oder besser gesagt, wenn auch die Kriegsmaschinen sich im Laufe der Jahrhunderte ändern mögen, so scheinen mir doch Rivalität und Intrigen hier draußen auch nicht komplizierter als zu Hause. Bloß weil wir eine andere Art von Waffen benutzen, sind wir keine Wilden."

Dagegen konnte ich kaum etwas vorbringen, schließlich lag darin unsere einzige Hoffnung für die Rückkehr nach Terra.

Die besten Raumschiffe waren jene, die tief in den Gewölben von Darova gelegen hatten. Wir waren dabei, diese auszurüsten, als ein noch viel größeres Schiff die Sonne verdunkelte. Wie es so einer Gewitterwolke gleich am Himmel hing, brachte es Sorge über unsere Leute. Aber Sir Owain Montbelle kam mit einem Wersgor-Ingenieur im Schlepptau gerannt, riß mich mit, um zu übersetzen, und führte uns zum Weitsprecher. Außer Sichtweite der Bildscheibe stehend, das Schwert gezogen, zwang Sir Owain den Gefangenen, mit dem Meister des Schiffes zu sprechen.

Es erwies sich als Handelsfahrzeug, das regelmäßig diesen Planeten besuchte. Der Anblick von Ganturath und Stularax, die beide in Ruinen dalagen, erschreckte seine Mannschaft. Wir hätten das Schiff spielend leicht abschießen können, aber Sir Owain benutzte seine Wersgor-Marionette, um dem Kapitän zu sagen, daß es einen Angriff aus dem Weltraum gegeben habe, den die Garnison von Darova abgewehrt hätte, und er solle hier landen. Er gehorchte. Als die Außenportale des Schiffes sich öffneten, führte Sir Owain eine Schar Männer an Bord und kaperte es ohne Schwierigkeiten.

Dafür jubelte man ihm Tag und Nacht zu. Und er bot wirklich einen farbenprächtigen, ritterlichen Anblick, stets bereit, mit allen zu scherzen. Sir Roger, der ohne Unterlaß arbeitete, wurde immer unfreundlicher. Die Männer empfanden Scheu vor ihm und sogar ein wenig Haß, da er sie zu solchen Strapazen trieb. Sir Owain lieferte dazu den Kontrast, wie Oberon zu einem Bären. Die Hälfte der Frauen mußte in ihn verliebt sein, obwohl er nur für Lady Catherine Lieder hatte.

Die Beute aus dem riesigen Schiff war reichlich. Aber das beste war, daß viele Tonnen Getreide dabei waren. Wir versuchten, einen Teil davon an unser Vieh auf der Insel zu verfüttern, das von dem verabscheuten blauen Gras dünn zu werden begann. Sie nahmen das Futter ebenso bereitwillig an, als wäre es englischer Hafer. Als Sir Roger das hörte, rief er aus: „Von welchem Planeten auch immer dieses Getreide kommt, er ist derjenige, den wir als nächsten erobern müssen."

Ich bekreuzigte mich und beeilte mich, aus seiner Nähe zu entkommen.

Aber wir hatten wenig Zeit zu verlieren. Es war kein Geheimnis, daß Huruga gleich nach der zweiten Schlacht von Ganturath Raumschiffe nach Wersgorixan gesandt hatte. Es würde eine Weile dauern, bis sie jenen fernen Planeten erreichten, und dann würde der Kaiser noch einmal eine Weile brauchen, um in seinen weitverstreuten Domänen eine Flotte auszuheben, und dann würde jene Flotte noch eine Weile brauchen, um hierher zu gelangen. Aber schon viele Tage waren verstrichen.

Die Führung der Darova-Garnison mit ihren Frauen, Kindern, Alten und Sklaven vertraute Sir Roger seiner Frau an. Man sagt, die Gewohnheit unserer Chronisten, Reden für die großen Personen zu finden, deren Leben sie beschreiben, sei unwissenschaftlich. Und doch kannte ich jene zwei, nicht nur ihr hochmütiges Äußeres, sondern (wenn auch nur in kurzen Blicken, weil sie scheu war) in der Seele. Ich kann sie förmlich sehen, in einem Raum der fremden Burg, tief unter der Erde.

Lady Catherine hat ihn mit Gobelins behängt und Matten auf dem Boden ausgelegt und die Wände dunkel gelassen, sich nur mit Kerzen Licht verschafft, auf daß dieser Ort ihr weniger fremd erscheinen möge. Sie wartet in stolzer Kleidung, während ihr Mann ihren Kindern Lebewohl sagt. Die kleine Matilda weint ganz offen. Robert hält seine Tränen mehr oder weniger zurück, bis er hinter seinem Vater die Türen geschlossen hat, denn er ist ein de Tourneville.

Langsam richtet Sir Roger sich auf. Er hat aus Zeitmangel aufgehört, sich zu rasieren, und der Bart kräuselt sich wie Draht in seinem vernarbten, hakennasigen Gesicht. Die grauen Augen wirken ausgebrannt, und ein Muskel an seiner Wange hört nicht auf zu zucken. Da hier genügend heißes Wasser aus Röhren läuft, hat er gebadet, aber er trägt sein übliches abgewetztes, altes Lederwams und geflickte Strümpfe. Das Gehänge seines großen Schwertes knarrt, als er auf seine Frau zugeht.

„Nun“, sagt er etwas unsicher, „ich muß aufbrechen.“

„Ja.“ Ihr Rücken ist schlank und sehr gerade.

„Ich glaube ...“ Er räuspert sich. „Ich glaube, Ihr habt alles Notwendige gelernt.“ Als sie darauf nicht antwortet: „Denkt daran, es ist von höchster Wichtigkeit, jene Studenten der Wersgorsprache bei ihren Lektionen zu halten. Andernfalls sind wir wie Taubstumme unter unseren Feinden. Aber vertraut nie unseren Gefangenen. Sie müssen stets von zwei bewaffneten Männern bewacht werden.“

„Jawohl.“ Sie nickt. Sie trägt keine formelle Frisur, und das Kerzenlicht schimmert in den weichen Wellen ihres kastanienbraunen Haares. „Ich werde auch daran denken, daß die Schweine das neue Korn nicht brauchen, das wir den anderen Tieren geben.“

„Höchst wichtig! Und achtet darauf, diese Festung gut zu versorgen. Jene von unseren Leuten, die Eingeborenennahrung zu sich genommen haben, sind gesund und munter, Ihr könnt also von Wersgor-Kornspeichern abfordern.“

Das Schweigen verdichtet sich um sie.

„Nun“, sagt er, „ich muß aufbrechen.“

„Gott sei mit Euch, mein Herr und Meister.“

Er steht einen Augenblick reglos da, studiert den winzigsten Tonfall ihrer Stimme. „Catherine ...“

„Ja, mein Herr?“

„Ich habe Euch unrecht getan“, preßt er heraus. „Und Euch vernachläßigt, was schlimmer ist.“

Ihre Hände greifen nach ihm, als hätten sie eigenes Leben. Seine harten Hände schließen sich um sie.

„Jeder Mann kann einmal irren“, haucht sie.

Er wagt es, in die blauen Augen zu sehen. „Wollt Ihr mir ein Zeichen geben?“ fragt er.

„Für Eure sichere Rückkehr ...“

Seine Hände greifen nach ihrer Hüfte, er zieht sie an sich und ruft freudig aus: „Und meinen Sieg! Gebt mir Euer Zeichen, und ich werde Euch dieses Reich zu Füßen legen!“

Sie reißt sich los, Erschrecken zuckt um ihre Lippen. „Wann werdet Ihr anfangen, nach unserer Erde zu suchen?“

„Welche Ehre liegt darin, nach Hause zu kriechen, wenn die Sterne selbst unsere Feinde bleiben?“ Der Stolz klingt in seinen Worten mit.

„Gott helfe mir“, flüstert sie, und sie flieht ihn. Er steht lange da, bis das Geräusch ihrer Füße in den kalten Korridoren verklungen ist. Dann dreht er sich um und geht zu seinen Männern hinaus.

Wir hätten uns in eines der großen Schiffe drängen können, hielten es aber für das beste, uns auf zwanzig zu verteilen. Ein junger Bursche, der etwas von Heraldik verstand, hatte sie mit Wersgorfarbe neu gestrichen. Jetzt strahlten sie in Scharlachrot, Gold und Purpur, und am Flaggschiff prangten das Wappen der de Tourneville und die englischen Leoparden.

Tharixan fiel hinter uns zurück. Wir traten in jenen fremdartigen Zustand ein, bei dem man in mehr Dimensionen als die geordneten drei des Euklid eintaucht und sie wieder verläßt, was die Wersgorix den „Super-Licht-Antrieb“ nennen. Wieder flammten ringsum die Sterne, und wir vergnügten uns damit, den neuen Konstellationen Namen zu geben – der Ritter, der Pflug, die Armbrust und mehr, darunter auch einige, die sich nicht dafür eignen, in diese Schrift aufgenommen zu werden.

Die Reise war nicht lang: nur ein paar Erdtage, soweit wir das von den Uhren ablesen konnten. Wir ruhten aus und waren scharf wie die Hunde, als wir schließlich in das Planetensystem von Bodavant eindrangen.

Unterdessen hatten wir begriffen, daß es viele Farben und viele Größen von Sonnen gibt, alle vermischt. Die Wersgorix bevorzugten wie die Menschen kleine gelbe. Bodavant war röter und kühler. Nur einer seiner Planeten war bewohnbar (der übliche Fall); und wenn dieser Boda auch von Menschen oder Wersgorix hätte besiedelt werden können, so würden diese ihn doch als düster und kühl empfunden haben. So hatten sich unsere Feinde nicht die Mühe gemacht, die eingeborenen Jairs zu besiegen, sondern sie nur daran gehindert, noch mehr Kolonien zu erwerben, als sie bereits bei ihrer Entdeckung besaßen, und ihnen darüber hinaus höchst ungünstige Handelsverträge aufgezwungen.

Der Planet hing wie ein riesiger Schild, gefleckt und rostig, vor den Sternen, als die eingeborenen Kriegsschiffe uns anriefen. Wir brachten unsere Flottille gehorsam zum Stillstand. Vielmehr hörten wir auf zu beschleunigen und stürzten einfach auf einer hyperbolischen Unterlichtbahn durch den Weltraum, der die Jairfahrzeuge sich anpaßten. Aber diese Probleme der himmlischen Navigation bereiten meinem armen Kopf Schmerzen; ich bin es zufrieden, sie den Astrologen und Engeln zu überlassen.

Sir Roger lud den Jair-Admiral an Bord unseres Flaggschiffs ein. Wir benutzten natürlich die Wersgorsprache, und ich übersetzte. Aber ich werde nur den wesentlichen Inhalt der Gespräche wiedergeben, nicht das langweilige Zeremoniell, das in Wirklichkeit stattfand.

Man hatte einen Empfang vorbereitet, in der unverkennbaren Absicht, die Besucher zu beeindrucken. Der Korridor vom Portal bis zum Refektorium war von Kriegern gesäumt. Die Langbogen-Schützen hatten ihre grünen Westen und Strümpfe geflickt, ihre Kappen mit Federn geschmückt und hielten ihre schrecklichen Waffen in der Hand. Die gewöhnlichen Soldaten hatten das wenige Eisen, das sie besaßen, und ihre flachen Helme poliert und bildeten einen Pikenbogen. Dahinter, wo der Gang sich ausweitete und breit genug war, um dies zuzulassen, prunkten zwanzig Kavalleriemänner in voller Rüstung, mit Banner und Wimpel, Federn und Lanze auf unseren größten Kriegsrössern. An der letzten Türe stand Sir Rogers Jagdmeister, den Falken auf der Hand und ein Rudel Bullenbeißer zu seinen Füßen. Trompeten tönten, Trommeln rollten, Pferde bäumten sich auf, Hunde bellten, und wie aus einem Munde hallte der Ruf „Gott und St. Georg für England! Hurra!" durch das Schiff.

Die Jairs wirkten ziemlich betroffen, setzten aber den Marsch zum Refektorium fort. Er war mit den prächtigsten Geweben behängt, die wir erbeutet hatten. Am Ende des langen Tisches saß Sir Roger in brokatbestickten Kleidern, umgeben von Hellebardenträgern und Armbrustschützen, auf einem Thron, den unsere Zimmerleute schnell zusammengenagelt hatten. Als die Jairs eintraten, hob er einen goldenen Wersgorpokal und trank auf ihre Gesundheit. Er hatte eigentlich Wein benutzen wollen, aber Pater Simon hatte entschieden, daß der für die heilige Kommunion reserviert werden mußte, und darauf hingewiesen, daß die fremden Teufel den Unterschied nicht erkennen würden.

„*Wâes hâeil!*" deklamierte Sir Roger, ein englischer Satz, den er selbst dann liebte, wenn er das ihm vertrautere Französisch sprach.

Die Jairs zögerten, bis Pagen ihnen mit dem Zeremoniell des königlichen Hofs ihre Plätze gezeigt hatten. Anschließend betete ich einen Rosenkranz und erbat den Segen für die Konferenz. Dies geschah, wie ich gestehe, nicht nur aus religiösen Gründen. Wir hatten bereits erfahren, daß die Jairs gewisse verbale Formeln dazu benutzten, verborgene Kräfte des Körpers und des Geistes heraufzubeschwören. Wenn sie genügend umnachtet waren, mein sonores Latein für eine wesentlich eindrucksvollere Version derselben Sache zu halten, war die Sünde ja nicht die unsere, oder?

„Willkommen, mein Lord“, sagte Sir Roger. Auch er wirkte sehr ausgeruht. Er hatte sogar das leichte Funkeln igendeiner Teufelei an sich. Nur jene, die ihn gut kannten, hätten erahnen können, welche Leere sich dahinter verbarg. „Ich bitte um Vergebung für mein unzeremonielles Eindringen in Euer Reich, aber die Nachricht, die ich Euch bringe, duldet kaum Aufschub.“

Der Jair-Admiral beugte sich gespannt nach vorne. Er war ein wenig größer als ein Mann, wenn auch schlanker und eleganter, und seinen Körper bedeckte weicher, grauer Pelz, den rings um den Kopf ein weißer Kranz zierte. Das Gesicht wirkte wie das einer Katze, mit riesigen, purpurfarbenen Augen und einem Schnurrbart, sah sonst aber ganz menschlich aus. Das soll heißen, es wirkte so menschlich wie die Gesichter in einem Triptychon, wenn sie ein nicht besonders geschickter Künstler gemalt hat. Er trug enganliegende Kleider aus braunem Stoff, mit Rangabzeichen. Aber sie wirkten recht dürftig, er und seine acht Begleiter, im Vergleich zu dem Glanz, den wir zusammengekratzt hatten. Sein Name, wie wir später erfuhren, war Beljad sor Van. Unsere Erwartung, daß der mit der interplanetarischen Verteidigung Beauftragte auch hohen Rang in der Regierung einnehmen würde, erwies sich als wohlbegründet.

„Wir hatten keine Ahnung, daß die Wersgorix irgendeinem anderen Volk genügend vertrauen würden, um sie als Alliierte zu bewaffnen“, sagte er.

Sir Roger lachte. „Kaum, edler Herr! Ich bin von Tharixan gekommen, das ich gerade erobert habe. Wir benutzen gekaperte Wersgor-Schiffe, um unsere eigenen zu schonen.“

Beljad saß plötzlich katzengerade da. Sein Fell sträubte sich erregt. „Dann seid ihr eine andere sternenfahrende Rasse?“ rief er aus.

„Wir heißen Engländer“, rief Sir Roger hinaus. Er wollte potentielle Verbündete nicht mehr belügen als unbedingt nötig war, da sich ihre Verstimmung, falls sie die Lüge später entdecken sollten, unangenehm würde auswirken können. „Unsere Lords haben ausgedehnte ausländische Besitzungen wie Ulster, Leinster, die Normandie – aber ich will Euch nicht mit einem Katalog von Planeten langweilen.“ Ich alleine bemerkte, daß er nicht tatsächlich gesagt hatte, jene Grafschaften und Herzogtümer *seien* Planeten. „Um es kurz zu sagen, unsere Zivilisation ist sehr alt. Unsere Aufzeichnungen reichen mehr als fünftausend Jahre in die Vergangenheit.“ Er bediente sich soweit wie möglich wersgorianischer Begriffe. Und wer will schon leugnen, daß die Heilige Schrift mit absoluter Genauigkeit bis zur Zeit Adams zurückreicht?

Beljad war weniger beeindruckt, als wir erwartet hatten. „Die Wersgorix rühmen sich ganzer zweitausend Jahre klar aufgezeichneter Geschichte, seit sie ihre Zivilisation nach ihrem letzten Krieg wieder neu aufgebaut haben“, sagte er. „Aber wir Jairs besitzen eine verläßliche Chronologie für die letzten acht Jahrtausende.“

„Seit wann praktiziert ihr den Raumflug?“ fragte Sir Roger.

„Etwa zwei Jahrhunderte.“

„Ah. Unsere frühesten Experimente jener Art waren – wie lange liegt das zurück, würdest du sagen, Bruder Pravus?“

„Etwa dreitausendfünfhundert Jahre, an einem Ort namens Babel“, sagte ich ihnen.

Beljad schluckte, und Sir Roger fuhr aalglatt fort: „Dieses Universum ist so groß, daß erst vor ganz kurzer Zeit ein Kontakt zwischen dem sich ausdehnenden englischen Königreich und dem sich ebenfalls ausdehnenden Wersgor-Reich stattfand. Sie erkannten unsere wahren Kräfte nicht und griffen uns unprovoziert an. Ihr kennt ihre Boshaftigkeit. Wir selbst sind eine sehr friedliche Rasse." Wir hatten von unseren Gefangenen, die dafür nur Verachtung übrig hatten, erfahren, daß die Jair-Republik den Krieg bedauerte und noch nie einen Planeten kolonisiert hatte, der bereits Einwohner besaß. Sir Roger faltete die Hände und drehte die Augen himmelwärts. „In der Tat", fuhr er fort, „ist eines unserer grundlegendsten Gebote ‚Du sollst nicht töten'. Und doch schien es uns eine noch größere Sünde, einer so grausamen und gefährlichen Macht wie Wersgorixan weiterhin zu erlauben, hilflose Völker zu unterdrücken."

„Hm." Beljad rieb sich die pelzbedeckte Stirn. „Wo liegt dieses Euer England?"

„Nun, nun", schnurrte Sir Roger. „Ihr könnt nicht erwarten, daß wir das Fremden sagen, selbst wenn wir sie noch so verehren, solange wir nicht zu einer gewissen Verständigung gekommen sind. Die Wersgorix selbst wissen es nicht, denn wir haben ihr Kundschafterschiff gekapert. Diese meine Expedition ist nach hierher gekommen, um sie zu bestrafen und Informationen zu sammeln. Wie ich Euch sagte, haben wir Tharixan unter nur ganz geringen eigenen Verlusten eingenommen. Aber es ist nicht die Art unseres Monarchen, sich in Angelegenheiten einzumischen, die andere intelligente Rassen betreffen, wenigstens nicht, ohne deren Wünsche zu erkunden. Ich schwöre, daß König Edward III. nie auch nur im Traum daran gedacht hat, so etwas zu tun. Ich würde es vielmehr vorziehen, wenn Ihr Jairs und andere, die unter den Wersgorix gelitten haben, sich mit mir in einem Kreuzzug verbünden würden, um sie zu demütigen. Auf diese Weise werdet Ihr das Recht erwerben, ihr Reich fair und gerecht mit uns zu teilen."

„Seid Ihr – der Führer einer einfachen militärischen Expedition – ermächtigt, solche Verhandlungen zu führen?" fragte Beljad zweifelnd.

„Sir, ich bin kein kleiner Adeliger", antwortete der Baron steif. „Meine Abkunft ist so hoch wie wohl keine in Eurem

Reiche. Ein Vorfahr von mir namens Noah war einst Admiral der Vereinten Flotten meines Planeten."

„Das kommt so plötzlich", wich Beljad aus. „Unerhört. Wir können nicht ... ich kann nicht ... es muß diskutiert werden und ..."

„Sicherlich." Mein Herr hob seine Stimme, bis der ganze Saal widerhallte. „Aber zögert nicht zu lange, Ihr Edlen. Ich biete Euch eine Chance, an der Zerstörung der Wersgor-Barbarei teilzunehmen, da England deren Existenz nicht länger dulden kann. Wenn Ihr die Bürde des Krieges teilen wollt, werdet Ihr auch die Früchte der Eroberung teilen. Andernfalls werden wir Engländer uns gezwungen sehen, das ganze Wersgor-Reich zu besetzen, denn irgend jemand muß in ihm Ordnung halten. Und so sage ich, schließt Euch unter meiner Führung dem Kreuzzug an, und Hurra dem Siege!"

16

Die Jairs waren, wie die anderen freien Nationen, keineswegs dumm. Sie luden uns ein, auf ihrem Planeten zu landen und ihre Gäste zu sein. Es war ein seltsamer Aufenthalt, als hätten wir ihn auf einem zeitlosen Elfenhügel verbracht. Ich erinnere mich an schlanke Türme, luftig dazwischen gespannte Brükken, Städte, wo sich Gebäude mit Parks mischten, als hätte die Natur sie so wachsen lassen, Boote auf hellen Seen, Gelehrte in Talar und Schleier, die mit mir über die englische Wissenschaft diskutierten, riesige Alchimielaboratorien und Musik, die mich immer noch in meinen Träumen verfolgt. Aber dies ist kein geographisches Buch. Und selbst der nüchternste Bericht über alte, nichtmenschliche Zivilisationen würde einem gemeinen englischen Ohr verrückter klingen als die Phantasien jenes notorischen Venezianers Marco Polo.

Während die Kriegsführer der Jairs, ihre Weisen und Politiker, wenn auch noch so höflich, versuchten, von uns Informationen zu erhalten, eilte eine Expedition nach Tharixan, um mit eigenen Augen zu sehen, was dort geschehen war. Lady Catherine empfing sie mit großem Pomp und gestattete ihnen, jeden beliebigen Wersgorix zu befragen. Nur Branithar hielt sie verborgen, denn der hätte ihnen zuviel Wahres berichtet. Der Rest, selbst Huruga, verfügte nur über wirre Impressionen unwiderstehlicher Angriffe.

Da sie mit den Variationen der menschlichen Gestalt nicht vertraut waren, erkannten sie nicht, daß die Garnison von Darova aus unseren Schwächsten bestand. Aber sie zählten sie und vermochten kaum zu glauben, daß eine so kleine Streitmacht wie die unsere all dies bewirkt hatte. Ganz sicher mußten wir über unbekannte Kräfte verfügen, die wir ihnen bislang nicht offenbart hatten! Als sie unsere Hirten sahen, unsere Reiter, unsere Frauen, die an Holzfeuern kochten, schluckten sie mit Leichtigkeit die Erklärung, daß wir Engländer dem einfachen Leben im Freien, wo immer möglich, den Vorzug gaben; das war ein Ideal, dem auch sie anhingen.

Zu unserem Glück beschränkte sie die Sprachbarriere auf das, was sie mit ihren Augen wahrnehmen konnten. Jene Burschen, die Wersgor lernten, hatten bis jetzt noch zu wenige Worte gelernt, um eine vernünftige Unterhaltung führen zu können. So mancher Gemeine – ja vielleicht sogar mancher Krieger – hätte ihnen seine Angst und seinen Schrecken im Verein mit seiner Ignoranz anvertraut und sie angebettelt, ihn wieder nach Hause zu bringen, wäre er dazu nur imstande gewesen. So mußte jegliches detaillierte Gespräch mit den Engländern durch mich gefiltert werden, und ich vermittelte ihnen Sir Rogers freudige Arroganz.

Er verbarg ihnen nicht, daß bald eine rächende Wersgor-Flotte über Darova hereinbrechen würde. Vielmehr, er prahlte sogar damit. Er hatte seine Fallen aufgestellt, behauptete er. Wenn Boda und die anderen sternfahrenden Planeten ihm nicht halfen, diese Falle zuklappen zu lassen, mußte er England um Verstärkung bitten.

Die Vorstellung, eine Armada aus einem völlig unbekannten Reich könnte in ihre Weltraum-Region eindringen, beunruhigte die Anführer der Jair. Ich will nicht verhehlen, daß einige von ihnen uns für ganz gewöhnliche Abenteurer hielten, Gesetzlose vielleicht, die überhaupt nicht auf Hilfe aus ihrem Geburtsland rechnen konnten. Aber dem mußten andere entgegengehalten haben:

„Können wir es wagen, zuzusehen und nicht an dem beteiligt zu sein, was geschehen muß? Selbst wenn sie Piraten sind, so haben diese Neuankömmlinge doch einen Planeten erobert und zeigen keine Furcht vor dem ganzen Wersgor-Imperium. Wir müssen uns in jedem Fall gegen die Möglichkeit wappnen, daß England – trotz aller gegenteiligen Behauptungen dieser Fremden – ebenso aggressiv wie die Blaugesichter-Nation ist. Wäre es demzufolge nicht am besten, uns dadurch zu stärken, daß wir diesem Roger helfen und dabei viele Planeten besitzen und viel Beute machen? Die einzige Alternative scheint darin zu liegen, mit Wersgor ein Bündnis gegen ihn einzugehen, und das ist undenkbar!“

Außerdem sah sich die Phantasie des Jairvolkes herausgefordert. Sie sahen, wie Sir Roger und seine prunkvoll gekleideten Begleiter durch ihre ruhigen Straßen galoppierten, sie hörten, wie er ihre alten Feinde besiegt hatte. Ihre Legenden, die seit langer Zeit nur darauf beruhten, daß sie schließlich nur den kleinsten Teil des Universums kannten, bereiteten sie förmlich auf die Vorstellung vor, daß es jenseits ihrer Landkarten ältere und stärkere Rassen gab. Als sie daher hörten, daß er zum Krieg drängte, fingen sie Feuer und verlangten danach. Boda war eine echte Republik, nicht eine vorgebliche, wie sie die Wersgor hatten. Diese Stimme des Volkes hallte laut im Parlament.

Der Botschafter der Wersgorix protestierte. Er drohte mit Vernichtung. Aber er war weit von zu Hause entfernt, und die

Depeschen, die er schickte, würden lange unterwegs sein. Und unterdessen bewarf die Menge seine Residenz mit Steinen.

Sir Roger selbst konferierte mit zwei anderen Botschaftern. Es waren dies die Verteter der anderen sternfahrenden Nationen, Ashenkoghli und Pr?*tans. Die fremdartigen Buchstaben in dem letztgenannten Namen stammen von mir und stehen für einen pfeifenden Laut beziehungsweise ein Grunzen. Ein Gespräch soll stellvertretend für viele wiedergegeben werden, die stattfanden.

Wie gewöhnlich wurde es in der Wersgorsprache geführt. Ich hatte größere Schwierigkeiten beim Übersetzen, als ich das gewöhnt war, da der Pr?*tan sich in einer Kiste befand, die die Hitze und die giftige Luft aufrechterhielt, die er benötigte, durch einen Lautsprecher sprach und einen Akzent hatte, der noch schlimmer als mein eigener war. Ich versuchte nicht einmal, seinen persönlichen Namen oder Rang zu erfahren, denn dies umfaßte Begriffe, die für den menschlichen Geist noch komplizierter als die Bücher von Maimonides waren. Ich betrachtete ihn als den tertiären Eimeister des Nordweststockes und nannte ihn für mich Ethelbert.

Meine Besucher saßen in einem kühlen blauen Raum, weit über der Stadt. Während sich Ethelberts tentakelbewehrte Gestalt, die ich nur undeutlich durch das Glas wahrnahm, mit förmlichen Höflichkeiten mühte, blickte Sir Roger auf das Panorama hinaus, das sich ihm bot. „Offene Fenster, so breit wie eine Ausfallpforte“, murmelte er. „Was für eine Gelegenheit! Welche Freude es sein müßte, diesen Ort anzugreifen!“

Als unser Gespräch begonnen hatte, sagte Ethelbert: „Ich kann die Stöcke auf keinerlei Politik festlegen. Ich kann nur eine Empfehlung schicken. Aber da unser Volk weniger individualistisch eingestellt ist als der Durchschnitt, darf ich hinzufügen, daß meine Empfehlung großes Gewicht hat. Gleichzeitig ist es aber dementsprechend schwierig, mich zu überzeugen.“

Das hatte man uns bereits klargemacht. Was die Ashenkoghli anging, so waren sie in Clans aufgeteilt; ihr hiesiger Botschafter war der Häuptling eines solchen Clans und konnte dessen Flotte aus eigener Vollmacht mobilisieren. Das erleichterte unsere Verhandlungen dermaßen, daß wir glaubten, es sei eine Offenbarung des Willens Gottes. Ich möchte sogar behaupten, daß das Vertrauen, das wir daraus zogen, für sich allein schon von großem Nutzen für uns war.

„Sicherlich sind Euch, Sir, die Argumente bereits bekannt, die wir den Jairs vorgetragen haben“, sagte Sir Roger. „Sie gelten in gleichem Maße für Pur-Pur – wie auch immer Euer Planet heißen mag.“

Ich ärgerte mich ein wenig, daß er mir die ganze Last überließ, die Namen richtig auszusprechen und seinen Satz höflich neu zu formulieren, und erlegte mir als Buße für diesen Gedanken einen Rosenkranz auf. Wersgor war eine so barbarische Sprache, daß ich immer noch nicht richtig in ihr zu denken vermochte. Demzufolge pflegte ich, wenn ich Sir Rogers Französisch zu übersetzen hatte, den Inhalt seiner Worte zuerst in das Englisch meiner Knabenzeit zu übertragen, anschließend in stattliche lateinische Perioden, und auf diesem festen Fundament konnte ich dann eine Wersgorstruktur errichten, die Ethelbert auf mentalem Wege ins Pr?*tan übersetzte. Die Werke Gottes sind wundersam.

„Die Stöcke haben gelitten“, räumte der Botschafter ein. „Die Wersgorix schränken den Umfang unserer Raumflotte und unserer extraplanetarischen Besitzungen ein und fordern einen hohen Tribut an seltenen Metallen. Unsere Heimatwelt ist jedoch für sie ohne Nutzen, so daß wir wie Boda und Ashenk keine Eroberung zu befürchten brauchen. Warum sollten wir also ihren Zorn herausfordern?“

„Ich fürchte, diese Geschöpfe haben keine Vorstellung von Ehre“, brummte der Baron zu mir gewandt, „sag ihm also, er wird von diesen Einschränkungen und dem Tribut befreit sein, sobald Wersgorixan überwältigt ist.“

„Das ist offenkundig“, kam kühl die Antwort. „Doch der

Gewinn ist zu gering, verglichen mit dem Risiko, daß unser Planet und seine Kolonien bombardiert werden."

„Jenes Risiko wird jedoch stark eingeschränkt, wenn alle Feinde von Wersgorixan gemeinsam handeln. Der Feind wird viel zu stark beschäftigt sein, um irgendwelche Offensiven zu unternehmen."

„Aber eine solche Allianz gibt es nicht."

„Ich habe Grund zu der Annahme, daß der Ashenkoghli-Lord hier auf Boda die Absicht hat, sich uns anzuschließen. Dann werden viele andere Ashenkoghli-Clans gleiches tun, und wäre es nur, um ihn daran zu hindern, zuviel Einfluß zu gewinnen."

„Sire", protestierte ich in englischer Sprache, „Ihr wißt, daß der von Ashenk noch ganz und gar nicht bereit ist, seine Flotte einzusetzen."

„Sag dem Monstrum hier trotzdem, was ich gesagt habe."

„Mylord, es ist doch nicht die Wahrheit!"

„Ah, aber wir werden dafür sorgen, daß es die Wahrheit wird; also ist es doch keine Lüge."

An soviel Kasuistik wäre ich beinahe erstickt, übersetzte dann aber doch, was er von mir verlangt hatte. Ethelbert schoß zurück. „Was läßt Euch das glauben? Der von Ashenk ist als vorsichtig bekannt."

„Sicher."

Es war eine Schande, daß Sir Rogers gleichmütiger Tonfall an diese nichtmenschlichen Ohren verschwendet war. „Deshalb wird er seine Absicht auch nicht öffentlich bekennen. Aber seine Leute ... einige von ihnen werden sich verplappern oder zumindest nicht widerstehen können, eine Bemerkung fallenzulassen ..."

„Das muß untersucht werden", sagte Ethelbert. Ich konnte förmlich seine Gedanken lesen. Er würde seine eigenen Spione, Söldlinge der Jairs, einsetzen.

Wir entfernten uns und nahmen Gespräche auf, die Sir Roger mit einem jungen Ashenkogh geführt hatte. Dieser feurige Kentaur war selbst begierig auf einen Krieg, in dem er Ruhm und Wohlstand gewinnen konnte. Er erklärte die Einzelheiten der Organisation, der Aktenführung und der Kommunikation, die Sir Roger wissen mußte. Dann instruierte ihn der Baron im Detail, welche Dokumente er fälschen und so auslegen sollte, daß Ethelberts Agenten sie finden konnten, welche Worte er im Rauschzustand fallen lassen sollte und wie er auf ungeschickte Weise versuchen sollte, Jair-Beamte zu bestechen ...

Binnen kurzem wußten alle, mit Ausnahme des Ashenkoghli-Gesandten selbst, daß er vorhatte, mit uns gemeinsame Sache zu machen.

Also sandte Ethelbert eine Kriegsempfehlung nach Pr?*t. Das geschah natürlich in strikter Geheimhaltung, aber Sir Roger bestach den Jair-Inspektor, der diplomatische Botschaften in besonderen Kästen zu den Postschiffen weiterleitete. Dem Inspektor wurde ein ganzer Archipel auf Tharixan versprochen. Das war eine raffinierte Investition meines Herrn, denn er erhielt dafür das Recht, dem Ashenkoghli-Häuptling jene Depesche zu zeigen, ehe sie ihren Weg fortsetzte. Da Ethelbert so großes Vertrauen zu unserer Sache hatte, ließ der Häuptling seine eigene Flotte kommen und schrieb an die Lords verbündeter Clans Briefe, in denen er sie aufforderte, es ihm gleich zu tun.

Unterdessen hatte die militärische Abwehr von Boda erfahren, was geschah. Sie konnten ganz sicher nicht zulassen, daß Pr?*t und Ashenk eine so reiche Ernte einfuhren, während ihr Planet bedeutungslos blieb. Demzufolge sprachen sie die Empfehlung aus, daß auch die Jairs sich der Allianz anschließen sollten. So bedrängt, erklärte das Parlament Wersgorixan den Krieg.

Sir Roger grinste über das ganze Gesicht. „Das war einfach“, meinte er, als seine Hauptleute ihn lobten. „Ich brauchte mich bloß zu erkundigen, wie die Dinge hier angepackt wurden, und das war nie geheim. Dann stolperten die Sternenleute in Fallen, mit denen man nicht einmal einen blöden Deutschen hätte hereinlegen können."

„Aber wie kann das sein, Sire?" fragte Sir Owain. „Sie sind älter, stärker und weiser als wir."

„Den ersten beiden Attributen stimme ich zu", nickte der Baron. Er war so gut gelaunt, daß er selbst dem Ritter gegenüber kameradschaftlich auftrat. „Aber was das dritte betrifft – nein. Wenn es auf Intrigen hinausläuft, bin ich da keineswegs ein Meister, kein Italiener. Aber die Sternenleute sind wie Kinder.

Und warum? Nun, auf der Erde hat es viele Jahrhunderte lang viele Nationen und Lords gegeben, die alle miteinander in Unfrieden lebten, unter einem Feudalsystem, das fast zu kompliziert ist, als daß man sich daran erinnern kann. Warum haben wir in Frankreich so viele Kriege geführt? Weil der Herzog von Anjou einerseits souveräner König von England und andererseits Franzose war! Überlegt doch, wozu das führte. Und doch ist das Ganze eigentlich nur ein belangloses Beispiel. Wir haben auf unserer Erde notgedrungen all die Tricks gelernt, die man kennen muß.

Aber hier sind die Wersgorix seit Jahrhunderten die einzig wahre Macht. Sie haben ihre Eroberungen nur durch eine Methode errungen – die brutale Vernichtung von Rassen, die keine Waffen hatten, um sich damit zu wehren. Durch schiere Gewalt – dem Zufall, daß sie das größte Reich hatten – haben sie den anderen drei Nationen, die über die nötigen militärischen Künste verfügt hätten, ihren Willen aufgezwungen. Und diese haben in ihrer Machtlosigkeit nie auch nur den Versuch gemacht, sich gegen Wersgorixan zu verschwören. All das erforderte weniger staatsmännisches Geschick oder Kriegskunst als eine Schneeballschlacht. Es bedurfte wirklich keiner großen Geschicklichkeit für mich, meine Taktik auf ihren simplen Verstand, ihre Habgier, ihre Furcht und die wechselseitige Rivalität aufzubauen."

„Ihr seid zu bescheiden, Sire", lächelte Sir Owain.

„Ach was!“ Die gute Stimmung des Barons schien zu schwinden. „Der Teufel soll's holen. Das einzig Wichtige ist jetzt: Wir sitzen hier und kochen im eigenen Saft, bis die Flotte startbereit ist. Und unterdessen ist der Feind bereits unterwegs!“

Wahrhaftig, es war eine Zeit der Alpträume. Wir konnten Boda nicht verlassen, um uns unseren Frauen und Kindern in der Festung anzuschließen, denn die Allianz war noch nicht stabil. Sir Roger mußte sie hundertmal zusammenflicken und oft Mittel einsetzen, die ihn im nächsten Leben noch viel kosten würden. Wir anderen verbrachten unsere Zeit damit, Geschichte, Sprachen, Geographie (oder sollte ich sagen Astrologie?) sowie die hexenartigen mechanischen Künste zu studieren. Letzteres mußte unter dem Vorwand geschehen, daß wir hiesige Maschinen mit den unseren zu Hause verglichen, zum Nachteil ersterer. Glücklicherweise, wenn auch nicht unnatürlicherweise – Sir Roger hatte diese Information Offizieren abgepreßt und auch in Dokumenten bestätigt gefunden, ehe wir Tharixan verließen –, waren einige der Waffen, die wir erbeutet hatten, geheim. So konnten wir besonders wirksame Gewehre oder Explosivgeschoße demonstrieren und behaupten, sie seien englischer Herkunft, wobei wir natürlich darauf achten mußten, daß keiner unserer Alliierten sie näher zu Gesicht bekam.

In der Nacht, in der das Jair-Verbindungsschiff von Tharixan mit der Nachricht zurückkehrte, daß die feindliche Armada eingetroffen sei, begab sich Sir Roger alleine in sein Schlafgemach. Ich weiß nicht, was geschah, aber am nächsten Morgen mußte sein Schwert nachgeschärft werden, und das ganze Mobiliar war zersplittert.

Doch Gott machte es möglich, daß wir nicht mehr länger zu warten brauchten. Die Bodavant-Flotte hatte sich bereits draußen im Weltraum versammelt. Jetzt trafen einige Dutzend schlanker Schlachtschiffe aus Ashenk ein, und kurz darauf tauchten auch von deren giftiger Heimatwelt die kistenähnlichen Fahrzeuge von Pr?*t ein. Wir schifften uns ein und dröhnten davon, hinaus in den Krieg.

Unser erster Blick von Darova, nachdem wir uns an den vorgeschobenen Wersgor-Schiffen vorbei in Tharixans Atmosphäre durchgekämpft hatten, ließ mich zweifeln, daß noch etwas geblieben war, was zu retten sich lohnte. Denn Hunderte von Meilen um die Stadt lag das Land schwarz, aufgewühlt und verlassen da. Wo immer eine Granate getroffen hatte, zog der Felsen Blasen.

Jener subtile Tod, den man nur mit Instrumenten aufspüren kann, hatte diesen ganzen Kontinent verwüstet und würde jahrelang anhalten.

Aber Darova war dafür gebaut, solchen Kräften zu widerstehen, und Lady Catherine hatte die Festung gut versorgt. Ich entdeckte eine Wersgor-Flottille, als diese ganz niedrig über ihr Kraftfeld dahinpfiff. Ihre Geschoße zerbarsten ganz nahe und brachten den fast massiven Stein der oberhalb der Erde angebrachten Strukturen zum Schmelzen – ohne daß er innen beschädigt würde. Die verbrannte Erde öffnete sich; Bombarden schoben sich wie Vipernzungen hervor, spuckten Blitze und zogen sich wieder zurück, ehe die nächste Bombenladung sie treffen konnte. Drei Wersgorschiffe wurden getroffen und stürzten ab. Die Wracks mischten sich in die Überreste des letzten Sturmangriffs.

Dann sah ich nichts mehr von dem rauchverhüllten Darova, denn die Wersgorix brachen jetzt mit voller Kraft über uns herein, und der Kampf verlagerte sich wieder hinaus in den Weltraum.

Es war eine seltsame Schlacht. Sie wurde auf unvorstellbare Distanz mit Feuerstrahlen, Kanonenkugeln und unbemannten Geschossen geführt. Schiffe manövrierten unter der Leitung künstlicher Gehirne, und das so schnell, daß nur die gewichtserzeugenden Felder ihre Mannschaften davor bewahrten, gegen die Schotten geschmiert zu werden. Rümpfe zerplatzten, selbst wenn sie nicht getroffen wurden, konnten aber im luftlosen Weltraum nicht sinken: Die verletzten Abschnitte dichteten sich ab, und der Rest blieb und schoß weiter.

So pflegte es im Raumkrieg immer zuzugehen. Sir Roger lieferte eine Neuheit. Als er es zum erstenmal vorschlug, hatte er die Jair-Admirale damit erschreckt, aber er hatte darauf bestanden, es handle sich um eine ganz übliche englische Taktik – und in gewisser Weise traf das sogar zu. In Wirklichkeit tat er es natürlich aus Sorge, seine Männer könnten sonst verraten, wie ungeschickt sie im Umgang mit den Höllenwaffen waren.

So verteilte er sie auf zahlreiche kleine, ungemein schnelle Fahrzeuge. Unser Schlachtplan war höchst unorthodox, und zwar aus keinem anderen Grund als dem, den Feind in gewisse Positionen zu manövrieren. Als sich diese Gelegenheit bot, warfen sich Sir Rogers Boote ins Herz der Wersgorflotte. Einige wenige verlor er, aber die anderen setzten ihre Wahnsinnsbahnen bis zum Flaggschiff des Feindes fort. Es war ein monströses Gebilde, fast eine Meile lang, groß genug, um Kraftfeldgeneratoren zu tragen. Aber die Engländer setzten Explosivstoffe ein, um den Rumpf zu durchstoßen. Und dann gingen sie – in Raumpanzern, auf die die Ritter ihre Federbüsche gesteckt hatten – mit Schwertern, Äxten, Hellebarden und Bogen ebenso wie mit Handgewehren an Bord, enterten.

Sie waren nicht zahlreich genug, um jenes ganze Labyrinth von Korridoren und Kabinen zu erobern. Und doch hatten sie große Freude, erlitten nur geringe Verluste (da die Matrosen hier draußen nicht im Nahkampf ausgebildet waren) und schufen eine große Verwirrung, was unserem Angriff insgesamt sehr zustatten kam. Am Ende gab die Mannschaft jenes Schiffes auf. Als Sir Roger das sah, zog er seine eigenen Truppen zurück, ehe der Rumpf von einer riesigen Explosion in Stücke gerissen wurde.

Nur Gott und die etwas kriegerischen Heiligen wissen, ob diese Taktik die Entscheidung brachte. Die alliierte Flotte war weit in der Minderzahl, und so war natürlich jeder Vorteil über die Maßen nützlich. Andererseits war unser Angriff völlig überraschend gekommen, und wir hatten den Gegner zwischen uns und Darova eingezwängt, dessen größere Geschosse in den Weltraum selbst flogen, um Wersgor-Fahrzeuge zu vernichten.

Ich kann die Vision des heiligen Georg nicht beschreiben, da ich nicht privilegiert war, sie zu sehen. Dennoch schwor so mancher nüchterne, vertrauenswürdige Soldat, er habe den heiligen Ritter in einem Nebel von Sternen die Milchstraße heruntergaloppieren und feindliche Schiffe wie Drachen auf seiner Lanze aufspießen sehen. Sei dem, wie dem sei, jedenfalls gaben die Wersgorix nach vielen Stunden, an die ich mich nur dunkel erinnere, auf. Sie zogen sich in guter Ordnung zurück, nachdem sie etwa ein Viertel ihrer Flotte verloren hatten, und wir verfolgten sie nicht sehr weit.

Statt dessen schwebten wir über dem geschwärzten Darova. Sir Roger und die obersten Befehlshaber seiner Alliierten gingen in einem Boot hinunter. In der Zentralhalle unter der Erde brachte die englische Garnison, schmutzig und von der langen Schlacht erschöpft, ein schwaches Hurra aus. Lady Catherine nahm sich die Zeit, zu baden und um der Ehre wegen ihr bestes Kleid anzulegen. Wie eine Königin schritt sie den Kapitänen entgegen.

Aber als sie ihren Mann im zerbeulten Raumpanzer vor den kühlen Glühlampen stehen sah, stockte ihr Schritt. „Mein Herr ...“

Er nahm den mit Glas geschützten Helm ab. Irgendwie störten die Luftröhren in dieser ritterlichen Geste, als er sich den Helm unter den Arm zwängte und vor ihr niederkniete. „Nein“, rief er laut. „Sagt es nicht. Laßt mich vielmehr sagen: Meine Lady und Liebe!“

Wie eine Schlafwandlerin kam sie auf ihn zu. „Ist der Sieg Euer?“

„Nein Er gehört Euch.“

„Und jetzt ...“

Er stand auf und schnitt eine Grimasse über die Notwendigkeiten, die ihm auferlegt waren. „Konferenzen", sagte er. „Die Schäden der Schlacht müssen behoben, neue Schiffe gemacht, neue Armeen ausgehoben werden. Intrigen unter den Alliierten, Köpfe, die man zusammenstoßen muß, Nachzügler, die es zu ermuntern gilt. Und Kampf, immer Kampf. Bis mit Gottes Willen die Blaugesichter auf ihrem Heimatplaneten zurückgetrieben sind und sich ergeben ..." Er hielt inne. Ihr Gesicht hatte seine liebliche Farbe verloren. „Aber für diese Nacht, Mylady", sagte er ungeschickt, obwohl er es sicherlich viele Male geübt hatte, „für diese Nacht, glaube ich, daß wir uns das Recht erworben haben, allein zu sein, auf daß ich Euch loben kann."

Ihr Atem ging stockend. „Lebt Sir Owain Montbelle?" fragte sie. Als er nicht nein sagte, bekreuzigte sie sich, und ein schwaches Lächeln spielte um ihre Lippen. Dann hieß sie die fremden Hauptleute willkommen und hielt ihnen die Hand hin, auf daß sie sie küßten.

17

Ich komme jetzt zu einem leidvollen Teil dieser Geschichte und dem, der am schwierigsten zu schreiben ist. Ich war auch nicht zugegen, bloß ganz am Ende.

Dies war, weil Sir Roger sich so in seinen Kreuzzug stürzte, als fliehe er vor etwas – was in gewisser Weise auch zutraf, und ich wurde von ihm mitgeschleppt wie ein Blatt, das von einem Orkan aufgewirbelt wird. Ich war sein Dolmetscher, aber immer dann, wenn wir nichts anderes zu tun hatten, wurde ich sein Lehrer und unterwies ihn in Wersgor, bis mein armes, schwaches Fleisch es nicht mehr ertragen konnte. Mein letzter Blick, ehe ich in den Schlaf sank, nahm stets das Kerzenlicht auf dem ausgemergelten Gesicht meines Herrn wahr. Häufig rief er dann einen Doktor der Jairsprache, der ihn bis zur Morgendämmerung unterwies. Bei diesem Tempo vergingen nicht viele Wochen, bis er in beiden Sprachen lästerlich fluchen konnte.

Unterdessen trieb er seine Verbündeten fast ebenso, wie er sich selbst trieb. Die Wersgorix durften keine Gelegenheit bekommen, sich zu erholen. Ein Planet nach dem anderen mußte angegriffen, besiegt und mit einer Garnison besetzt werden, so daß der Feind nie ins Gleichgewicht kam und stets in der Defensive war. Bei diesem Unterfangen hatten wir viel Hilfe seitens der versklavten eingeborenen Bevölkerung. In der Regel brauchte man diesen bloß Waffen und Führung zu geben, und sie griffen ihre Meister in solchen Horden und mit solcher Wildheit an, daß letztere zu uns flohen und um Schutz flehten. Jairs, Ashenkoghli und Pr?*tans waren erschreckt. Sie hatten keine Erfahrung in solchen Dingen, wohingegen Sir Roger die Jacquerie in Frankreich erlebt hatte. In ihrer Verblüffung kamen seine Kollegen immer mehr dahin, daß sie ungefragt seine Führung anerkannten.

Das Hin und Her von alldem, was geschah, ist so kompliziert, von Welt zu Welt zu vielfältig, als daß ich es in diesem bescheidenen Bericht darlegen könnte.

Aber im Wesen hatten die Wersgorix auf jedem bewohnten Planeten jegliche ursprüngliche Zivilisation zerstört. Jetzt stürzte das Wersgorsystem seinerseits in sich zusammen. In dieses Vakuum – Unreligion, Anarchie, Banditentum, Hungersnot, die allgegenwärtige Gefahr einer Rückkehr der Blaugesichter, die Notwendigkeit, die Eingeborenen selbst auszubilden, um unsere dünnen Garnisonen zu unterstützen – trat Sir Roger. Er besaß eine Lösung für diese Probleme, eine, die in Europa zusammgehämmert worden war, in jenen gar nicht so unähnlichen Jahrhunderten nach dem Fall Roms: das Feudalsystem.

Aber gerade als er im Begriff war, so die Fundamente des Sieges zu legen, brach für ihn alles zusammen. Gott möge seiner Seele gnädig sein! Nie lebte ein größerer Ritter. Selbst jetzt noch, ein ganzes Leben später, trüben die Tränen meine alten Augen, und ich würde am liebsten über diesen Teil meiner Chronik hinweggehen. Da ich selbst nur Augenzeuge eines so geringen Teils war, wäre es vielleicht sogar verzeihlich, wenn ich es täte.

Jedoch muß man sagen, daß jene, die ihren Herrn verrieten, sich nicht danach drängten. Sie stolperten hinein. Wäre Sir Roger nicht allen warnenden Anzeichen gegenüber blind gewesen, so wäre es nie geschehen. Deshalb will ich es nicht in kalten Worten niederschreiben, sondern auf jene frühere (und, wie ich glaube, echtere) Übung zurückgreifen, ganze Szenen zu erfinden, auf daß Leute, die heute zu Staub geworden sind, aufs neue leben mögen, nicht als abstrakte Schurkereien, sondern als irrende Seelen, mit denen Gott vielleicht zu guter Letzt Mitleid hatte.

Wir beginnen auf Tharixan. Die Flotte war gerade abgeflogen, um die erste Wersgorkolonie auf diesem langen Feldzug zu besetzen. Eine Jair-Garnison besetzte Darova. Aber jene englischen Frauen, Kinder und Großväter, die sie so tapfer gehalten hatten, wurden nach Sir Rogers bestem Vermögen belohnt. Er verlegte sie auf jene Insel, wo unser Vieh weidete. Dort konnten sie in den Wäldern und Feldern leben, Häuser bauen, jagen, säen und ernten, fast als wäre sie zu Hause. Lady Catherine sollte über sie herrschen. Sie behielt Branithar, den gefangenen Wersgor, sowohl, um ihn daran zu hindern, den Jairs zuviel zu offenbaren, als auch, um weiterhin in seiner Sprache ausgebildet zu werden. Sie verfügte auch über ein schnelles kleines Raumschiff für Notfälle. Besuche seitens der Jairs und vom anderen Ufer des Meeres wurden nicht gerne gesehen, auf daß sie nicht zuviel entdeckten.

Es war eine friedliche Zeit, nur nicht im Herzen meiner Lady.

Für sie begann das große Leid am Tage, nachdem Sir Roger sich eingeschifft hatte. Sie ging über eine von Blumen bestandene Wiese und hörte das Seufzen des Windes in den Bäumen. Zwei ihrer Zofen folgten hinter ihr. Durch den Wald hallten Stimmen, klirrten Äxte, sie vernahm das Bellen eines Hundes, aber für sie schien all das traumhaft fern.

Plötzlich blieb sie stehen. Einen Augenblick lang konnte sie nur starr blicken. Dann stahl sich eine Hand an das Kruzifix, das an ihrer Brust hing. „Heilige Maria, hab' Mitleid mit mir." Ihre Zofen, gut ausgebildet, zogen sich zurück.

Sir Owain humpelte auf die Lichtung. Er trug sein buntestes Gewand und nichts als ein Schwert, um sie an den Krieg zu erinnern. Die Krücke, auf die er sich lehnte, störte kaum die Eleganz seiner Bewegung, als er sein Federbarett vom Kopfe riß und sich verbeugte.

„Ah", rief er aus, „in diesem Augenblick wird dieses Land zu Arkadien, und der alte Hob, der Schweinehirt, dem ich gerade begegnete, ist der heidnische Apollo, der auf seiner Harfe ein Lied spielt, um die große Hexe Venus zu erfreuen."

„Was soll das?" Catherines Augen umwölkten sich. „Ist die Flotte zurückgekehrt?"

„Nein." Sir Owain zuckte die Achseln. „Schreibt es meinem Ungeschick zu. Ich habe Ball gespielt und bin dabei gestolpert. Dabei habe ich mir den Knöchel verstaucht, und jetzt ist er so schwach, daß ich im Kampf nutzlos wäre. Ich sah mich gezwungen, mein Kommando dem jungen Hugh Thorne zu übertragen, und eilte in einem Luftschiff hierher. Jetzt muß ich warten, bis ich geheilt bin, und mir dann ein Schiff und einen Jair-Piloten ausborgen, um wieder zu meinen Kameraden zu gelangen."

Catherine gab sich verzweifelt Mühe, nüchtern zu bleiben. „In ... in seinen Sprachlektionen ... hat Branithar erwähnt, daß die Sternenleute s-s-seltsame chirurgische Künste besitzen." Ihr Gesicht rötete sich wie vom Feuer. „Ihre Linsen können ... sogar ins Innere eines lebenden Körpers ... blikken, und sie haben Säfte, die die schlimmsten Wunden binnen Tagen heilen."

„Daran dachte ich auch“, sagte Sir Owain. „Natürlich möchte ich mich nicht dem Kriege entziehen. Aber dann erinnerte ich mich der strikten Befehle meines Herrn, daß unsere ganze Hoffnung darauf beruht, diese Dämonenrassen zu überzeugen, daß wir ebenso gelehrt wie sie sind.“

Ihre Hand umfaßte das Kruzifix noch fester.

„So wagte ich es nicht, die Hilfe ihrer Ärzte zu erproben“, fuhr er fort. „Statt dessen sagte ich ihnen, ich würde hinten bleiben, um mich gewissen wichtigen Dingen zu widmen und diese Krücke als Sühne für meine Sünden tragen. Sobald die Natur mich geheilt haben wird, würde ich abreisen. In Wahrheit gesprochen, freilich, wird es mir das Herz aus dem Leibe reißen, wieder von Euch gehen zu müssen.“

„Weiß es Sir Roger?“

Er nickte. Sie gingen schnell auf etwas anderes über. Jenes Nicken war eine schwarze Lüge. Sir Roger wußte nichts. Keiner seiner Männer wagte es ihm zu sagen. Ich hätte es wagen können, da er einen Mann des heiligen Buches nie schlagen würde, aber auch ich war unwissend. Da der Baron in diesen Tagen Sir Owains Gesellschaft mied und mit genügend anderem beschäftigt war, dachte er nicht daran.

Ich nehme an, daß er im Innersten seiner Seele nicht daran denken wollte.

Ob Sir Owain sich wirklich das Gelenk verletzt hatte, vermag ich nicht zu sagen. Aber es wäre ein seltsamer Zufall gewesen. Ich zweifle jedoch, ob er seinen letzten Verrat in allen Einzelheiten geplant hatte. Wahrscheinlicher war es, daß er wünschte, gewisse Gespräche mit Branithar fortzusetzen und zu sehen, was sich daraus entwickelte.

Er lehnte sich näher zu Catherine und rief mit lachender Stimme: „Bis ich gehe, lobe ich den Unfall.“

Sie wandte den Blick ab und zitterte. „Warum?“

„Ich glaube, das wißt Ihr.“ Er griff nach ihrer Hand.

Sie zog sie zurück. „Ich bitte Euch, erinnert Euch daran, daß mein Mann im Kriege ist.“

„Zweifelt nicht an mir!“ rief er aus. „Lieber würde ich tot in der Erde liegen, als in Euren Augen entehrt sein.“

„Ich könnte nie ... an einem so galanten Ritter ... zweifeln.“

„Ist das alles, was ich bin? Nur galant? Amüsant? Ein Hofnarr für Eure Langeweile? Nun denn, besser Catherines Narr als Venus’ Geliebter. Laßt mich also Euch unterhalten.“ Und so hob er seine klare Stimme, um ein Lied zu ihren Ehren zu singen.

„Nein ...“ Sie zog sich vor ihm zurück wie eine Hirschkuh vor einem Jäger. „Ich bin ... ich habe gelogen ...“

„An den Höfen der Liebe“, sagte er, „gibt es nur ein Gelöbnis. Die Liebe selbst.“ Die Sonne ließ sein Haar schimmern.

„Ich habe zwei Kinder, an die ich denken muß“, bat sie.

Er wurde ernst. „In der Tat, Mylady. Ich habe oft Robert und die kleine Matilda auf meinem Knie reiten lassen. Ich hoffe, das wird mir wieder erlaubt sein, falls Gott es gestattet.“

Sie sah ihn fast verstört an. „Was meint Ihr damit?“

„Oh – nein.“ Er blickte in den leise murmelnden Wald, dessen Blätter an Farbe und Form nichts gleichen, was die Erde hervorgebracht hatte. „Ich würde nie meine Loyalität verletzen.“

„Aber die Kinder!“ Diesmal war sie es, die nach seiner Hand griff. „Im heiligen Namen Christi, Owain, wenn ihr irgend etwas wißt, so sprecht!“

Er hielt sein Gesicht von ihr abgewandt. Er hatte ein schönes Profil. „Mir sind keinerlei Geheimnisse bekannt, Catherine“, sagte er. „Mag sein, daß Ihr die Frage besser beurteilen könnt als ich. Denn Ihr kennt den Baron am besten.“

„Kennt irgend jemand ihn?“ fragte sie bitter.

Und er sagte ganz leise: „Mir scheint, daß seine Träume mit jeder neuen Wendung des Geschicks wachsen. Zuerst war er es zufrieden, nach Frankreich zu fliegen und sich dem König anzuschließen. Dann wollte er das Heilige Land befreien. Als ihn böses Geschick hierher verschlug, reagierte er edel darauf; das kann niemand leugnen. Aber als ihm dann das Schicksal hold war, hat er dann wieder nach Terra gesucht? Nein, er hat diese ganze Welt eingenommen. Und jetzt ist er ausgezogen, Sonnen zu erobern. Wo wird das enden?"

„Wo ..." Sie konnte nicht fortfahren, noch konnte sie den Blick von Sir Owain wenden.

Und der Ritter sagte: „Gott setzt allen Dingen Grenzen. Unbeschränkter Ehrgeiz ist das Ei des Satans, aus dem nur Unheil schlüpfen kann. Scheint es Euch denn nicht auch, Mylady, wenn Ihr des Nachts ohne Schlaf liegt, daß wir zu weit greifen und vernichtet werden könnten?"

Und nach einer langen Pause fügte er hinzu: „Und dafür sage ich, Christus und seine Mutter mögen all den kleinen Kindern helfen."

„Was können wir tun?" rief sie in ihrer Angst. „Wir haben den Weg zur Erde verloren!"

„Man könnte ihn wiederfinden", sagte er.

„In hundert Jahren der Suche?"

Er sah sie eine Weile schweigend an, ehe er antwortete: „Ich möchte nicht in einem so schönen Busen falsche Hoffnung erwecken. Aber ich habe von Zeit zu Zeit ein wenig mit Branithar gesprochen. Unser Wissen um die Sprache des anderen ist nur gering, und er vertraut sicher keinem Menschen sehr. Und doch ... einige Dinge, die er sagte ... lassen mich glauben, man könnte den Weg nach Hause vielleicht doch finden."

„Was?" Ihre beiden Hände griffen fast wild nach den seinen. „Wie? Wo? Owain, habt Ihr den Verstand verloren?"

„Nein", sagte er einstudiert gleichgültig. „Aber wollen wir einmal annehmen, dies sei die Wahrheit, dann kann Branithar uns trotz allem lenken. Er wird das nicht ohne Preis tun, denke ich. Glaubt Ihr, Sir Roger würde auf seinen Kreuzzug verzichten und still nach England zurückkehren?"

„Er ... nun ...“

„Hat er denn nicht wieder und wieder gesagt: Solange die Macht der Wersgor besteht, liegt England in tödlicher Gefahr? Würde ihn die Wiederentdeckung Terras nicht nur dazu bewegen, seine Bemühungen zu verdoppeln? Nein, welchen Nutzen hätte es, den Weg zurück wiederzufinden? Der Krieg würde sich fortsetzen, bis er in unserer Vernichtung endet.“

Sie schauderte und bekreuzigte sich.

„Da ich schon hier bin“, schloß Sir Owain, „kann ich mich ebensogut darum kümmern, ob man nicht doch den Weg nach Hause wiederfinden kann.

Vielleicht findet Ihr einen Weg, jenes Wissen zu nutzen, ehe es zu spät ist.“

Er entbot ihr höflich einen guten Tag, was sie nicht hörte, und hinkte in den Wald zurück.

18

Viele lange tharixanianische Tage verstrichen: Wochen nach der Zeitrechnung der Erde. Nachdem Sir Roger nun den ersten Planeten, den er sich zum Ziel genommen hatte, eingenommen hatte, zog er zum nächsten. Hier stürmte er, während seine Alliierten die Artillerie des Feindes ablenkten, zu Fuß die Hauptburg, wobei er seine Leute mit Blattwerk tarnte. Dies war der Ort, wo Red John Hameward tatsächlich eine gefangene Prinzessin befreite. Sie hatte zwar grünes Haar und Antennen wie Federn, und es bestand auch nicht die leiseste Möglichkeit, daß es zwischen ihrer Art und der unseren Nachwuchs geben könne. Aber die Menschenähnlichkeit und die ausnehmende Dankbarkeit der Vashtunari – die gerade im Begriffe waren, erobert zu werden – trugen viel dazu bei, einsame Engländer aufzuheitern. Ob nun die Verbote des

Leviticus anwendbar sind oder nicht wird immer noch heiß diskutiert.

Die Wersgorix erwiderten den Angriff aus dem Weltraum, wobei sie ihre Flotte in einem Ring von Planetoiden postierten. Sir Roger hatte unterwegs die Gelegenheit ergriffen, das künstliche Gewicht an Bord des Schiffes abzuschalten, um seine Männer unter solchen Gegebenheiten üben zu lassen. So kam es zu jenem berühmten Angriff unserer gegen das Vakuum gepanzerten Bogenschützen, der als „Schlacht der Meteore" in die Geschichte eingegangen ist. Ihre Pfeile durchbohrten so manchen Wersgor-Raumanzug, ohne daß ein Feuerblitz oder ein magnetischer Kraftpuls die Position eines Mannes verriet. Nachdem ihr Stützpunkt so dezimiert war, zog der Feind sich aus dem System zurück. Admiral Beljad hatte, während sie so beschäftigt waren, drei andere Sonnen erobert, so daß ihr neuer Rückzug ein ziemlich langer war.

Und auf Tharixan machte Sir Owain Montebelle sich Lady Catherine angenehm. Und er und Branithar tasteten einander vorsichtig unter dem Vorwand der Sprachstudien ab. Am Ende glaubten sie, eine gemeinsame Übereinkunft gefunden zu haben.

Nun galt es nur noch, die Barone zu überzeugen.

Ich glaube, beide Monde waren aufgegangen. Ihr Schein hüllte die Baumwipfel in strahlendes Licht, doppelte Schatten fielen auf das Gras, in dem der Tau glitzerte; die nächtlichen Geräusche waren uns inzwischen vertraut geworden und wirkten friedlich. Lady Catherine verließ ihren Pavillon, nachdem ihre Kinder eingeschlafen waren. In einen Umhang mit Kapuze gehüllt, ging sie einen Weg hinunter, der einmal die Straße des neuen Dorfes werden sollte, vorbei an halb fertiggestellten Strohhütten, die im Mondlicht schwarze Schatten warfen, hinaus auf eine Wiese, durch die ein kleines Flüßchen plätscherte. Das Wasser spiegelte das Mondlicht wider und gurgelte leise auf den Felsen. Sie trank den warmen, fremdartigen Geruch der Blumen in sich hinein und dachte zurück an das Habichtskraut ihres heimatlichen England, mit dem die Maikönigin gekrönt wurde. Sie erinnerte sich daran, wie sie am Kiesstrand von Dover stand, kurz nach ihrer Hochzeit, als ihr Mann sich für einen Sommerfeldzug eingeschifft hatte, erinnerte sich daran, wie sie ihm nachgewinkt hatte, bis das letzte Segel am Horizont verschwunden war. Jetzt waren die Sterne ein kälteres Gestade, und niemand würde ihr Tuch sehen, wenn es flatterte. Sie beugte den Kopf und sagte sich, daß sie nicht weinen würde.

Harfensaiten klimperten in der Finsternis. Sir Owain trat hervor. Er hatte seine Krücke inzwischen aufgegeben, wenn er auch immer noch leicht hinkte. Eine schwere, silberne Kette über seinem Waffenrock aus Samt fing das Mondlicht auf, und sie sah ihn lächeln. „Oho“, sagte er mit weicher Stimme, „die Nymphen und Dryaden sind da!“

„Nein.“ Trotz allem, wozu sie sich entschlossen hatte, hoben seine Worte ihre Stimmung. Sein leichtes Plaudern und seine Schmeicheleien hatten so manche traurige Stunde erträglich gemacht; sie brachten ihr Erinnerungen an ihre Mädchenzeit bei Hofe zurück. Sie hob protestierend die Hände, wußte, daß sie damit kokettierte, konnte aber doch nicht anders: „Nein, guter Ritter, das ziemt sich nicht.“

„Unter einem solchen Himmel und in Eurer Gegenwart ist nichts unziemlich“, widersprach er. „Denn man hat uns versichert, daß es im Paradies keine Sünde gibt.“

„Sprecht nicht so.“ Jetzt erfüllte sie wieder doppelter Schmerz. „Wenn wir irgendwohin gewandert sind, dann in die Hölle.“

„Wo immer Ihr seid, Mylady, ist das Paradies.“

„Ist dies der Ort, um einen Hof der Liebe abzuhalten?“ wandte sie bitter ein.

„Nein.“ Jetzt wurde er ernst. „In der Tat, ein Zelt – oder auch eine Blockhütte, wenn sie endlich einmal fertiggestellt ist – ist kein Ort für jemanden, der allen Herzen befiehlt. Und dieses öde Land ist kein angemessenes Zuhause für Euch ... oder Eure Kinder. Unter Rosen solltet Ihr sitzen als Königin der Liebe und der Schönheit, und tausend Ritter sollten Euch zu Ehren ihre Lanzen brechen, tausend Minnesänger Eure Schönheit preisen."

Sie versuchte zu protestieren. „Es würde mir schon genügen, England wiederzusehen ..." Aber dann stockte ihre Stimme.

Er stand da und blickte in das Flüßchen, wo zwei Mondscheiben sich spiegelten. Schließlich griff er unter seinen Umhang. Sie sah Stahl in seiner Hand blitzen. Einen Augenblick lang zuckte sie zurück. Aber er hob das Kreuzheft nach oben und sagte mit jener vollen Stimme, die er so gut einzusetzen wußte: „Bei diesem Zeichen meines Heilands und meiner Ehre schwöre ich Euch, daß Euch Euer Wunsch erfüllt werden soll!"

Sein Schwert sank herunter. Er starrte es an. Sie konnte ihn kaum hören, als er hinzufügte: „Wenn Ihr es wahrhaft wünscht."

„Was meint Ihr?" Sie zog ihren Mantel um sich, als sei es kalt. Sir Owains Fröhlichkeit war nicht wie das heisere Ungestüm von Sir Roger und sein augenblicklicher Ernst vielsagender als die stammelnden Proteste ihres Mannes. Und doch hatte sie einen Augenblick lang Angst vor Sir Owain und hätte all ihr Geschmeide darum gegeben, wenn Sir Roger jetzt aus dem Wald gekommen wäre.

„Ihr sagt nie deutlich, was Ihr meint", flüsterte sie.

Sein Gesicht, das er ihr jetzt zuwandte, wirkte entwaffend knabenhaft. „Vielleicht habe ich nie die schwere Kunst dieser Sprache gelernt. Aber wenn ich jetzt zögere, dann weil ich Mylady ungern sage, was so schwer ist."

Sie richtete sich auf. Einen Augenblick lang wirkte sie in dem unwirklichen Licht Sir Roger seltsam ähnlich; es war eine Geste, die an ihm vertraut war. Und dann war sie wieder nur Catherine, die mit scheuem Mut hervorstieß: „Sagt es mir dennoch."

„Branithar kann Terra wiederfinden", sagte er.

Sie war nicht jemand, der ohnmächtig wurde. Aber die Sterne schwankten. Als sie wieder Herrin ihrer Sinne war, lehnte sie an Sir Owains Brust. Seine Arme hielten ihre Taille umfangen, und seine Lippen bewegten sich an ihren Wangen entlang auf ihren Mund zu. Sie scheute zurück, und seine Lippen lösten sich von ihr. Aber sie war zu schwach, um seine Umarmung zurückzustoßen.

„Ich nenne das eine schwere Nachricht", sagte er, „aus Gründen, die ich schon häufig erwähnt habe. Sir Roger wird seinen Krieg nicht aufgeben."

„Aber *uns* könnte er nach Hause schicken!" stieß sie hervor.

Sir Owain blickte finster. „Glaubt Ihr, daß er das tun wird? Er braucht jede Menschenseele, um seine Garnisonen zu besetzen und den Anschein von Stärke zu erwecken. Ihr erinnert Euch, was er proklamierte, ehe die Flotte Tharixan verließ. Sobald ein Planet ihm stark genug befestigt erscheint, wird er nach Leuten aus diesem Dorf schicken, um sich jenen wenigen Männern anzuschließen, die er neuerdings zu Herzögen und Rittern geschlagen hat. Was ihn selbst angeht – oh ja, er redet davon, die Gefahr zu beseitigen, die England droht, aber hat er je davon gesprochen, Euch zur Königin zu machen?"

Sie hatte dafür nur ein Seufzen und erinnerte sich an ein paar fallengelassene Worte.

„Branithar selbst soll erklären." Sir Owain pfiff.

Der Wersgor trat aus einem Röhricht, in dem er gewartet hatte. Er konnte sich jetzt frei genug bewegen, da er nicht die geringste Hoffnung hatte, der Insel zu entfliehen. Seine massive Gestalt trug geplünderte Kleidung, die von tausend winzigen Perlen funkelte. Das runde, haarlose, langohrige Gesicht mit der Schnauze wirkte nicht länger häßlich; die gelben Augen erschienen sogar fröhlich. Catherine konnte inzwischen seine Sprache gut genug verstehen, daß er sie ansprechen konnte.

„Mylady wird sich fragen, wie ich je einen Weg auf einer Zickzack-Route finden könne, die quer durch schwärmende, nicht auf Karten erfaßte Sterne führt", sagte er. „Als die Aufzeichnungen des Navigators in Ganturath verlorengingen, verzweifelte ich selbst. Im Radius unserer Fahrt liegen so viele Sonnen, selbst von der Art der Eueren, daß es tausend Jahre dauern müßte, wollte man willkürlich suchen. Das trifft um so mehr zu, als viele Nebel im Weltraum eine ganze Anzahl Sterne verbergen, bis man zufällig einem von ihnen nahe kommt. Sicher, wenn irgendein Deckoffizier meines Schiffes überlebt hätte, dann wäre es möglich gewesen, die Suche etwas einzuengen. Aber ich selbst habe an den Maschinen gearbeitet. Ich sah nur gelegentlich Sterne, und sie bedeuteten mir nichts. Als ich Eure Leute austrickste – Jammer über jenen Tag! –, tat ich nichts anderes, als einen Notschalter umzulegen, der einen Automaten instruierte, uns hierherzuführen."

Die Erregung machte Catherine ungeduldig. Sie löste sich aus Sir Owains Armen und herrschte ihn an: „Ich bin keine völlige Närrin. Mein Herr hat mir genügend Respekt entgegengebracht, um zu versuchen, mir diese Dinge zu erklären, wenn ich auch nicht richtig zuhörte. Was habt Ihr Neues entdeckt?"

„Nicht entdeckt", sagte Branithar. „Nur erinnert. Es ist ein Gedanke, der mir schon früher hätte kommen sollen, aber es ist so vieles geschehen – nun ...

Wisset denn, Mylady, daß es gewisse Sterne gibt, die gleich Leuchttürmen sind, hell genug, um im ganzen Spiralarm der Via Galaktica sichtbar zu sein. Man benutzt sie in der Navigation. So muß man sich, wenn man die Sonnen, die (von uns) Ulovarna, Yariz und Gratch genannt werden, in einer gewissen Konfiguration zueinander sieht, in einer bestimmten Region des Weltraums befinden. Selbst wenn man die Winkel nur visuell abschätzte, könnte man damit seine eigene Position auf etwa zwanzig Lichtjahre genau bestimmen. Das ist keine zu große Sphäre, um darin eine bestimmte gelbe Zwergsonne wie die Eure zu finden."

Sie nickte, langsam und nachdenklich. „Ja. Ihr denkt an helle Sterne wie Sirius und Rigel ..."

„Die Hauptsterne im Himmel eines Planeten sind vielleicht nicht die, die ich meine",warnte er. „Vielleicht liegen sie nur zufälligerweise in der Nähe. Tatsächlich würde ein Navigator eine gute Skizze Eurer Konstellationen brauchen, mit zahlreichen hellen Sternen, die farbig markiert sind (wie man sie vom luftlosen Weltraum aus sieht). Wenn er genügend Daten besäße, könnte er analysieren und dann feststellen, was die Leuchtriesen sein *müssen*. Und dann könnte er aus ihren relativen Positionen erkennen, von wo aus sie beobachtet wurden."

„Ich denke, daß ich den Zodiacus für Euch zeichnen könnte", sagte Lady Catherine unsicher.

„Das hätte wenig Sinn, Herrin", meinte Branithar. „Ihr seid nicht darin erfahren, Sterntypen mit dem Auge zu identifizieren. Ich räume ein, daß auch ich sehr wenig solcher Erfahrung besitze: überhaupt keine Ausbildung, nur was ich gelegentlich von anderen gehört habe. Und wenn ich auch einmal im Kontrollturm war, während unser Schiff um Terra kreiste, habe ich nicht besonders auf die Konstellationen geachtet. Ich erinnere mich nicht, wie sie aussahen."

Das Herz sank ihr. „Aber dann sind wir immer noch verloren!"

„Nicht ganz, möchte ich sagen. Ich habe keine bewußte Erinnerung. Und doch wissen wir Wersgorix schon lange, daß der Geist aus mehr als nur dem bewußten Teil besteht."

„Das ist wahr", pflichtete Catherine ihm weise bei. „Da ist noch die Seele."

„Äh ... das ist genau, was ich meinte. Es gibt im Geist ein Unbewußtes oder Halbbewußtes, was in der Tiefe liegt, die Quelle der Träume und – nun, wollen wir es dabei bewenden lassen, daß dieses Unbewußte nie vergißt. Es zeichnet selbst die trivialsten Dinge auf, die den Sinnen je dargeboten wurden. Wenn man mich in Trance versetzte und richtig lenkte, könnte ich ein ziemlich genaues Bild des terrestrischen Himmels zeichnen, so wie ich selbst es sah.

Dann könnte ein geschickter Navigator, der seine Sterntafeln zur Hand hat, daraus seine Schlüsse ziehen. Es würde Zeit erfordern. Viele blaue Sterne könnten beispielsweise Gratch sein, und man würde nur in detaillierten Studien jene aussondern können, die (sagen wir) in einer unmöglichen Beziehung zu dem Kugelhaufen stehen, den wir Torgelta nennen. Am Ende jedoch würde er die Möglichkeiten auf jene kleine Region einschränken, von der ich sprach. Dann könnte er dorthin flitzen, mit einem Raumpiloten, um ihm zu helfen, und sie könnten alle gelben Zwergsterne in der Umgebung absuchen, bis sie Sol gefunden hätten."

Catherine schlug die Hände zusammen. „Aber das ist wunderbar!" rief sie. „Oh, Branithar, was für eine Belohnung wünscht Ihr Euch? Mein Herr wird Euch ein Königreich schenken!"

Er spreizte seine dicken Beine ein, blickte in ihr umschattetes Gesicht und sagte mit jenem mürrischen Mut, an den wir uns so gewöhnt hatten.

„Welche Freude würde mir ein Königreich geben, das doch nur aus den Scherben des Imperiums meines Volkes erbaut wäre? Weshalb sollte ich mithelfen, euer England wiederzufinden, wenn es nur noch mehr Engländer hierherschickte, um das Land der Meinen zu verwüsten?"

Sie ballte die Fäuste und sagte mit normannischer Kälte: „Vor dem einäugigen Hubert werdet Ihr Euer Wissen nicht verbergen."

Er zuckte die Achseln.

„Es ist nicht leicht, den unbewußten Geist zu wecken, Mylady. Eure barbarischen Folterungen könnten eine unüberwindliche Sperre errichten." Er griff unter seinen Rock. Plötzlich funkelte ein Messer in seiner Hand. „Nicht daß ich sie erdulden würde. Zurück! Owain hat mir dies gegeben. Ich weiß gut genug, wo mein eigenes Herz liegt."

Catherine wirbelte mit einem kleinen Schrei herum.

Der Ritter legte beide Hände auf ihre Schultern. „Hört mich an, ehe Ihr urteilt", sagte er schnell. „Ich habe wochenlang versucht, Branithar auszuhorchen. Er hat Andeutungen fallenlassen. Ich meinerseits habe auch Andeutungen fallenlassen. Wir haben miteinander gefeilscht wie zwei sarazenische Händler, dabei nie offen zugegeben, daß wir feilschen. Am Ende nannte er mir jenen Dolch als Preis dafür, daß er mir seine Waren vorlegte. Ich konnte mir nicht vorstellen, daß er jemanden von uns damit verletzte. Selbst unsere Kinder tragen heutzutage bessere Waffen als ein Messer. Ich nahm es auf mich, ihm zuzustimmen. Dann sagte er mir, was er jetzt Euch gesagt hat."

Ihre Starre löste sich. Sie hatte in all der Zeit einfach zuviel erduldet, und dazwischen hatte zuviel Furcht und Einsamkeit gelegen. Ihre Kraft war aufgezehrt.

„Was verlangt Ihr?" fragte sie.

Branithar fuhr mit dem Daumen über die Messerschneide, nickte und schob es in die Scheide zurück. Dann sagte er ganz sanft: „Zuerst müßt Ihr einen guten Wersgor-Geist-Arzt besorgen. Ich kann ihn mit Hilfe des Reichsgrundbuches dieses Planeten finden, das in Darova aufbewahrt wird. Ihr könnt es unter irgendeinem Vorwand von den Jairs ausleihen. Dieser Arzt muß mit einem geschickten Wersgor-Navigator zusammenarbeiten, und der kann ihm sagen, welche Fragen mir gestellt werden müssen, und meinen Stift dann führen, wenn ich in meiner Trance die Karte zeichne. Später werden wir auch einen Raumpiloten benötigen, und außerdem bestehe ich auf zwei Kanonieren. Auch diese kann man irgendwo auf Tharixan finden. Ihr könnt Euren Verbündeten sagen, daß ihr ihnen helfen wollt, die technischen Geheimnisse des Feindes aufzuspüren."

„Und wenn Ihr dann Eure Sternkarte habt, was dann?"

„Nun, ich werde sie Eurem Gemahl nicht freiwillig übergeben! Ich schlage vor, daß wir insgeheim an Bord Eures Raumschiffes gehen. Das wird dann ein faires Gleichgewicht der Kräfte sein: Ihr Menschen werdet die Waffen haben und wir Wersgorix das Wissen. Wir werden uns bereithalten, jene Notizen zu zerstören, wenn Ihr uns verratet. Auf lange Sicht können wir mit Sir Roger verhandeln. Eure eigenen Bitten sollten ihn umstimmen. Wenn er sich aus dem Kriege zurückzieht, läßt sich der Transport nach Hause arrangieren, und unser Reich wird sich verpflichten, das Eure künftig in Frieden zu lassen."

„Und wenn er nicht zustimmt?" Ihre Stimme blieb stumpf.

Sir Owain beugte sich vor und flüsterte ihr in Französisch zu: „Dann werdet Ihr und die Kinder ... und ich ... nichtsdestoweniger zurückgebracht. Aber das darf Sir Roger natürlich nicht erfahren."

„Ich kann nicht denken." Sie bedeckte ihr Gesicht. „Vater im Himmel, ich weiß nicht, was ich tun soll!"

„Wenn Euer Volk an diesem wahnsinnigen Krieg festhält", sagte Branithar, „so kann der nur in seiner Vernichtung enden."

Sir Owain hatte ihr dasselbe gesagt, immer wieder, die ganze Zeit, als er die einzige Person ihres Ranges auf diesem Planeten war, der einzige, mit dem sie frei sprechen konnte. Sie erinnerte sich an verkohlte Leichen in den Festungsruinen, sie dachte daran, wie die kleine Matilda während der Belagerung Darovas jedesmal geschrien hatte, wenn eine Granate die Mauern erzittern ließ, an die grünen englischen Wälder, wo sie in den ersten Jahren ihrer Ehe mit ihrem Herrn auf Falkenjagd gegangen war, an die Jahre, die er jetzt im Kampf um ein Ziel, das sie nicht begreifen konnte, verbringen wollte. Sie hob ihr Gesicht dem Mond entgegen, und das Licht schien auf ihre Tränen, und sie sagte: „Ja."

19

Ich kann nicht sagen, was Sir Owain zu seinem Verrat trieb. In seiner Brust hatten schon immer zwei Seelen miteinander gekämpft; tief im Herzen mußte er sich stets erinnert haben, wie das Volk seiner Mutter unter dem seines Vaters gelitten hatte. Zum Teil waren seine Gefühle ohne Zweifel wirklich das, was er Catherine gegenüber behauptete: Schrecken über die Situation, Zweifel an unserem Sieg, Liebe, die er für ihre Person empfand, und Besorgnis um ihre Sicherheit. Und zum Teil gab es auch ein weniger ehrenwertes Motiv, das vielleicht als ein beiläufiger Gedanke seinen Anfang genommen haben mußte, mit der Zeit aber angewachsen war – was konnte man nicht alles auf Terra mit ein paar Wersgorwaffen ausrichten! Leser meiner Chronik, wenn Du für die Seelen von Sir Roger und Lady Catherine betest, dann sprich auch ein Gebet für den unglücklichen Sir Owain Montbelle.

Was auch immer in seinem geheimen Ich stattfand, der Ruchlose handelte äußerlich kühn und intelligent. Er bewachte die Wersgorix scharf, die man zur Unterstützung Branithars herbeigeholt hatte. Während der Wochen ihrer Mühen, während das, was Branithar vergessen hatte, aus seinen Träumen gelöst und mit mathematischen Geräten von mehr als arabischer Schlauheit studiert wurde, bereitete der Ritter in aller Stille das Raumschiff zum Abflug vor. Und die ganze Zeit mußte er dafür sorgen, daß das Herz seiner Mitverschwörerin, der Baronin, bei der Sache blieb.

Sie schwankte in ihrem Entschluß, weinte, stürmte, schrie ihn an, er solle sie verlassen. Einmal traf ein Schiff mit Befehlen für eine bestimmte Zahl von Leuten ein, die einen weiteren besiegten Planeten besiedeln sollten. An Bord des Schiffes war ein Brief, den Sir Roger seiner Frau geschickt hatte. Er hatte ihn mir diktiert, da er seiner Orthographie nicht immer sicher war, und ich hatte es übernommen, seine

Sätze ein wenig zu polieren, so daß ein wenig demütige Liebe durch die steifen Sätze klang. Catherine schrieb sofort eine Antwort, gestand, was sie getan hatte, und erbat Verzeihung. Aber Sir Owain hatte das erwartet, beschaffte sich den Brief, ehe das Schiff wieder abflog, verbrannte ihn und überredete sie, ihrem Komplott treu zu bleiben. Er schwor, daß dies für alle Betroffenen das beste sei, selbst für ihren Herrn.

Schließlich gab sie vor dem ziemlich zusammengeschrumpften Dorf vor, sie wolle sich ihrem Ehemann anschließen. Sie schiffte sich mit den Kindern und zwei Zofen ein. Sir Owain hatte genug Künste des Weltraums gelernt, um das Schiff zu einem bekannten Zielort zu senden – man brauchte dazu bloß die richtigen Knöpfe zu drücken –, also konnte er sich ihnen offen anschließen. In der Nacht vorher hatte er die Wersgorix an Bord geschmuggelt: Branithar, den Arzt, den Piloten, den Navigator und ein paar Soldaten, die im Gebrauch jener Bombarden ausgebildet waren, die aus dem Rumpf ragten.

Innerhalb des Schiffes, wo Owain und Catherine als einzige Waffen trugen, waren sie nutzlos. In der Kleiderkiste in ihrem Schlafgemach waren zusätzliche Handwaffen verstaut, und dort hielt eine Zofe die ganze Zeit Wache. Die Mädchen hatten solche Angst vor den Blaugesichtern, daß ihr Geschrei, hätte wirklich einer versucht, eine Waffe zu entwenden, Sir Owain sofort herbeigerufen hätte.

Dennoch mußten Ritter und Lady ihre Gefährten wie Wölfe bewachen. Denn für Branithar hätte es natürlich nahegelegen, das Schiff nach Wersgorixan selbst zu lenken, wo er dem Kaiser Terras Standort hätte mitteilen können. Mit ganz England als Geisel hätte Sir Roger kapitulieren müssen. Selbst das Wissen, daß wir nicht einer großen, raumfahrenden Zivilisation angehörten, sondern einfache, unschuldige Christenmenschen waren, bloße Lämmer, die man zur Schlachtbank führen konnte, hätte die Wersgorix so ermutigt und unsere Verbündeten so demoralisiert, daß es Branithar unter keinen Umständen gestattet werden durfte, das Geheimnis weiterzugeben.

Nicht solange Sir Owains Pläne nicht erfüllt waren. Vielleicht nie. Ich bin sicher, daß Branithar selbst gewisse Probleme für den Augenblick vorhersah, da er seinen menschlichen Gefährten auf englischem Boden abgesetzt hatte. Ohne Zweifel hatte er dafür selbst raffinierte Pläne vorbereitet. Aber für den Augenblick bewegten sich ihre Interessen auf demselben Wege.

Diese Überlegungen alleine widerlegen schon gewisse böswillige Gerüchte in bezug auf Lady Catherine. Sie und Sir Owain wagten es nie, gleichzeitig auszuruhen. Sie mußten Wache für Wache halten, die Schußwaffe an der Hüfte, und zwar die ganze Reise lang, auf daß ihre Mannschaft sie nicht überwältigte. In der ganzen Geschichte ist noch nie jemand so wirkungsvoll behütet worden. Nicht daß sie sich unziemlich benommen hätte. Verwirrt und verängstigt mochte sie sein, aber nie treulos.

Sir Owain war ziemlich zuversichtlich, daß Branithars Daten ehrlich waren. Aber er bestand auf Beweisen. Das Boot flog etwa zehn Tage zu der angegebenen Region im Weltraum. Weitere zwei Wochen wurden damit verbracht, herumzusuchen und verschiedene hoffnungsvoll erscheinende Sterne zu untersuchen. Ich will auf den Versuch verzichten, im einzelnen zu berichten, was die Menschen empfanden, als die Konstellationen langsam wieder vertraut wurden, auch nicht jenen kurzen Blick, den ihr Handel mit dem mißtrauischen Branithar ihnen gesichert hatte, als die Burg von Dover ihre Wimpel über weißen Klippen wehen ließ. Ich glaube nicht, daß sie je davon sprachen.

Ihr Schiff entfernte sich heulend aus der Atmosphäre und nahm wieder Kurs auf die feindlichen Sterne.

20

Sir Roger hatte sein Quartier auf dem Planeten aufgeschlagen, den wir New Avalon nannten. Unsere Leute brauchten Ruhe, und er brauchte Ruhe, und er brauchte Zeit, um die vielen Fragen zu entscheiden, die sich in Zusammenhang mit der Sicherung jenes riesigen Reiches ergaben, das ihm bereits zugefallen war. Außerdem stand er in Geheimverhandlungen mit dem Wersgor-Gouverneur eines ganzen Sternhaufens. Diese Person schien willens zu sein, alles, was er kontrollierte, zu übergeben, wenn wir ihm dafür angemessene Garantien und entsprechende Bestechung zukommen ließen. Die Verhandlungen machten nur langsame Fortschritte, aber Sir Roger war überzeugt, sie zu einem guten Ende führen zu können.

„Sie wissen hier draußen so wenig über die Entdeckung und den Einsatz von Verrätern“, bemerkte er mir gegenüber, „daß ich diesen Burschen für weniger als eine italienische Stadt kaufen kann. Unsere Verbündeten haben das nie versucht, weil sie glaubten, die Wersgor-Nation sei so solide wie ihre eigene. Und doch – ist es denn nicht logisch, daß ein so loses Netz von Herrensitzen, das durch Tage und Wochen der Reise getrennt ist, in vieler Hinsicht einem europäischen Land gleichen muß? Nur noch korrupter ...“

„Da ihnen der wahre Glaube fehlt“, sagte ich.

„Mhm, nun, ja, ohne Zweifel. Obwohl ich noch nie Christen gefunden habe, die aus religiösen Gründen Bestechung abgelehnt hätten. Ich dachte vielmehr, die Art von Regierung, wie sie die Wersgorix führen, erzeugt keine Treue.“

Jedenfalls hatten wir eine kurze Weile Frieden und lagerten in einem Tal unter atemberaubend hohen Klippen. Ein Wasserfall donnerte gerade wie ein Pfeil in einen See, der klarer als Glas war und den Bäume säumten. Selbst unser lautes, ungeordnetes englisches Lager konnte soviel Schönheit nichts anhaben.

Ich hatte mich in einem hölzernen Sessel außerhalb meines eigenen kleinen Zeltes niedergelassen. Meine Studien hatte ich für eine Weile beiseite gelegt und erbaute mich an einem Buch von zu Hause, einer entspannenden Chronik der Wunder des heiligen Cosmas. Wie aus weiter Ferne hörte ich das Knattern eines Übungsschießens, das Pfeifen der Bogensehnen, das vergnügte Klappern des Spiels mit dem Quarterstaff. Ich schlief beinahe ein, als neben mir schnelle Schritte ertönten und schließlich zum Stillstand kamen.

Erschreckt blickte ich auf in das furchtverzerrte Gesicht eines Knappen des Barons. „Bruder Parvus!" sagte er. „Um Gottes willen, komm sofort!"

„Mhm, äh, hm?" sagte ich schläfrig und benommen.

„Genau", stöhnte er.

Ich raffte meine Kutte und trottete hinter ihm her. Das Sonnenlicht, die blühenden Bäume und das Lied der Vögel über uns schienen plötzlich sehr fern. Ich kannte nur den schnellen Schlag meines Herzens, und plötzlich war mir wieder klar, wie wenige wir doch waren und wie schwach und wie weit von zu Hause. „Was ist denn?"

„Ich weiß nicht", sagte der Knappe. „Über den Weitsprecher kam eine Botschaft; eines unserer Streifenschiffe hat sie aus dem Weltraum übernommen. Sir Owain wünscht ein Gespräch mit meinem Herrn. Ich weiß nicht, was gesprochen wurde. Aber Sir Roger torkelte wie ein Blinder aus seinem Zelt und brüllte nach dir. Oh, Bruder Parvus, es war schrecklich anzusehen!"

Ich dachte, ich sollte für uns alle beten, da wir ohne Zweifel dem Untergang geweiht waren, wenn die Kraft und die Schlauheit des Barons uns nicht länger stützen konnten. Aber gleichzeitig war ich voll Bedauern für ihn allein. Er hatte soviel ertragen und zu lange und nie eine Seele gehabt, die die Last mit ihm teilen konnte. All ihr tapferen Heiligen, dachte ich, steht ihm jetzt bei.

Red John Hameward hielt vor dem tragbaren Jair-Unterschlupf Wache. Er hatte erspäht, daß sein Meister litt, und war vom Schießplatz herbeigeeilt. Mit gespanntem Bogen brüllte er die Menge an, die sich um ihn drängte, und murmelte: „Zurück! Zurück an eure Plätze! Beim Tode Gottes, diesen Pfeil jage ich dem ersten durch die Brust, der meinen Lord belästigt, und dem nächsten breche ich den Hals! Geht, hab' ich gesagt!"

Ich schob den Hünen beiseite und trat ein. Drinnen war es heiß. Das Sonnenlicht fiel gefiltert herein, obwohl das durchscheinende Dach eine dicke Farbschicht trug. Die Behausung war vorwiegend mit vertrauten Dingen ausgestattet, Leder, Teppichen, Rüstungen. Aber auf einem Regal standen Instrumente fremder Herkunft, und über dem Boden war ein großer Weitsprecher aufgestellt.

Davor saß Sir Roger zusammengesunken in einem Sessel, das Kinn auf der Brust. Seine großen Hände hingen schlaff herunter. Ich stahl mich von hinten herein und legte ihm die Hand auf die Schulter. „Was ist, Sire?" fragte ich so leise ich konnte.

Er bewegte sich kaum.

„Geh weg", sagte er. – „Ihr habt nach mir gerufen."

„Ich wußte nicht, was ich tat. Das ist nur zwischen mir und – geh weg."

Seine Stimme war ausdruckslos, und doch mußte ich meine ganze schwache Courage einsetzen, um vor ihn zu treten und zu sagen: „Ich nehme an, Euer Empfänger hat die Botschaft wie üblich aufgezeichnet?"

„Ja. Ohne Zweifel. Am besten lösche ich sie aus."

„Nein."

Sein grauer Blick hob sich mir entgegen. Ich erinnerte mich an einen Wolf, den ich einmal in der Falle gesehen hatte, in jenem Augenblick als die Stadtleute ihren Ring um ihn schlossen, um ihm ein Ende zu machen. „Ich will dir nicht weh tun, Bruder Parvus", sagte er.

„Dann tut es nicht", antwortete ich brüsk und beugte mich vor, um die Aufnahme abzuspielen.

Er sammelte seine Kräfte, unendlich müde. „Wenn du jene Botschaft siehst“, warnte er mich, „muß ich dich um meiner Ehre willen töten.“

Ich dachte zurück an meine Zeit als Knabe. Damals waren verschiedene kurze, eindringliche, rein englische Worte in Gebrauch gewesen. Ich wählte eines davon und sprach es aus. Während ich vor den Skalen kauerte, sah ich aus dem Augenwinkel, wie seine Kinnlade herunterfiel. Er sank in seinen Sessel zurück. Ich fügte ein zweites englisches Wort hinzu.

„Eure Ehre liegt darin, daß Euer Volk sich wohlbefindet“, fügte ich hinzu. „Ihr seid nicht imstande, etwas zu beurteilen, das Euch so erschüttern kann wie dieses. Setzt Euch und laßt mich hören.“

Er kauerte sich zusammen. Ich legte einen Schalter um. Sir Owains Gesicht sprang auf die Scheibe. Ich sah, daß er ebenfalls abgemagert war, und sein ebenmäßiges Gesicht war nicht mehr so auffällig, seine Augen waren trocken und brennend. Er sprach in formeller höflicher Weise, konnte aber seine Erregung nicht verbergen.

An seine genauen Worte vermag ich mich nicht zu erinnern. Nicht daß sie wichtig gewesen wären. Er sagte seinem Herrn, was geschehen war. Er befand sich jetzt im Weltraum mit dem gestohlenen Schiff. Er hatte sich New Avalon genähert, um diesen Spruch abzusenden, hatte aber sofort darauf wieder kehrtgemacht. Es gab keine Hoffnung, ihn in jener Weite zu finden. Wenn wir nachgäben, so sagte er, würde er dafür sorgen, daß unser Volk nach Hause transportiert wurde. Branithar habe ihm versichert, daß der Wersgor-Kaiser versprechen würde, Terra in Frieden zu lassen. Wenn wir nicht nachgäben, würde der Ruchlose nach Wersgorixan gehen und die Wahrheit über uns offenbaren. Dann konnte, wenn nötig, der Feind genügend französische oder sarazenische Söldner in seinen Dienst nehmen, um uns zu vernichten, aber wahrscheinlich würde schon die Demoralisierung unserer Verbündeten, sobald sie von unserer Schwäche erfuhren, ausreichen, um sie zur Vernunft zu bringen. In keinem Falle würde Sir Roger seine Frau und seine Kinder wiedersehen.

Lady Catherine erschien auf der Scheibe. Ich erinnere mich ihrer Worte. Aber ich ziehe es vor, sie nicht niederzuschreiben. Als die Aufzeichnung zu Ende war, löschte ich sie selbst.

Wir schwiegen eine Weile, mein Herr und ich.

Schließlich sagte er „Nun". Ganz wie ein alter Mann sprach er es aus. Ich starrte meine Fußspitzen an. „Montbelle hat gesagt, sie würden zu einer bestimmten Stunde morgen wieder in Reichweite kommen, um Eure Entscheidung zu hören", murmelte ich. „Es wäre möglich, zahlreiche unbemannte Schiffe auszuschicken, beladen mit Explosivstoffen und mit einem magnetischen Zünder, über den Weitsprecherstrahl. Vielleicht würde er vernichtet werden."

„Du hast schon viel von mir verlangt, Bruder Parvus", sagte Sir Roger. Seine Worte waren immer noch ohne Leben. „Verlange nicht von mir, daß ich meine Lady und meine Kinder töte ..."

„Ja. Ah, könnte man das Schiff kapern? Nein", antwortete ich mir selbst. „Es wäre praktisch unmöglich. Ein einziger Schuß, der nahe genug bei einem kleinen Schiff wie jenem explodierte, würde es eher zu Staub machen als nur seine Maschinen zerstören. Oder der Schaden wäre klein, und er könnte aufs neue fliehen, schneller als das Licht."

Der Baron hob sein verzerrtes Gesicht. „Was auch immer geschieht", sagte er, „niemand darf wissen, welche Rolle meine Lady dabei spielt. Verstehst du? Sie ist nicht bei Sinnen. Irgendein Dämon muß sie besessen haben."

Ich musterte ihn mit noch mehr Mitleid als zuvor. „Ihr seid zu tapfer, um Euch hinter solcher Narretei zu verbergen", sagte ich.

„Nun, was kann ich tun?" stieß er hervor.

„Ihr könnt weiterkämpfen ..."

„Hoffnungslos, sobald Montbelle nach Wersgorixan gegangen ist."

„Oder Ihr könnt die angebotenen Bedingungen annehmen."

„Ha! Wie lange glaubst du denn, daß die Blauhäute Terra wirklich in Frieden lassen würden?"

„Sir Owain muß Grund zu der Annahme haben, daß sie das tun werden", sagte ich vorsichtig.

„Er ist ein Narr." Sir Rogers Faust schmetterte auf die Armlehne seines Sessels herunter. Er setzte sich bolzengerade auf, und die Härte seiner Stimme war ein einsames Zeichen der Hoffnung für mich.

„Oder er ist ein noch schwärzerer Judas, als er je gestanden hat, und hofft, nach der Eroberung Vizekönig zu werden. Sieh doch, die Wersgorix wird mehr als bloß der Wunsch nach Land dazu treiben, unseren Planeten zu überrennen. Die Tatsache nämlich, daß unsere Rasse sich mehr als gefährlich erwiesen hat. Bis jetzt sind die Menschen zu Hause noch hilflos. Aber mit ein paar Jahrhunderten, um sich vorzubereiten, könnten die Menschen gut ihre eigenen Raumschiffe bauen und das Universum überwältigen."

„Die Wersgorix haben in diesem Krieg gelitten", argumentierte ich schwach. „Sie werden Zeit brauchen, um das zurückzugewinnen, was sie verloren haben. Selbst wenn unsere Verbündeten alle besetzten Welten wieder aufgeben würden. Es könnte ihnen leicht zweckmäßig erscheinen, Terra vielleicht hundert Jahre alleine zu lassen."

„Bis wir sicher tot sind?" Sir Roger nickte schwer. „Ja, darin liegt die große Versuchung. Die wirkliche Bestechung. Und doch, würden wir nicht in der Hölle braten, wenn wir so den ungeborenen Kindern die Treue brächen?"

„Vielleicht ist es das beste, was wir für unsere Rasse tun können", sagte ich. „Was immer außerhalb unserer eigenen Kräfte liegt, ist in der Hand Gottes."

„Aber nein, nein, nein." Er rang die Hände. „Ich kann nicht. Besser jetzt wie Männer sterben ... und doch ... Catherine ..."

Nach einer weiteren Periode des Schweigens sagte ich: „Vielleicht ist es noch nicht zu spät, Sir Owain zu überreden. Keine Seele ist unwiderruflich verloren, solange noch Leben bleibt. Ihr könntet an seine Ehre appellieren und ihn darauf hinweisen, wie närrisch es ist, sich auf die Versprechungen der Wersgorix zu verlassen, könntet ihm Vergebung anbieten und eine wichtige Position ..."

„Und meine Frau?" höhnte er.

Aber gleich darauf: „Es könnte sein. Lieber würde ich ihm seinen bösen Schädel spalten. Aber vielleicht ... ja, vielleicht ein Gespräch ... ich würde sogar versuchen, mich zu erniedrigen. Willst du mir helfen, Bruder Parvus? Ich darf ihn nicht in sein Antlitz verfluchen. Willst du meinen Geist aufrichten?"

21

Am nächsten Abend verließen wir New Avalon.

Sir Roger und ich reisten alleine in einem winzigen, unbewaffneten Raumrettungsboot. Wir selbst waren nur wenig stärker. Ich hatte meine Kutte und meinen Rosenkranz, wie immer: nicht mehr. Er war mit der Weste eines Freibauern bekleidet, wenn er auch Schwert und Dolch trug und die vergoldeten Sporen an den Stiefeln hatte. Seine mächtige Gestalt saß im Pilotensessel, als wäre es ein Sattel, aber seine zum Himmel gerichteten Augen waren voll des Winters.

Wir hatten unseren Hauptleuten gesagt, daß dies nur ein kurzer Flug sei, um irgend etwas Besonderes zu inspizieren, das Sir Owain gebracht hatte. Das Lager fühlte die Lüge, und man konnte ein unruhiges Brodeln wahrnehmen. Red John mußte zwei Quarterstaffs brechen, ehe er wieder Ordnung hergestellt hatte. Als ich mich einschiffte, schien mir, daß unser Unternehmen plötzlich verrostet sei. Die Männer saßen so still. Es war ein windloser Abend, unsere Banner hingen schlaff an den Stangen, und ich sah, wie verblaßt und zerfetzt sie waren.

Unser Boot durchstieß den blauen Himmel und trat in die Schwärze ein wie der ausgestoßene Luzifer. Ganz kurz entdeckte ich ein Schlachtschiff, das auf Kreisbahn patroullierte, und hätte mich viel wohler gefühlt, hätte ich jene großen Kanonen in meinem Rücken gewußt. Aber wir durften nur diesen hilflosen kleinen Splitter benutzen. Das hatte Sir Owain klargemacht, als wir ein zweites Mal über den Weitsprecher verhandelten. „Wenn Ihr es wünscht, de Tourneville, dann empfangen wir Euch zu einem Gespräch. Aber Ihr müßt alleine kommen, in einem gewöhnlichen Rettungsboot und unbewaffnet ... Oh, nun gut, Euren Pfaffen könnt Ihr mitnehmen ... Ich werde Euch sagen, welche Bahn Ihr steuern müßt. An einem bestimmten Punkt dieser Bahn wird mein Schiff Euch erwarten. Wenn meine Teleskope und Detektoren irgendein Zeichen von Verrat an Euch entdecken, begebe ich mich sofort nach Wersgorixan."

Wir beschleunigten unsere Fahrt, und das Schweigen wurde immer dicker. Einmal wagte ich zu sagen: „Wenn Ihr beide euch versöhnen könnt, macht das unserem Volk neuen Mut. Ich glaube, dann wären wir wahrhaft unbesiegbar."

„Catherine und ich?" bellte Sir Roger.

„Nun, ich ... ich ... ich meinte Euch und Sir Owain ..." stammelte ich. Aber dann offenbarte sich mir die Wahrheit: Ich hatte in der Tat an die Lady gedacht. Owain in sich war nichts. Sir Roger war derjenige, auf dem unser ganzes Schicksal ruhte. Und doch konnte er nicht mehr lange weitermachen, getrennt von ihr, die seine Seele besaß.

Sie und die Kinder, die sie zusammen hatten, waren der Grund, weshalb er so kläglich zu Owain betteln ging.

Immer weiter hinaus führte unser Flug. Der Planet schrumpfte hinter uns zu einer kleinen Münze zusammen. Ich hatte mich noch nie so allein gefühlt, nicht einmal, als wir zum erstenmal unsere Erde verließen.

Aber endlich wurden einige der vielen Sterne verdunkelt. Ich sah die schlanke schwarze Gestalt des Raumschiffs vor uns heranwachsen, als es seine Geschwindigkeit der unseren anpaßte. Wir hätten von Hand eine Bombe werfen und es zerstören können. Aber Sir Owain wußte sehr wohl, daß wir dies nie tun würden, solange Catherine und Robert und Matilda an Bord waren. Und dann klirrte eine Magnettrosse gegen unseren Rumpf. Die Schiffe wurden zueinander gezogen, Portal an Portal, ein kalter Kuß. Wir öffneten unsere eigenen Tore und warteten.

Branithar selbst trat durch das Tor. Sieg flammte in ihm. Er zuckte zurück, als er Sir Rogers Schwert und Dolch sah. „Ihr solltet keine Waffen tragen!“ schnarrte er.

„Oh? Oh ja. Ja.“ Der Baron blickte stumpf auf sein Schwert und den Dolch.

„Ich hätte nie gedacht ... die sind wie meine Sporen, Insignien dessen, was ich bin ... nicht mehr.“

„Übergebt sie“, sagte Branithar.

Sir Roger schnallte beide los und reichte sie dem Wersgor in den Scheiden. Branithar gab sie an einen anderen Blauen weiter und untersuchte uns dann beide persönlich. „Keine verborgenen Waffen“, entschied er. Ich spürte, wie mir die Wangen von der Beleidigung brannten, aber Sir Roger schien es kaum zu bemerken. „Gut“, sagte Branithar, „folgt mir.“

Wir gingen einen Korridor hinunter zu der Salonkabine. Sir Owain saß hinter einem Tisch aus eingelegtem Holz. Er selbst wirkte feierlich im schwarzen Samt, aber an der Hand, die auf einer Feuerpistole vor ihm ruhte, blitzten Juwelen. Lady Catherine trug eine graue Robe und ein Kopftuch. Eine Haarlocke hatte sie übersehen, sie fiel ihr wie loderndes Feuer in die Stirn.

Sir Roger blieb gleich hinter der Kabinentüre stehen. „Wo sind die Kinder?“ sagte er.

„Sie sind in meinem Schlafgemach bei den Zofen.“ Seine Frau sprach wie eine Maschine. „Es geht ihnen gut.“

„Setzt Euch, Sire“, drängte Sir Owain. Sein Blick huschte durch den Raum. Branithar hatte das Schwert und den Dolch abgelegt und stand zu seiner Rechten. Der andere Wersgor und ein dritter, der hier gewartet hatte, standen mit verschränkten Armen am Eingang hinter uns. Ich vermutete, daß sie der Arzt und der Navigator wären, die Sir Owain erwähnt hatte; die beiden Kanoniere mußten in ihren Türmen auf Station sein, der Pilot am Steuer, falls irgend etwas geschah. Lady Catherine stand wie ein Wachsbild zu Sir Owains Linken an der hinteren Wand.

„Ihr verübelt es mir nicht, hoffe ich“, sagte der Ruchlose. „In der Liebe und im Krieg ist alles erlaubt.“

Catherine hob die Hand, um zu protestieren. „Nur im Krieg.“ Sie war kaum zu hören. Ihre Hand fiel wieder herunter.

Sir Roger und ich blieben stehen, wo wir waren. Er spuckte auf das Deck.

Owains Gesicht rötete sich. „Schaut“, rief er aus, „wir wollen uns nicht über gebrochene Gelöbnisse streiten. Eure eigene Position ist mehr als zweifelhaft. Ihr habt Euch das Recht angemaßt, Adelige aus Bauern und Sklaven zu machen, Lehen zu verteilen und mit ausländischen Königen zu verhandeln. Nun, wenn Ihr könntet, würdet Ihr Euch sogar zum König machen! Was wäre dann aus Eurem Lehenseid gegenüber Edward geworden?“

„Ich habe ihm kein Leid getan“, antwortete Sir Roger mit stockender Stimme. „Wenn ich je Terra finde, werde ich meine Eroberungen seinem Reich hinzufügen. Bis zu der Stunde müssen wir irgendwie zurechtkommen, und ich habe keine andere Wahl, als unser eigenes Feudalsystem zu errichten.“

„Das mag bisher der Fall gewesen sein“, räumte Sir Owain ein. Jetzt lächelte er wieder. „Aber Ihr solltet mir danken, Roger, daß ich Euch diese Notwendigkeit genommen habe. Wir können nach Hause zurückkehren!“

„Als Wersgorvieh?“

„Ich denke nicht. Aber setzt Euch, Ihr beiden. Ich werde Wein und Kuchen bringen lassen. Ihr seid jetzt meine Gäste, müßt Ihr wissen.“

„Nein. Ich werde mit Euch nicht das Brot brechen.“

„Dann werdet Ihr verhungern“, sagte Sir Owain vergnügt.

Roger wurde wie Stein. Zum erstenmal fiel mir auf, daß Lady Catherine ein Halfter trug, aber daß es leer war. Owain mußte ihr unter irgendeinem Vorwand die Waffe abgenommen haben. Jetzt war er allein bewaffnet.

Er wurde ernst, als er unsere Gesichter sah. „Mylord“, sagte er, „als Ihr anbotet, hierherzukommen, um zu verhandeln, konntet Ihr nicht erwarten, daß ich eine solche Gelegenheit ausschlagen würde. Ihr werdet bei uns bleiben.“

Catherine zuckte zusammen. „Owain, nein!“ rief sie. „Ihr habt mir nie gesagt ... Ihr sagtet, er könnte das Schiff verlassen, wenn ...“

Er wandte ihr sein fahles Profil zu und sagte mit sanfter Stimme: „Überlegt doch, Mylady. War es nicht Euer höchster Wunsch, ihn zu retten? Aber Ihr habt geweint, habt gefürchtet, sein Stolz würde nie zulassen, daß er nachgibt. Jetzt ist er ein Gefangener. Euer Wunsch ist erfüllt. All die Unehre lastet auf mir. Ich trage diese Last leicht, da es um meiner Lady willen ist.“

Sie zitterte so, daß ich es sehen konnte. „Ich war daran nicht beteiligt, Roger“, klagte sie. „Ich hatte mir nie vorgestellt ...“

Ihr Mann sah sie nicht an. Seine Stimme hackte ihre Worte ab. „Was habt Ihr vor, Montbelle?“

„Diese neue Situation hat mich mit neuer Hoffnung erfüllt“, antwortete der andere Ritter. „Ich gestehe, daß es mir nie große Freude bereitete, mit den Wersgorix zu verhandeln. Jetzt ist dies nicht mehr nötig. Wir können direkt nach Hause fliegen. Die Waffen und die Kisten mit Gold an Bord dieses Schiffes werden mir soviel einbringen, wie ich besitzen will.“

Branithar, der einzige Nichtmensch in der Kabine, der sein Englisch verstand, bellte: „Hoi, und was wird aus mir und meinen Freunden?"

Owain antwortete kühl: „Warum solltet ihr uns nicht begleiten? Ohne Sir Roger de Tourneville wird die Sache der Engländer bald zusammenbrechen. Ihr habt also eure Pflicht gegenüber eurem Volk getan. Ich habe eure Art zu denken studiert – ein besonderer Ort hat für euch nichts zu bedeuten. Wir werden unterwegs ein paar Frauen eurer Rasse mitnehmen. Als meine getreuen Vasallen könnt ihr auf Terra ebensoviel Macht und Land gewinnen wie sonstwo; eure Nachkommen werden den Planeten mit mir teilen. Zugegeben, ihr opfert ein gewisses Maß an gewohntem Umgang, andererseits gewinnt ihr ein Maß an Freiheit, das eure eigene Regierung euch nie gestattet hat."

Er hatte die Waffen. Dennoch glaube ich, daß Branithar sein Argument akzeptierte und daß sein langsames, zustimmendes Murmeln ehrlich gemeint war.

„Und wir?" hauchte Lady Catherine.

„Ihr und Roger sollt Euren Sitz in England haben", gelobte Sir Owain. „Ich werde noch einen in Winchester hinzufügen."

Vielleicht meinte er es ebenfalls ehrlich. Oder vielleicht glaubte er auch, sobald er einmal Herr Europas war, könnte er mit ihrem Mann und ihr tun, was er wollte. Sie war zu benommen, um diese letztere Möglichkeit zu sehen. Ich sah sie plötzlich von Träumen umwölkt. Sie sah Sir Roger an, lächelte und weinte zugleich. „Geliebter, wir können wieder nach Hause zurück!"

Er sah sie an, einmal. „Aber was ist mit den Leuten, die wir hierherführten?" fragte er.

„Nein, ich kann es nicht riskieren, sie mitzunehmen." Sir Owain zuckte die Achseln. „Sie sind ohnehin von niederer Geburt."

Sir Roger nickte.

„Ah", sagte er. „So."

Noch einmal sah er seine Frau an. Dann trat er nach hinten aus. Der Sporn seiner Ritterschaft traf den Leib des Wersgor hinter ihm. Er riß ihn nach unten.

Dann ließ er sich fallen und rollte über das Deck. Sir Owain schrie und sprang auf. Seine Waffe schleuderte einen Feuerstrahl – er verfehlte sein Ziel. Der Baron war zu schnell, griff nach oben, packte den anderen verstörten Wersgor und zog ihn herunter, über sich. Der zweite Feuerstrahl traf den lebenden Schild.

Sir Roger stemmte die Leiche hoch, erhob sich und warf sich in einem mächtigen Satz nach vorne. Owain hatte Zeit für einen letzten Schuß, der das tote Fleisch verkohlte. Dann warf Roger die Leiche über den Tisch, dem anderen Manne ins Gesicht.

Owain ging darunter zu Boden. Sir Roger schnappte nach seinem Schwert. Branithar hatte bereits die Hand darauf. Statt dessen erwischte Sir Roger den Dolch. Er blitzte aus der Scheide. Ich hörte das klatschende Geräusch, als er ihn durch Branithars Hand in den Tisch trieb, bis zum Heft.

„Wartet dort auf mich!“ schrie Sir Roger. Er zog das Schwert. „Hurra! Mit Gott und Gerechtigkeit!“

Sir Owain hatte sich von der toten Last befreit und hielt immer noch die Waffe in der Hand. Ich fand mich ihm gegenüber auf der anderen Tischseite. Er zielte mitten auf den Leib des Barons. Ich versprach den Heiligen viele Kerzen und schlug dem Verräter meinen Rosenkranz über das Handgelenk. Er heulte. Die Waffe entfiel seiner Hand und rutschte über den Tisch. Sir Rogers Schwert pfiff. Owain war gerade noch schnell genug, um auszuweichen. Der Stahl krachte ins Holz. Sir Roger hatte einen Augenblick Mühe, ihn wieder herauszuziehen. Die Feuerwaffe lag auf dem Deck. Ich stürzte mich darauf. Ebenso Lady Catherine, die um den Tisch herumgerannt war. Wir stießen mit den Köpfen zusammen. Als ich wieder bei Sinnen war, saß ich auf dem Boden, und Roger jagte Owain zur Tür hinaus.

Catherine schrie.

Roger blieb stehen, als hielte ihn eine Schlinge fest. Sie erhob sich mit wirbelnden Gewändern. „Die Kinder, Mylord! Sie sind achtern, in der Schlafkammer – wo die Extrawaffen sind ...“

Er fluchte und rannte hinaus. Sie folgte ihm. Ich rappelte mich etwas benommen auf, die Waffe, die sie beide vergessen hatten, in der Hand. Branithar fletschte die Zähne. Er zerrte an dem Messer, das ihn festnagelte, aber das ließ sein Blut nur noch schneller fließen. Ich kam zu dem Schluß, daß er hier in Sicherheit war. Meine Aufmerksamkeit galt anderem. Der Wersgor, dem mein Meister den Bauch aufgeschlitzt hatte, lebte noch, würde dies aber nicht mehr lange tun. Ich zögerte einen Augenblick ... wo lag meine Pflicht, bei meinem Herrn und seiner Lady oder bei einem sterbenden Heiden? ... Ich beugte mich über das verzerrte blaue Gesicht. „Vater“, stöhnte er. Ich weiß nicht, wen er anrief, aber ich führte ihn durch die wenigen Riten, die die Umstände gestatteten, und hielt ihn, während er starb. Ich bete, daß er es wenigstens ins Fegefeuer geschafft hat.

Sir Roger kam zurück und wischte sein Schwert ab. Er grinste über das ganze Gesicht, und ich habe selten soviel Freude in einem Mann gesehen. „Der kleine Wolf!“ strahlte er. „Ja, wahrhaftig, Normannenblut bleibt Normannenblut!“

„Was ist geschehen?“ fragte ich und erhob mich in meiner besudelten Kutte.

„Owain ist gar nicht zu den Waffen gelaufen“, erklärte Sir Roger. „Er muß statt dessen nach vorne gerannt sein, zum Kontrollturm. Aber die anderen Matrosen, die Kanoniere, hatten den Kampf gehört. Wahrscheinlich dachten sie, jetzt sei ihre Chance gekommen, und so liefen sie, um sich zu bewaffnen. Ich sah einen von ihnen durch die Boudoirtüre laufen. Der andere war dicht hinter ihm, mit einem langen Schraubenschlüssel bewaffnet. Ich sprang ihn mit dem Schwert an, aber er kämpfte gut, ich brauchte eine Weile, um ihn zu töten. Unterdessen verfolgte Catherine den ersten und kämpfte mit bloßen Händen gegen ihn, bis er sie niederschlug. Diese hühnerköpfigen Zofen konnten nichts, als sich ducken und schreien, wie erwartet. Aber dann! Hör zu, Bruder Parvus! Mein Sohn Robert öffnete die Waffenkiste, holte eine Pistole heraus und tötete jenen Wersgor ebenso sauber, wie Red John das geschafft hätte. Oh, der kleine Teufel!"

Meine Lady trat ein. Ihre Zöpfe hingen lose herunter, und eine ihrer Wangen war purpurfarben. Aber sie sagte so unpersönlich wie jeder Sergeant, der einen Auftrag als ausgeführt meldet. „Ich habe die Kinder beruhigt."

„Die arme kleine Matilda", murmelte ihr Mann. „War sie sehr verstört?"

Lady Catherine blickte verärgert. „Sie wollten beide mitkämpfen!"

„Wartet hier", sagte er. „Ich kümmere mich um Owain und den Piloten ..."

Sie atmete tief. „Muß ich mich immer verstecken, wenn mein Herr sich in Gefahr begibt?"

Er blieb stehen und sah sie an. „Aber ich dachte ..." begann er seltsam hilflos.

„Daß ich Euch bloß verraten habe, um nach Hause zurückzukehren? Ja." Sie starrte aufs Deck. „Ich glaube, Ihr werdet mir dafür Vergebung gewähren, lange bevor ich selbst mir verzeihen kann. Und doch tat ich, was mir das beste schien ... auch für Euch ... ich war verwirrt. Es war wie ein Fiebertraum. Ihr hättet mich nicht so lange alleine lassen sollen, Mylord. Ihr habt mir so gefehlt."

Er nickte sehr langsam. „Ich bin es, der um Vergebung bitten muß", sagte er. „Gott möge mir genügend Jahre gewähren, um Euer würdig zu werden."

Dann umfaßte er ihre Schultern. „Aber bleibt hier. Es ist nötig, daß Ihr jenes Blaugesicht bewacht. Wenn ich Owain und den Piloten töten sollte ..."

„Tut das!" rief sie in einer Aufwallung von Wut.

„Lieber nicht“, sagte er mit demselben Sanftmut, den er ihr gegenüber an den Tag gelegt hatte. „Wenn ich Euch ansehe, kann ich ihn nur zu gut verstehen. Aber wenn es ganz schlimm kommt, kann auch Branithar uns nach Hause führen. Bewacht ihn also.“

Sie nahm mir die Waffe ab und setzte sich. Der festgenagelte Gefangene stand starr da.

„Komm, Bruder Parvus“, sagte Sir Roger. „Vielleicht brauche ich dein Geschick im Umgang mit Worten.“

Er trug sein Schwert und hatte eine Feuerpistole aus der Waffenkiste in seinen Gürtel gesteckt. Wir gingen durch einen Korridor, ein Rampe hinauf und zum Kontrollturm. Seine Tür war verschlossen, von innen verriegelt.

Sir Roger schlug mit dem Schwertknauf dagegen. „Ihr beide dort drinnen!“ schrie er. „Ergebt euch!“

„Und wenn wir es nicht tun?“ hallte Owains Stimme schwach durch die Tür.

„Wenn nichts anderes“, sagte Roger ruhig, „werde ich die Maschinen zerstören und in meinem eigenen Boot abfliegen und Euch treiben lassen. Aber seht, ich habe mich frei gemacht von Groll. Alles ist zum Besten ausgegangen, und wir werden in der Tat nach Hause zurückkehren – *nachdem* diese Sterne für Engländer sicher gemacht sind. Ihr und ich waren einmal Freunde, Owain. Gebt mir wieder Eure Hand. Ich schwöre, daß kein Leid über Euch kommen soll.“

Schweigen lastete schwer.

Bis der Mann hinter der Türe sagte: „Ja. Ihr habt nie einen Eid gebrochen, oder? Nun gut, kommt, Roger.“

Ich hörte, wie der Riegel zurückgeschoben wurde. Der Baron legte seine Hand auf die Tür. Ich weiß nicht, was mich veranlaßte zu sagen: „Wartet, Sire“ und mich selbst, ungeachtet der schlechten Manieren, vor ihn zu schieben.

„Was ist?“ Er blinzelte verwirrt.

Ich öffnete die Tür und trat über die Schwelle. Zwei Eisenstangen schmetterten auf meinen Kopf hernieder.

Der Rest dieses Abenteuers muß notwendigerweise nach dem Hörensagen berichtet werden, denn ich sollte erst in einer Woche wieder zu Sinnen kommen. Ich brach blutüberströmt zusammen, und Sir Roger hielt mich für tot.

In dem Augenblick, in dem sie sahen, daß sie nicht den Baron erwischt hatten, griffen Owain und der Pilot ihn an. Sie waren mit zwei Stahlträgern bewaffnet, die sie losgeschraubt hatten, so lang und so schwer wie Schwerter. Sir Rogers Stahl blitzte. Der Pilot warf seine Keule hoch. Die Klinge glitt in einem Funkenregen ab. Sir Roger heulte, daß es von den Wänden widerhallte: *„Ihr Mörder der Unschuld ...“* Sein zweiter Hieb schlug die Stange aus einer taub gewordenen Hand. Bei seinem dritten Hieb sprang der blaue Schädel von seinen Schultern und hüpfte die Rampe hinunter.

Catherine hörte den Lärm. Sie ging zur Salontür und blickte nach vorn, als könnte der Schrecken ihren Blick schärfen, um die Wände, die dazwischenlagen, zu durchdringen. Branithar biß die Zähne zusammen. Er packte den Dolch mit seiner freien Hand. Muskeln schwollen an seiner Schulter an. Nur wenige Männer hätten jene Klinge herausziehen können, aber Branithar schaffte es.

Meine Lady hörte den Lärm und wirbelte herum. Branithar kam gerade um den Tisch herum. Seine rechte Hand hing herunter, mit Blut überströmt, aber in seiner Linken blitzte das Messer.

Sie hob die Waffe. „Zurück!“ schrie sie.

„Legt das weg“, sagte er geringschätzig. „Ihr würdet nie schießen. Ihr habt nie genug Sterne auf Terra gesehen und sie Euch gemerkt. Wenn am Bug irgend etwas schiefgeht, bin ich Eure einzige Garantie für die Heimkehr.“

Sie blickte in die Augen des Feindes ihres Mannes und schoß ihn tot. Dann rannte sie zum Turm.

Sir Owain Montbelle war in jene Kammer zurückgetaumelt. Er konnte die schiere Wut von Sir Rogers Angriff nicht abwehren. Der Baron zog die Pistole. Owain schnappte sich ein Buch und hielt es vor seine Brust.

„Seid vorsichtig!“ keuchte er. „Dies ist das Logbuch des Schiffes. Es enthält die Notizen über Terras Position. Es gibt keine anderen.“

„Ihr lügt. Da ist noch Branithar.“ Nichtsdestoweniger steckte Sir Roger die Waffe in den Gürtel zurück und trat vor. „Es schmerzt mich, sauberen Stahl mit Eurem Blut zu beflekken. Denn Ihr habt Bruder Parvus getötet und werdet jetzt sterben.“

Owain richtete sich auf. Die Stange, die er in der Hand hielt, war eine schwerfällige Waffe. Aber er hob den Arm und warf. Sie traf Roger an der Stirn, und dieser taumelte zurück. Owain sprang, riß die Pistole aus dem Gürtel des Benommenen und wich einem schwachen Schwerthieb aus. Er entkam, schrie seinen Triumph hinaus. Roger taumelte auf ihn zu. Owain zielte.

Catherine erschien unter der Tür. Ihre Pistole flammte. Das Buch ihrer Reise verschwand in Rauch und Asche. Owain schrie auf. Kühl feuerte sie erneut, und er stürzte.

Sie warf sich in Rogers Arme und weinte. Er tröstete sie. Und doch frage ich mich, wer von beiden dem anderen mehr Stärke verlieh.

Nachher sagte er betrübt: „Ich fürchte, wir haben unklug gehandelt. Jetzt ist der Weg nach Hause in der Tat verloren.“

„Es macht nichts“, flüsterte sie. „Wo Ihr seid ist England.“

Epilog

Trompeten schallten. Der Kapitän legte das Manuskript beiseite und drückte den Knopf der Sprechanlage. „Was ist los?“ rief er.

„Jener achtbeinige Seneschall in der Burg hat endlich seinen Boß zu fassen bekommen“, antwortete die Stimme des Soziotechnikers. „Soweit ich das verstehe, war der planetarische Herzog auf Safari, und es dauerte so lange, ihn ausfindig zu machen. Er benutzte einen ganzen Kontinent als Jagdgrund. Jedenfalls kommt er jetzt. Kommen Sie, sehen Sie es sich an. Hundert Antigrav-Flugzeuge – du lieber Gott! –, und jetzt steigen Reiter aus!“

„Zeremoniell, ohne Zweifel. Einen Augenblick, ich komme gleich.“ Der Kapitän sah auf das Manuskript. Er hatte es etwa zur Hälfte durchgelesen. Wie sollte er vernünftig mit diesem phantastischen Popanz sprechen, ohne wenigstens eine Ahnung zu haben, was sich wirklich hier draußen entwickelt hatte.

Er blätterte schnell weiter. Die Chronik des Wersgor-Kreuzzuges war lang und von Donner und Blitz erfüllt. Aber es genügte, den Schluß zu lesen, wie König Roger I. vom Erzbischof von New Canterbury gekrönt wurde und viele fruchtbare Jahre lang regierte.

Aber was war *geschehen?* Oh, natürlich die Engländer hatten irgendwie ihre Schlachten gewonnen. Am Ende erwarben sie genug echte Macht, um unabhängig vom Glück und der Schlauheit ihres Führers zu sein. Aber ihre Gesellschaft! Wie konnten ihre Sprache, ganz zu schweigen von ihren

Institutionen, den Kontakt mit alten Zivilisationen überlebt haben? Zum Henker, warum hatte der Soziotech diesen langatmigen Bruder Parvus überhaupt übersetzt, wenn sein Bericht nicht irgendwelche wesentlichen Daten enthielt? ... Moment. Ja. Eine Passage am Ende fiel dem Kapitän auf. Er las:

„... Ich habe schon bemerkt, daß Sir Roger de Tourneville das Feudalsystem auf neueroberten Welten etablierte, die die Verbündeten seiner Obhut übergaben. Spätere Spötter meines edlen Meisters haben angedeutet, er habe dies nur getan, weil er es nicht besser verstand. Dem muß ich widersprechen. Wie ich schon sagte, der Zusammenbruch von Wersgorixan ähnelte dem Zusammenbruch Roms, und ähnliche Probleme fanden eine ähnliche Lösung. Sein Vorteil lag darin, daß er diese Lösung bei der Hand hatte, die Erfahrung vieler Jahrhunderte auf der Erde nämlich.

Natürlich war jeder Planet ein besonderer Fall, der auch besondere Behandlung erforderte. Dennoch hatten viele von ihnen gewisse wichtige Dinge gemeinsam. Die Eingeborenenbevölkerung war mit Freuden bereit, uns, ihren Befreiern, zu folgen. Ganz abgesehen von ihrer Dankbarkeit waren es arme, unwissende Leute, deren eigene Zivilisationen schon lange vernichtet worden waren; sie brauchten in jeder Hinsicht Führung. Indem sie den Glauben annahmen, bewiesen sie, daß sie eine Seele hatten. Dies zwang unseren englischen Klerus, in großer Eile Priester zu ernennen. Pater Simon fand Stellen in der Schrift und in den Kirchenvätern, die diese praktische Notwendigkeit unterstützten – in der Tat schien es, wenn er selbst dies auch nie behauptete, daß Gott selbst ihn zum Bischof weihte, indem er ihn so weit aussandte, *in partibus infidelium.* Und wenn man dem einmal zustimmt, so folgert daraus, daß er seine Vollmachten auf mich überschrieb, indem er die Saat unserer eigenen katholischen Kirche säte. Natürlich achteten wir stets darauf, den Erzbischof von New Canterbury als ‚unseren' Papst oder als das ‚Päpstchen' zu bezeichnen, um uns daran zu erinnern, daß dies ein bloßer Agent des wahren Heiligen Vaters war, den wir nicht finden konnten. Ich bedauere die Gleichgültigkeit der jüngeren Generationen in dieser Frage der Titel.

Seltsamerweise haben nicht wenige Wersgorix ebenfalls bald die neue Ordnung angenommen. Ihre Zentralregierung war für sie stets etwas sehr Fernes, ein reiner Steuereinnehmer, der willkürliche Gesetze erzwang. So manche Blauhaut stellte fest, daß unser reiches Zeremoniell seine Phantasie ansprach, ebenso wie eine Regierung individueller Adeliger, denen er von Angesicht zu Angesicht gegenübertreten konnte. Außerdem durfte er hoffen, wenn er treu diesen Herren diente, eines Tages selbst einen Herrensitz oder gar einen Titel zu erwerben. Von den Wersgorix, die ihre Sünden bereut und wertvolle christliche Engländer geworden sind, brauche ich nur unseren ehemaligen Feind Huruga zu erwähnen, den diese Welt Yorkshire als Erzbischof William verehrt.

Aber nichts von dem, was Sir Roger tat, war je unredlich oder falsch. Er hat nie seine Verbündeten verraten, wie manche behaupten. Er hat mit ihnen klug verhandelt, aber abgesehen davon, daß er unseren wahren Ursprung verbarg (eine Maske, die er fallenließ, als wir stark genug geworden waren, um die Offenbarung nicht mehr fürchten zu müssen), war er stets offen. Es war nicht seine Schuld, daß Gott stets die Engländer bevorzugt.

Jairs, Ashenkoghli und Pr?*tans nahmen seine Vorschläge bereitwillig auf. Sie hatten keine richtige Vorstellung von einem Imperium. Wenn sie nur die Planeten ohne Eingeborenen haben konnten, die wir eroberten, waren sie zufrieden, es uns Menschen zu überlassen, jene größere Zahl zu regieren, wo es eine Sklavenbevölkerung gab. Sie wandten ihre Heuchlerblicke von den oft blutigen Notwendigkeiten solcher Regierungen ab. Ich bin sicher, daß so mancher ihrer Politiker sich insgeheim freute, daß jede neue Verantwortung dieser Art die Macht ihres rätselhaften Verbündeten verdünnte, mußte er doch einen Herzog und auch niedrigen Adel für die Neuerwerbung schaffen und dann jene kleine Garnison zur Ausbildung der Ureinwohner zurücklassen. Aufstände, Kriege, Wersgor-Gegenangriffe reduzierten diese winzigen Kader noch mehr. Da die Jairs, Ashenkoghli und Pr?*tans kaum eine eigene Militärtradition besaßen, begriffen sie nicht, wie jene grausamen Kriege Bande der Loyalität zwischen dem eingeborenen Volk und den englischen Aristokraten schmiedeten. Außerdem konnten sie, selbst schon etwas verweichlicht, nicht vorhersehen, wie munter Menschen sich vermehren konnten.

Und so war es am Ende, als all diese Fakten klar auf der Hand lagen, bereits zu spät. Unsere Verbündeten waren immer noch nur drei Nationen, jede mit ihrer eigenen Sprache und Lebensart.

Und rings um sie erhoben sich hundert Rassen, vereint in der Christenheit, der englischen Sprache und unter der englischen Krone. Selbst wenn wir Menschen es gewünscht hätten, wir hätten dies nicht mehr ändern können. In der Tat waren wir ebenso erstaunt wie alle anderen.

Als Beweis dafür, daß Sir Roger nie ein Komplott gegen seine Verbündeten schmiedete, möge man auch bedenken, wie leicht er sie in seinen alten Jahren hätte überwältigen können, als er die mächtigste Nation beherrschte, die es je zwischen diesen Sternen gegeben hat. Aber er übertraf sich beinahe in seiner Großzügigkeit. Schließlich war es nicht seine Schuld, daß deren eigene, jüngere Generation, benommen von unseren Erfolgen, anfing, mehr und mehr unsere Art zu imitieren ..."

Der Kapitän legte das Blatt beiseite und eilte zur Luftschleuse. Die Rampe war heruntergelassen worden, und ein rothaariger menschlicher Riese schritt ihm entgegen. Phantastisch gekleidet, mit einem prunkvollen, ornamentalen Schwert bewaffnet, trug er auch eine durchaus geschäftsmäßige Strahlpistole. Hinter ihm stand eine Ehrenwache in grünen Uniformen. Über ihren Köpfen flatterte ein Banner mit dem Wappen der großen Hameward-Familie.

Eine haarige herzogliche Pranke empfing die Hand des Kapitäns. Der Soziotech übersetzte das verzerrte Englisch: „Endlich! Gott sei es gelobt, daß man auf der alten Erde endlich gelernt hat, Raumschiffe zu bauen! Willkommen, Sir!“

„Aber warum haben Sie uns nie gefunden ... äh ... Euer Gnaden?“ stammelte der Kapitän. Als seine Frage übersetzt war, zuckte der Herzog die Achseln und antwortete:

„Oh, wir haben gesucht. Generationen lang zog jeder junge Ritter aus, um die Erde zu suchen, falls er es nicht vorzog, den Heiligen Gral zu suchen. Aber Ihr wißt ja, wie verdammt viele Sonnen es gibt. Und auf das Zentrum der Galaxis zu noch mehr – wo wir andere sternfahrende Völker entdeckten. Handel, Forschung, Krieg, alles lenkte uns nach innen, weg von diesem dünn besiedelten Spiralarm. Ihr müßt begreifen, daß dies nur eine arme Außenprovinz ist, auf die Ihr gestoßen seid. Der König und der Papst wohnen fern von hier im Siebten Himmel ... Und am Ende hörte die Suche auf. In den letzten Jahrhunderten ist die alte Erde nicht viel mehr als eine Tradition geworden.“

Sein breites Gesicht strahlte. „Aber jetzt ist alles auf den Kopf gestellt. *Ihr* habt *uns* gefunden! Wunderbar! Sagt mir sofort, ist das Heilige Land inzwischen von den Muselmanen befreit?“

„Nun“, meinte Captain Yeshu haLevy, der ein loyaler Bürger des Staates Israel war. „Ja.“

„Schade. Ich hätte gerne einen neuen Kreuzzug geführt. Das Leben ist hier langweilig geworden, seit wir vor zehn Jahren die Drachen besiegt haben. Aber es heißt, daß die königlichen Expeditionen in die Sagittarius-Sternwolken einige höchst vielversprechende Planeten entdeckt haben. Aber seht doch! Ihr müßt ins Schloß kommen. Ich werde Euch nach besten Kräften bewirten und Euch für eine Reise zum König ausrüsten. Das ist eine ziemlich komplizierte Fahrt, aber ich werde einen Astrologen stellen, der den Weg kennt.“

„Was hat er jetzt gesagt?“ fragte Captain haLevy, als die Baß-Stimme geendet hatte.

Der Soziotech erklärte.

Captain haLevy wurde feuerrot. „Kein Astrologe wird mein Schiff berühren!“

Der Soziotech seufzte. Er würde in den kommenden Jahren viel zu tun haben.

Nachwort

Wenn man die Vielzahl seiner Werke (es sind inzwischen mehr als vierzig Romane) betrachtet und sich an einer Würdigung des Gesamtwerkes von Poul Anderson versucht, sehe ich mich durchaus nicht immer auf der Seite der Bewunderer dieses Autors. Zu oft ist er, nach meinem Geschmack, weit hinter seinen Möglichkeiten zurückgeblieben, hat sich mit Konfektionsware begnügt. Das ist der eine Anderson. Aber es gibt noch einen zweiten Anderson, einen Anderson, der großartige Kurzgeschichten wie *Call Me Joe (Nennt mich Joe)* oder *The Man Who Came Early (Der Mann, der zu früh kam)* geschrieben hat, der gemeinsam mit Gordon R. Dickson die lustigen Geschichten über die Hokas – pelzige Außerirdische, die irdische Literatur und Metaphern wortwörtlich nehmen – veröffentlichte, der mit *Brain Wave,* seinem ersten Roman für Erwachsene, ein Werk verfaßte, das mich beim ersten Lesen faszinierte und inzwischen nichts von dieser Faszination verloren hat.*

Auch die Fantasy als eigenständige Literaturform in der Nähe der Science Fiction hat schon früh Anziehungskraft auf Poul Anderson ausgeübt. Zwar haben mich persönlich weder die *Holger-Danske*-Romane noch *The Broken Sword (Das gebrochene Schwert)* in den Bann gezogen, aber man muß zugestehen, daß der traditionsbewußte Anderson, der das Erbe seiner dänischen Vorfahren in die amerikanische Fantasy

**Brain Wave* erscheint in ungekürzter Neuübersetzung als Band 3589 unter dem Titel *Der Nebel weicht* in der Reihe Moewig Science Fiction.

einbrachte, eine Alternative zu den sonst tonangebenden schwertschwingenden Barbaren bot.

Eigenständiger noch der Roman *Kinder des Wassermanns (The Merman's Children)**, der im Ganzen sehr europäisch wirkt und auf den reichen Schatz europäischer Sagen-, Märchen- und Legendentradition verweist, der zum größten Teil noch ungehoben ist oder von amerikanischen Autoren – die sich hier gern bedienen – recht oberflächlich aufgegriffen wurde. Überzeugend wird eine abendländische Welt dargestellt, die von der noch ungebrochenen geistlichen Macht der Kirche – die sich anschickt, die letzten noch übersehenen Winkel Europas zu christianisieren – und der nicht minder kraftvollen Handelsmacht der Hanse geprägt wird. Dieses Spannungsfeld ist nicht Thema des Romans, aber es ist präsent im täglichen Leben der meist einfachen Leute, die Anderson hier in den Mittelpunkt rückt: der unerfahrene junge Seemann Niels, die Prostituierte Ingeborg und all die anderen. Es ist ein reiches Buch mit vielen hübschen Einfällen und fesselnden Charakteren – man denke an den Wer-Seehund Hauau, an Vater Tomislav und die Vilja, die einst seine Tochter war, an die Freundlichkeit, die den Heimatlosen von den Inuit oder den Delphinen entgegengebracht wird, an den vom Riesenkraken bewachten versunkenen Schatz oder den untoten Tupilak ...

Dies alles bekommt den großen Atem, verdichtet sich zu einer weitgespannten Saga durch das im Zentrum des Ganzen stehende Geschick des heimatlos gewordenen Seevolks von Liri. Hier offenbart Anderson eine Sensibilität und einen Hang zur Tragödie, wie beides zuvor nur in seinen besten Kurzgeschichten und vielleicht in dem Roman *The Dancer from Atlantis (Die Tänzerin von Atlantis)* sichtbar wurde.

Der hier vorliegende Roman *The High Crusade* gehört neben den oben skizzierten Werken ebenfalls zu den besten Titeln Andersons. Trotz der relativ kriegerisch-blutigen Hand-

* als Band 3516 in dieser Reihe erschienen.

lung gelingt es dem Autor, die Handlung mit einigem Witz und Ironie in Szene zu setzen. Ein wenig werden hier Amerikas Vietnamkriegserfahrungen vorausgenommen, wenn Sir Roger und seine Mannen hoch zu Roß mit Schwert, Pfeil und Bogen über modernste Waffentechnik triumphieren: Ein entschlossener und motivierter Gegner ist mit Technik allein nicht niederzuhalten. Dem Roman tut wirklich gut, daß er als nicht sehr ernst gemeintes SF-Märchen konzipiert wurde. An dieser Konzeption prallen die meisten logischen und sonstigen Einwände ab.

Hans Joachim Alpers